吞噬星空
典藏版 18

我吃西红柿 著

我吃西红柿经典科幻作品
开启震撼人心的星际传奇

我吃西红柿 著

超凡现世,
热血传奇!

新版
雪鹰领主

异界大陆类高人气小说

第3册即将上市

我吃西红柿 著

典藏版

10

盘龙

黄河出版传媒集团
阳光出版社

图书在版编目（CIP）数据

盘龙：典藏版. 10 / 我吃西红柿著. -- 银川：阳
光出版社, 2023.1
　　ISBN 978-7-5525-6715-1

Ⅰ.①盘… Ⅱ.①我… Ⅲ.①长篇小说－中国－当代
Ⅳ.①I247.5

中国国家版本馆CIP数据核字(2023)第000506号

PAN LONG DIANCANG BAN 10

盘龙 典藏版 10

我吃西红柿　著

责任编辑　陈建琼 谢　瑞
装帧设计　曹希予 佘彦潼 周艳芳
责任印制　岳建宁

黄河出版传媒集团
阳　光　出　版　社　出版发行

出 版 人　薛文斌
地　　址　宁夏银川市北京东路139号出版大厦（750001）
网上书店　https://shop129132959.taobao.com
电子信箱　yangguangchubanshe@163.com
邮购电话　0951-5047283
经　　销　全国新华书店
印刷装订　北京盛通印刷股份有限公司
印刷委托书号　（宁）0025311

开　　本　710 mm×1000 mm　1/16
印　　张　18
字　　数　262千字
版　　次　2023年1月第1版
印　　次　2023年1月第1次印刷
书　　号　ISBN 978-7-5525-6715-1
定　　价　36.80元

目 录

CONTENTS

第422章
奥义高低

"嗯……"贝贝陡然止步,愣愣地看着林雷的肩膀。

林雷笑了起来:"是不是还想站在我的肩膀上啊?"

过去,魔兽形态的贝贝经常站在林雷的肩膀上。

如今,贝贝已经化为人形,虽然个子不算高,但是也有一米七左右,已经不能站在林雷的肩膀上了。

林雷仔细地看着变化成人的贝贝,贝贝的模样很清秀,那双眼睛和过去一样炯炯有神。

贝贝嘿嘿一笑,然后一摸自己的寸发,扬起脑袋说道:"老大,我这发型怎么样?这可是我在成神之前想了好久的发型呢。"

林雷哭笑不得。

"从黑暗之森飞来时,我在途中还顺便弄了一个玩意儿。"贝贝故作神秘地说道。

"哦?"林雷看着贝贝。

贝贝一翻手,手中出现了一顶草帽。他非常熟练地将草帽戴在自己的头上,颇为得意地说道:"老大,这草帽是不是很配我啊?"

看着贝贝的模样,林雷笑了起来:"配,配!"

贝贝一本正经地对林雷说道:"老大,我们还是到别的地方谈话吧,别打扰人家！”

“别打扰人家？”林雷有些错愕，但是瞬间就反应过来了，转头看向旁边的武神和大圣司。

武神和大圣司显然也是哭笑不得。

“抱歉。”林雷只好这么说。

“快把这个小家伙带走吧！”大圣司感到无奈。

“好，我们走。”林雷连忙说道，“那……你们继续。”

林雷说着就带贝贝朝后花园外面走去。

贝贝却转头对着大圣司和武神高喊了一句：“我老大让你们继续呢！”

林雷只能瞪了一眼贝贝。

林雷和贝贝并肩走在龙血城堡内。

“老大，我也成神了，你现在可不一定是我的对手！”贝贝自得地说道。

林雷笑道：“贝贝，你越厉害越好，你比我还厉害，那更好。”

他忽然想到了魔兽的天赋，询问道：“贝贝，你是无数位面中的第二只噬神鼠，那么你的天赋能力是什么？”

“别人问我，我肯定不说。”贝贝说道，“不过老大你问我，我就略微提示一下吧。从‘噬神’两个字想吧！”

说了这一句后，贝贝就不再多说了。

“噬神？”林雷心底感到迷惑。

难道是吞噬神级强者？应该不会如此简单吧？

“对了，老大，贝鲁特爷爷还有哈里他们三个会过来，我只是等不及先赶过来了。”贝贝说道。

林雷有些惊讶：“贝鲁特大人还有哈里他们三个也要过来？”

当晚，贝鲁特果然带着三个儿子来到了龙血城堡。

书房中。

"贝贝，你和哈里他们三个先出去吧！"贝鲁特淡笑道。

贝贝和哈里他们三个都听话地离开，书房中只有贝鲁特和林雷了。

林雷看向贝鲁特，心底有些疑惑："贝鲁特大人要单独和我谈话，他要谈什么？"

林雷虽然心底疑虑，但态度还是很谦逊。

"先坐下。"贝鲁特指着旁边的椅子说道，然后坐在另一把椅子上。

林雷依命坐下。

贝鲁特抚摸着胡须，笑呵呵地感叹道："贝贝现在终于达到神域境界了，我也是松了一口气。林雷啊，贝贝对你可是非常依恋的。我让他跟着我，他都不愿意。以后，我希望你还是能够照顾好他。"

"这是一定的。"林雷点头说道。

即使贝鲁特不说，林雷也会尽全力照顾好贝贝。当初在迷雾峡谷中，贝贝为救他挡住了棘背铁甲龙的全力一击。其实，贝贝已经不止一次救过他了。这些，他都不会忘记的。

"林雷，你虽然达到了神域境界，但是对于神的世界一定有很多疑惑。"贝鲁特笑道，"就是奥布莱恩、凯瑟琳他们，又和几个神级强者交过手？"

林雷心底一喜，看样子，贝鲁特是要和他说这方面的事情了。

他对于神的世界知晓得太少了。在战斗和修炼时，他偶尔会感到茫然。

"我知道，你修炼的是风系元素法则和地系元素法则。"贝鲁特淡笑道，"那我就从你修炼的这方面来介绍。首先，你应该知道，一种元素法则蕴含多种奥义。"

这是常识，林雷自然知晓。

"可是，一种元素法则蕴含的各种奥义的威力是不一样的。"贝鲁特说道，"在元素法则中，有低等奥义、中等奥义，自然有高等奥义。虽然这些奥义有等级之分，但是同样可以令修炼者成神。"

林雷点了点头。

　　"林雷，在地系元素法则中，你修炼的应该是大地脉动这一奥义吧？"贝鲁特看着林雷。

　　"是的。"林雷丝毫不惊讶。

　　贝鲁特若是连这个都不知晓，那才奇怪。

　　贝鲁特笑道："在正常情况下，高等奥义一般是中位神或者是上位神才会领悟到的。许多地系中位神都没能领悟到大地脉动，而你一个下位神领悟到了。"

　　林雷眉头紧皱。

　　贝鲁特笑道："这样说吧，假设地系元素法则蕴含九种奥义，当然，这只是假设，毕竟我没修炼过地系元素法则。"

　　"九种？"林雷却有些惊讶。

　　按照他的理解，元素法则十分深奥，其中蕴含的奥义应该很多，为什么贝鲁特只假设九种？贝鲁特既然敢这么假设，那么真实的奥义种类应该和这个数字差不多。

　　"别认为九种奥义就少了。"贝鲁特瞧出了林雷的疑惑，笑道，"各人的人生际遇、天赋，都决定了这个人擅长什么。比如你，能清晰地感知到地系元素法则中的大地脉动奥义。"

　　"所以，你才会修炼大地脉动奥义。你修炼起来，速度自然非常快。若是让你去领悟地系元素法则中的重力空间奥义，你行吗？"贝鲁特笑道。

　　林雷一脸茫然。

　　重力空间奥义？

　　他感知地系元素法则的时候，根本感知不到这个，如何修炼？

　　"这与修炼者的领悟力有关。比如地系元素法则的九种奥义，你领悟第一种奥义只需要千年，领悟第二种奥义恐怕需要十万年，领悟第三种奥义恐怕要百万年甚至千万年……

　　"依此类推，完全领悟九种奥义是很难的。要不然，上位神的数量也不会那么稀少了。"

林雷心底了然。

在大地脉动奥义方面，林雷领悟起来比较轻松。

然而，地系元素法则中的其他奥义，林雷领悟起来就没有那么轻松了。

当年，他与黑德森一战。黑德森随意一步就跨出了数十米，宛如瞬移一样。

林雷知道那不可能是瞬移，可是至今他也不明白黑德森是如何做到的。

"黑德森能够领悟那种奥义，我却难以领悟；我能够领悟大地脉动奥义，黑德森却无法领悟。"林雷明白贝鲁特的意思了。

领悟元素法则，不仅与天赋、人生际遇有关，还与偶尔的顿悟有关。很多因素都会影响修炼过程。

"至于成神的规则，"贝鲁特笑道，"我就以你修炼的风系元素法则为例子。假设风系元素法则也有九种奥义，其中一种奥义你只要修炼至大成，那么你就是下位神。"

林雷对于这点很清楚。

"不过，你即使分别将快、慢两种奥义修炼至大成，也成不了中位神。此刻，你只有两种方法成为中位神。

"第一种方法，再修炼一种奥义。也就是说，你将三种奥义都修炼至大成，你就成了中位神。

"第二种方法，就是将快、慢奥义融为一体。一旦融合成功，你就成了中位神。"贝鲁特说到这里停了下来，让林雷好消化他说的话。

"天地法则判定你成为中位神的条件，是看你对一种元素法则的领悟程度。"贝鲁特说道，"其实，就算你领悟了风系元素法则的九种奥义，难道你就圆满了吗？"

"领悟了九种奥义应该能成为上位神吧？"林雷问道。

"对，是上位神，"贝鲁特点头说道，"不过并不圆满。算了，现在说这个太早了。"

林雷点了点头。

"神级强者之间战斗，不同级别实力差距很大。中位神一般都能击败下位神，当然还是有例外的。"贝鲁特说道。

闻言，林雷顿时眼睛一亮。

贝鲁特解释道："中位神的神格会使他的神之领域强于你的神之领域，在对方的神之领域里，你的速度会变慢。其次，中位神体内神力精纯。单单这两项，几乎决定了战斗结果。"

林雷点了点头。

之前与奥加文一方战斗，林雷的速度原本比那两个黑袍人快得多，可是在奥加文的神之领域内，林雷明显感觉自己的速度比那两个黑袍人慢。

"不过，和中位神战斗，下位神还是有机会赢的！"贝鲁特笑着解释道，"第一个就是偷袭。在中位神没有施展神之领域的时候，下位神可凭借强力一击击败中位神。"

"偷袭？"林雷有些疑虑，"中位神不是这么好击败的吧？"

"对。"贝鲁特说道，"即使是偷袭，只要你靠近中位神，中位神也会反应过来。在这种情况下你若想击败他，只能是你领悟到的元素法则要比他领悟到的厉害得多！"

"若是你的神力不如他精纯，那只能在武器、奥义上超过他！"贝鲁特解释道。

林雷明白了。

假设一个中位神领悟了三种奥义，而这三种奥义都是低等的，那这个中位神施展的任何招数的威力都不会太强，只能靠神之领域以及精纯的神力击败下位神。

"不过，即使这个中位神领悟的都是低等奥义，一旦他融合了这些低等奥义，那你也没机会击败他。"贝鲁特说道，"两种低等奥义融合，其威力绝对不比一种高等奥义弱。"

林雷点头。

确实，由快、慢奥义融合的速度奥义一旦大成，威力不会比大地脉动弱。

"也就是说，只有最优秀的下位神才能击败最弱的中位神！"贝鲁特总结道，"当然，如果拥有非常厉害的神器，或者在一些特殊条件下，下位神还是有可能击败中位神的。"

第423章
无敌的上位神

"有可能击败？"林雷心底一阵触动。

贝鲁特说完后，嘴角带着一丝笑意看向林雷。

当注意到贝鲁特的表情时，林雷恍然大悟，自嘲道："贝鲁特大人，你这番话是不是告诉我，不要试图和比自己等级高的神级强者战斗？"

贝鲁特抚须，笑了起来："对。"

林雷感到无奈。

自己是最优秀的下位神？林雷可没这个把握。

对方是最弱的中位神？这也不好确定。

从理论上来讲，下位神想要击败中位神是有可能实现的。不过在现实中，这种情况出现的概率极低。除非中位神受重伤，正常状态下的中位神几乎不可能被下位神击败。

不一会儿，贝鲁特站了起来，走到了书房的门前。

嘎吱一声，书房房门自动开启，夜风从外面吹了进来，也吹起了贝鲁特的黑色长发。

贝鲁特迟疑片刻，回头看向林雷："林雷，有一些话我本想等你实力强了再告诉你，只是不知道你和贝贝之后是否还会待在玉兰大陆位面，所以今天就一并告诉你吧。虽然这样会让你有点受打击，但是好歹能让你以后少走弯路。"

林雷立即站了起来。

受打击？少走弯路？

他从来就不怕道路艰险，从一个普通少年到如今的下位神，他怕过什么？

"贝鲁特大人，请说。"林雷恭敬地说道。

贝鲁特笑着点了点头："成为上位神的条件你是知道的。"

"是的，领悟元素法则中的所有奥义。"林雷点头回答。

贝鲁特感叹道："是啊，完全领悟元素法则中的所有奥义就会成为上位神。其实，一种元素法则就是一个整体。风系元素法则中，快、慢两种奥义可以融合……假设一种元素法则有九种奥义，那么……"

贝鲁特眼睛亮了起来，凝视着林雷："九种奥义，任何两种可以融合，任何三种可以融合，甚至九种也可以融合！"

林雷傻眼了，都能融合？

"不过，领悟出九种奥义就很难了，将其中两种或者三种奥义融合，那就更难了。"贝鲁特感叹不已，"林雷，在修炼的道路上，并不是领悟到的元素法则越多越好，而是能将元素法则中的多种奥义融合成一种奥义才好。比如你领悟的快、慢两种奥义都是低等奥义，可是由它们融合成的速度奥义就赶得上高等奥义了。三种低等奥义融合，威力远远超越一般的高等奥义。"

林雷听得眼睛都亮了起来。

"将九种奥义融合成一种奥义，那才是真正领悟了一种元素法则！那是上位神的最高境界！"贝鲁特说到这里，气势都不一样了。

林雷在心底感叹不已。

领悟九种奥义，距离上位神的巅峰还差得远。将九种奥义融合成一种奥义，那才是上位神的巅峰。

林雷压低声音问道："贝鲁特大人，无数位面中有多少个这种强者？"

"多少个？"贝鲁特笑着看向林雷。

"亿万个神中才有一个上位神！能将元素法则中所有奥义都融合的无敌上

位神，我也不知道有多少。"贝鲁特感慨道，"我只能告诉你，即使在至高位面中，这样的强者也屈指可数！"

"屈指可数？"林雷心底一颤。

岁月悠悠，一个物质位面应该可以诞生很多神级强者。按理来说，神级强者的数量是难以计算的。然而，达到巅峰的上位神屈指可数！

"贝鲁特大人，在戈巴达位面监狱中有这样的神级强者吗？"林雷好奇地说道，"我听说那里面有五大王者。"

贝鲁特哼了一声，说道："没有，绝对没有！在戈巴达位面监狱，地位最高的五大王者最多只能融合几种奥义罢了。自物质位面诞生以来，将某种元素法则中的奥义完全融合而达到圆满境界的人很少。"

"贝鲁特大人，你就这么肯定？"林雷有些惊讶。

那五大王者没有达到圆满境界，林雷并不奇怪，他奇怪的是贝鲁特为何如此肯定。

"我当然肯定。"贝鲁特点头笑道，"因为一旦出现将元素法则中的奥义全部融合的上位神，主神们就会争相去邀请这种天才，毕竟这种人物才是巅峰人物，是真正的上位神巅峰强者！"

"主神邀请？"林雷吃惊地说道，"主神为什么要去邀请？难道这种强者会威胁到主神？"

林雷听得心底发颤。

贝鲁特笑道："林雷，这你就不懂了。主神的确强，实力远超上位神。可是你要知道，在无限空间中，数量最多的还是普通的物质位面，如我们玉兰大陆这样的物质位面。"

林雷点了点头。

物质位面才是根基所在。

"主神是不能轻易进入一个物质位面的。主神所拥有的神威，足以令一个物质位面崩塌！"贝鲁特郑重地说道。

这一点，林雷也明白。

"林雷，物质位面是自天地法则诞生起就存在的，是不允许被毁掉的。"贝鲁特严肃地说道，"四大至高神有严令，凡是令物质位面崩溃的，即使是主神也得灰飞烟灭！"

林雷一惊。

"所以，主神不敢进入物质位面，也不能进入物质位面！"贝鲁特说道。

林雷点了点头。

"因此，能将元素法则中的奥义融合的上位神，堪称主神之下无敌！主神招揽他们，是因为他们可以为主神做很多主神想做却无法做到的事情。如果他们到了普通物质位面，就是当地的主神了。"

林雷听着点了点头。

上位神能进入普通物质位面，可是主神不能。

"当然，那距离也太遥远了。"贝鲁特笑道。

林雷听得也笑了。

"我告诉你这些，是希望你在修炼的时候有意识地将两种奥义彼此验证、相互融合。融合了两种，再融合三种……如此一来，你才有希望达到巅峰。要是先领悟了所有奥义再去融合，那就更难了。"贝鲁特郑重地说道。

林雷点了点头，心底慨叹不已："单单将快、慢两种奥义融合成速度奥义就如此难了，如果再融合三种、四种……"

林雷想想就心颤。将一种元素法则中的所有奥义都融合，这比登天还难。

"这种天才让主神很眼馋，"贝鲁特感叹道，"但是这种天才太少了。主神一系就有七位，七大元素系就有四十九位。主神们为得到一个修炼至大成的上位神经常彼此竞争。"

贝鲁特身为主神使者，自然知道许多奥秘。

林雷则听得目瞪口呆。

人才啊，主神都为夺得人才而竞争。

"修炼者活到这份上也够自豪了。"林雷有些羡慕，那种强者才是真正的巅峰强者。

"从一开始就有意识地融合，以后的成就才会高。"贝鲁特自嘲道，"如我，原先不知道这个道理，等达到上位神境界，想要融合也晚了。几种奥义要融合在一起太难了。"

林雷不禁感激贝鲁特。虽然贝鲁特只是略微指点了一下，但是对他而言，等于一开始就走对了路。

两条路，如果一开始就走错了，之后就会相差千万里。

等达到上位神境界，就会如贝鲁特一样难以融合奥义。

"好了，我走了。以后的路还是要你自己走。"贝鲁特笑道。

"谢谢贝鲁特大人！"林雷赶紧行礼。

看着贝鲁特离开，林雷心底重新燃起了火焰。

当年，武神是林雷心中的巅峰；如今，将元素法则中的多种奥义融合的无敌上位神，是林雷心中的巅峰，这也是林雷的目标！

时间悄无声息地溜走，很快就进入了玉兰历10046年。

这一年，林雷过得很充实。自从心底有了目标，他便认真修炼。众位神级强者经常聚在一起，龙血城堡中一片欢腾，而贝鲁特早就回黑暗之森了。

紫金色鼠王三兄弟中的老大哈里也回黑暗之森了，至于老二哈特和老三哈维则是住在了龙血城堡。

按照哈特和哈维的话说，它们喜欢热闹的地方，于是林雷热情地招待了这两兄弟。

玉兰历10046年深秋。

奥布莱恩帝国皇宫，除了阿德金斯居住在皇宫内，他麾下的四大中位神也住在皇宫。当然，四大中位神在帝都内有独立的府邸。

阿德金斯麾下的第一中位神伯纳思，实力强大，最受阿德金斯信任。

皇宫内，伯纳思居住的宫殿中。

伯纳思正饶有兴趣地画着画，而奥加文、汉布里特和一个金发壮汉站在旁边，他们三个人的态度都极为谦逊。

毕竟伯纳思的实力太强了，而且他还有一件上位神器！

那是阿德金斯赐予伯纳思的。

"说吧，有什么事情。"伯纳思依旧在作画，根本没看这三人一眼。

汉布里特和奥加文不敢出声，那个金发壮汉开口了："伯纳思先生，奥加文非常爱他的儿子，他的儿子被人杀了，而且他的一个神分身也被敌人毁掉了。这种事情让奥加文心底很难受，只是他不想给阿德金斯大人增添麻烦，才没敢和阿德金斯大人说。通过这段日子的相处，我认为奥加文值得一交。我打算明天和他们一起去龙血城堡，为奥加文报仇。"

"盖滕比啊……"伯纳思叹息一声，放下画笔，看了这个金发壮汉一眼。

伯纳思还是比较看重盖滕比的，而汉布里特，伯纳思根本瞧不起。至于奥加文，伯纳思认为奥加文太有心计了，不是很喜欢他。

"奥加文。"伯纳思看向奥加文。

"伯纳思先生。"奥加文把姿态放得很低。他为了得到盖滕比的帮忙，这两年来的确花了无数心思，最终得到了盖滕比的认同。

伯纳思淡笑道："你的事情我清楚。你们三个去，如果输了，是给阿德金斯大人丢脸。这样吧，我随你们一起去，将那龙血城堡连根拔起。"

奥加文顿时狂喜。

伯纳思的实力，那绝对是强大的。

奥加文即使见识过塔罗沙的厉害之处，也认为伯纳思不比塔罗沙弱，毕竟伯纳思还有一件上位神器。

伯纳思淡然说道："我也想知道那个叫塔罗沙的中位神有多厉害。"

第424章
四大中位神

奥布莱恩帝国上空。

"轰！"

气爆声响起，在紊乱的气流中，四道人影并肩疾速飞向东方。他们毫不掩饰，把速度飙升到了极限。同时，他们的身上散发出可怕的气息。

在他们下方的居民聚集处，隐藏着一些强者。

一个中年人正乐呵呵地指点一些少年修炼，突然抬头看向空中，脸色一变："这是四位中位神？难道是阿德金斯大人那方的？"

"老师，老师！"那些少年疑惑地喊着。

"你们自己先修炼吧。"中年人随意嘱咐一声，然后离开了。

他一边走着，一边感到疑惑："四大中位神一同出去，而且毫不掩饰行迹，看来是要做一件大事了。"

中年人十分好奇，身影一闪，消失在道路上。

伯纳思、盖滕比、汉布里特、奥加文并肩疾速飞行，长袍被风吹得猎猎作响，气爆声如同响雷一般。

出发前，伯纳思说："这出手要有气势，不要做偷袭之类的事情，那是丢阿德金斯大人的脸面。"

伯纳思都发话了，奥加文他们岂敢违逆？

于是，他们便这样飞向龙血城堡。

他们的动静引起了一些隐藏的圣域级强者和神级强者的注意。这些人还神识传音给自己的朋友，令不少强者悄然跟了上去。

好在伯纳思他们主动散发出了霸道的气息，否则那些神级强者和圣域级强者还无从跟踪。

龙血城堡，西园空地中，林雷疾速移动着。

紫色剑影如梦如幻，偶尔发出剑吟声。紫血神剑所过之处，空间时而产生叠影，时而直接崩溃，时而留下一道裂痕。

随着修炼的进行，林雷与紫血神剑配合得越来越好，他对速度奥义领悟得越来越深，使得紫血神剑的威力逐渐显现出来。

林雷发现紫血神剑最厉害的不是剑吟声，而是其锋利程度。

即使他没有进一步领悟到什么，次元斩的威力也明显比以前强了许多。

"嗯？"原本沉浸在修炼中的林雷陡然停下，吃惊地看向北方，"好可怕的气息，而且一点都不掩饰！"

林雷清晰地感知到北方正有几股强大的气息朝龙血城堡疾速靠近。

不单单是林雷，就连塔罗沙、帝林、希塞、贝贝，还有靠炼化神格成神的武神、大圣司，凡是达到神域境界的强者都感知到了。

"伯纳思先生，前面就是龙血城堡了！"奥加文此刻激动万分。

他终于有机会报仇了。

"为了这一天，我等了两年！"奥加文的脸都有些发红了，目光仿佛利刀一样看向远处的龙血城堡。

一头银发的伯纳思淡然地看着远处的龙血城堡："哦，这就是龙血城堡？我们四个一路过来，还主动散发气息，后面肯定跟了不少人。"伯纳思很清楚这一点。

奥加文、汉布里特、盖滕比三人在一旁俯首听命。

"这一次，绝对不能给阿德金斯大人丢脸，一定要漂亮地解决对方。汉布里特。"伯纳思淡然说道。

"伯纳思先生。"汉布里特恭敬地回应道。

"你直接出手灭了这龙血城堡，那些普通人没资格观战。"伯纳思冷酷地下了命令。

汉布里特眼睛一亮，当即飞出去，冷笑着伸出右手。

"轰隆隆——"刹那间，天地震颤。

风系元素从四面八方疯狂地涌向龙血城堡的上空，在龙血城堡的上空形成了一个宛如巨型磨盘一样的青色旋涡，遮盖了原本的阳光。这个青色旋涡中时而有淡金色风刃逸出。

整个龙血城堡就在巨型青色旋涡之下。

"嗖！嗖！"

龙血城堡上空瞬间出现了不少人影，正是塔罗沙、帝林、林雷、武神、大圣司、贝贝等一群神级强者。

此刻，龙血城堡的所有人都感受到了敌方强大的气势。

林雷、武神等人仰头看天。

天空中，那个宛如巨型磨盘一样的青色旋涡明显在酝酿着前所未有的可怕力量。这股力量如果完全释放出来，就是圣域级极限强者恐怕都得丧命，只有神级强者才能保住性命。

"他们这是要毁掉龙血城堡，连普通人都不肯放过！"林雷脸色铁青。

龙血城堡中有林雷的很多亲人，他绝对不容许这样的事情发生。

"又是奥加文，这次他还多带了两个人啊！"塔罗沙嗤笑着，看着远方的四个人影。

帝林也讥笑道："塔罗沙，看来奥加文上一次吃了亏，一点都不在乎，还敢再来呢。"

"那就将他剩下的唯一身体毁掉不就行了？"塔罗沙笑道。

此刻，恐怕只有塔罗沙和帝林这两个中位神还能谈笑自如。

龙血城堡中，沃顿、泰勒、盖茨、迪莉娅等人仰头看着远处的四个人影，心底惊骇。在他们眼中，那散发出让人心悸气息的四大中位神就如同四尊无敌的魔神一般，强大、不可匹敌！

"灰飞烟灭吧！"汉布里特轻笑道，右手向下按。

原本悬浮在龙血城堡上空高处的青色旋涡猛然一沉，同时，无数淡金色风刃如同密集的蝗虫群一样朝下方飞去。

此时，林雷他们的眼中尽是淡金色风刃。

"锵！锵！锵！"

撞击声响起，龙血城堡上空竟然出现了一个半透明冰罩。无数淡金色风刃射向那个半透明冰罩，那半透明冰罩却丝毫无损。

"天哪！"龙血城堡中数千人仰头看着上方那个巨型的半透明冰罩，他们都清晰地看到无数淡金色风刃撞击在半透明冰罩上。

龙血城堡中，不少护卫、侍女的额头上都冒出了冷汗。

神级强者挥手间就能毁天灭地，果然不假。

"哈哈，阿德金斯大人好歹是一位尊贵的上位神，难道你们认为解决了这些普通人就能够给你们的阿德金斯大人长脸？"塔罗沙的大笑声响彻方圆数十里。

瞬间，无数淡金色风刃停止了攻击。

汉布里特脸色铁青，退到了伯纳思的身侧。他准备了好一会儿，塔罗沙却在短时间内形成半透明冰罩抵挡他的攻击，他的实力明显不如塔罗沙。

伯纳思俯视着塔罗沙："塔罗沙，实力不错。我给你一个机会，你现在离开，我可以饶你一命。"

塔罗沙一怔。

"你这个银发老头在发傻吗？"塔罗沙反应过来后怒极而笑。

伯纳思淡笑着一翻手，手中出现了一柄古朴的长矛。

这柄长矛是青铜色的，上面还有斑斑血迹。

可就是这么一柄长矛，被伯纳思握在手中的时候，让原本微笑的银发老头瞬间变为无敌的神灵！

嗡嗡声响起，这柄古朴长矛散发出的气息撕裂了空间。

"上位神器！"塔罗沙和帝林脸色剧变。

"既然你不接受我的好意，那么……"伯纳思淡漠地看着塔罗沙，"你就受死吧！"

伯纳思身影一晃，眨眼便划过长空，手中那柄古朴长矛直接对着塔罗沙刺了过去。

空间宛如瞬间静止了，只有那柄古朴长矛在移动！

无可抵抗！

塔罗沙脸色剧变，一咬牙，身影瞬间一分为二，青袍塔罗沙和黑袍塔罗沙同时去抵挡攻击。青色长鞭宛如蟒蛇一样缠向长矛，冰冷的黑色狭长长刀带着毁灭气息劈向长矛。

"砰！"

伯纳思只是微微一颤，可是青袍塔罗沙和黑袍塔罗沙都跌落到地面了。

可怕的撞击产生了清晰可见的冲击波，朝四周散去。

林雷、武神、大圣司、贝贝、希塞，这些下位神也被冲击波冲得跌向地面。

林雷脸色剧变："不好！"

这股冲击波如果波及龙血城堡，龙血城堡定会化为废墟，让不少人殒命。

"哼！"帝林翻手，双掌拍出。一股蕴含毁灭气息的能量传了出去，硬是将那股冲击波给冲散了。

"嗖！"塔罗沙的两大神分身再次飞起，和帝林并肩悬浮在空中。

黑袍塔罗沙神识传音："帝林，那个老家伙本身实力和我不相上下，可是他有一件上位神器。这样一来，他就比我厉害了。不仅如此，他的身后还有三个中位神，我们这次有麻烦了！"

帝林的脸色也难看，神识传音："只能先拼了！"

林雷一行人落到了地面上，沃顿、迪莉娅他们立即跑了过来。

沃顿担忧道："哥，情况好像不妙。"

林雷心底很是焦急，但看上去很平静，安慰道："别急，塔罗沙大人他们应该还有办法。"

贝贝站在林雷的身旁，没一点办法，毕竟贝贝只是下位神。

"林雷，快，快带人先逃走！"塔罗沙的声音在林雷的脑海中响起。

林雷心底一颤。

"这次的敌人很强！"帝林也神识传音。

"老大，情况不妙啊！"贝贝担忧道。

"今天，"一个洪亮的声音从高空传来，伯纳思俯视着龙血城堡众人，"你们都逃不掉，准备接受哥特斯长矛的惩罚吧！"

无数道幻影腾空，伯纳思手持长矛，如无敌魔神俯视龙血城堡诸人。

"嗡——"无数幻影如雨滴般密集落下。

伯纳思一分为二，再加上奥加文、盖滕比、汉布里特三人，五个身影从半空疾速俯冲而下。

奥加文疯狂地大笑着："所有人都别想逃！！！"

此刻，龙血城堡所有人都感到绝望。

"逃！"林雷面目狰狞，神识传音。

瞬间，武神、大圣司、林雷、迪莉娅、贝贝等人朝四面八方逃窜。他们都想在短时间内逃出这战斗区域，只有这样才能暂时保住性命。

"哈哈，一个个逃什么？别急！"一阵大笑声响起，只见四个模糊的人影从龙血城堡中射向半空。

原本已感到惊惧的帝林和塔罗沙瞬间大喜，立即朝这四个人影冲了过去。

此时，伯纳思一方有伯纳思的两大神分身，还有盖滕比、奥加文、汉布里特；龙血城堡这一方有四个突然出现的人影，以及塔罗沙和帝林。

六个人攻击五个人，其中，三个人攻击伯纳思的两个神分身。

战斗瞬间开始，又瞬间结束。

原本朝四面八方逃窜的林雷等人疑惑地抬起头时，战斗已经结束了。

伯纳思、汉布里特、盖滕比、奥加文四人身上都有血迹。

"上位神器，四件都是！"伯纳思脸色苍白，惊骇地看着眼前的四个身影。

看面貌，这四个身影很明显是两个人的。四个身影，两个穿着紫色长袍，两个穿着金色长袍，面容皆是清秀无比。

刚才，两个紫袍人合攻伯纳思的一个神分身，灭了伯纳思的这个神分身，并夺得了一枚中位神神格。

"伯纳思，今天就灭你一个神分身，滚回去吧！"其中一个紫袍青年手握一枚神格，大笑道。

"这……不……"奥加文看到这一幕，完全傻眼了。

刚才，他们还胜券在握，连塔罗沙都不是伯纳思的对手，谁想到局势瞬间就发生了变化。这突然出现的四个人竟然都拥有上位神器！

"这龙血城堡是贝鲁特大人要保护的地方，你们告诉阿德金斯，不要再派人过来了。否则，下一次就不是灭你一个神分身这么简单了。"另一个紫袍青年淡笑着说道。

奥加文、汉布里特、盖滕比三人立即看向伯纳思。

伯纳思脸色铁青，看着眼前四个都手持上位神器的身影，心底发寒，沉声说道："我们回去！"

奥加文心底不甘，看了那四个神秘青年一眼，跟着伯纳思快速离开了。

"简直就是来送神格的嘛！"四个人转身说道。

塔罗沙、帝林、林雷、武神等人都迎了上去。

"贝贝，这枚神格由你处理吧！"其中一个紫袍青年将手中的中位神神格抛给了贝贝。

贝贝接过神格，愣愣地看着这四个人，感受着他们的气息。他太熟悉这股气息了，惊讶地说道："哈特，哈维？"

"对啊！"四个人两两融合，变成了两个青年。同时，两只紫金色鼠王从远处飞来，分别融入了两个青年体内。

"可是，你们……你们？"贝贝觉得难以置信。

"你之前看到的是我们的本体，我们的本体一直停留在圣域境界。"紫袍青年哈特说道，"父亲大人也是不放心你啊，便让我们两个待在这里喽！"

而林雷、武神、大圣司等人感到脑子十分混乱。

怎么回事？

当初那两只紫金色鼠王摇身一变，竟然成了中位神。

第425章

震慑

　　伯纳思等人撤退后，一时云淡风轻，阳光再次照耀龙血城堡。

　　龙血城堡中的一大群人都惊讶地看着眼前的两个青年。刚才还压制了塔罗沙，欲解决所有人的伯纳思，竟然瞬间就被其中的紫袍青年灭掉了一个神分身。

　　最让大家吃惊的是，眼前的两个青年竟然是那两只紫金色鼠王！

　　"哈特、哈维？"林雷有些迟疑地开口。

　　"哈哈！"大笑声响起，塔罗沙笑着走过来，"我一直想不通贝鲁特大人那么强大的实力，他的三个儿子也都活了数百万年，怎么一直处在圣域境界。我一直怀疑你们三兄弟隐藏了实力，现在看来，果然啊！"

　　哈特、哈维两兄弟笑了笑。

　　林雷一听，恍然大悟。他过去不知道哈特和哈维活了多久，现在才知道他们已经活了数百万年。他们的父亲贝鲁特不仅是上位神，还是主神使者，若是哈里、哈特、哈维还处在圣域境界，那才是一件奇怪的事情。

　　"真是让人羡慕！"帝林感叹道，"哈特，你们两兄弟的两个神分身使用的都是上位神器吧？"

　　"是的。"一身紫袍的哈特点头说道。

　　"这是我们两兄弟当年成神的时候，父亲赐予我们的。"一身金袍的哈维说道。

不管是塔罗沙、帝林，还是旁边的武神、大圣司、希塞等人，心底都感叹这人和人是没法比的！

对他们而言，想要得到一件上位神器简直是做梦。

哈特和哈维不但有上位神器，而且有四件上位神器！

在林雷看来，贝鲁特一定使用了自己的权力，为自己的儿子谋得了一些上位神器。贝鲁特身为众神墓地管理者，为自己的儿子弄几件上位神器的确算不上难事。

"难怪我这柄紫血神剑会被用来辅助魔法阵。"林雷明白了，"难怪大婚那日，人家送了一枚神格过来。"

迪莉娅笑道："大家都别傻站在这里了。如今哈特和哈维出手，已经将对方完全震慑住了。我看我们龙血城堡从今天起，可以有一段非常长的安静日子了。这可是件好事情，为了这个该好好庆贺一番！"

管家希里笑呵呵地说道："我马上命人准备宴席！"

龙血城堡中所有人都心情愉悦，他们明白，贝鲁特为了保护贝贝，一定不会让龙血城堡受到任何威胁的。

这一点绝不会错。

单单这次哈特和哈维两兄弟出手，就足以震慑各方人马！

当伯纳思一方主动散发气息冲向龙血城堡的时候，不少强者都悄然跟随在他们后面，还神识传音招呼朋友过来。

因此，双方大战的时候，不少神级、圣域级强者隐藏在龙血城堡远处观看。

战斗过程，这些强者看得一清二楚。

汉布里特出手，令天地变色，也令这些强者惊叹。

塔罗沙轻易挡住了汉布里特的攻击，令他们感慨塔罗沙的强大实力。

特别是伯纳思出手时，这些强者都惊呆了，连当中的两个中位神也是心惊不已。他们都因为伯纳思手中的那件上位神器的威力而感到心颤。

没承想，哈特和哈维出手了，让这些强者更傻眼了！

瞬间，伯纳思一方都受了重伤。同时，伯纳思的一个神分身被灭了！

哈特和哈维的强大令他们惊呆了。

特别是紫袍青年的一句话：这龙血城堡是贝鲁特大人要保护的地方，你们告诉阿德金斯，不要再派人过来了。否则，下一次就不是灭你一个神分身这么简单了。

当时，紫袍青年故意将这句话说得很大声。

那些强者顿时明白了，龙血城堡是受贝鲁特大人庇护的。

看看，贝鲁特大人连强大的上位神阿德金斯都不在乎，又岂会在乎那些下位神以及中位神？

这些强者迅速将这一战的消息传了出去。

很快，玉兰大陆隐藏的大量强者便知道龙血城堡受到了好几位中位神的保护，并且得到了贝鲁特大人的庇护。

毫无疑问，没有上位神的实力，没人敢挑衅贝鲁特大人！

龙血城堡的大名，龙血城堡主人林雷的相关信息，被大量强者迅速知晓。

奥布莱恩帝国，皇宫内。

凉风萧瑟，吹动伯纳思等人的长袍。

伯纳思、盖滕比、奥加文、汉布里特四人一字排开，恭敬地站在阿德金斯的身侧。

阿德金斯脸色阴沉，右手端着一杯红酒，冷厉的目光掠过四人。

"伯纳思，你的神分身被毁掉了。"阿德金斯一眼就看出来了。

"是的。"伯纳思微微低着头。

"浑蛋！"阿德金斯猛地怒喝，将手中的酒杯摔向地面。

啪的一声，酒杯碎裂。

清脆的声音宛如敲打在伯纳思、奥加文他们的心脏上一样。

阿德金斯如暴怒的豹子一样："跟我走！"他原本俊秀的面庞变得狰狞，"马上去龙血城堡，将它灭掉！"

伯纳思、盖滕比、汉布里特三人大惊，只有奥加文眼底蕴含一丝惊喜。如果阿德金斯真的冲过去，那么奥加文就能够为自己的儿子报仇了。

"阿德金斯大人！"伯纳思急切地说道，"阿德金斯大人，不能啊！"

阿德金斯转身看向伯纳思，气急地说道："伯纳思爷爷，你的神分身都被灭掉了，相当于你少了一条命，这个仇怎么能不报？"

旁边的汉布里特和奥加文却傻眼了。

伯纳思爷爷？

盖滕比却丝毫不惊讶。他跟随阿德金斯的时间比较长，自然知道伯纳思和阿德金斯的关系。

阿德金斯和伯纳思还没有修炼的时候，就是少爷和管家的关系，伯纳思一直照顾阿德金斯。两人修炼后，伯纳思先达到了神域境界。

阿德金斯脾气不好，虽然在修炼上极有天赋，但是因为闯祸惹恼了当时玉兰大陆位面的位面监守者，便被关进了戈巴达位面监狱。伯纳思自然也跟着进入了戈巴达位面监狱。

在戈巴达位面监狱，伯纳思还是一直照顾阿德金斯，即使后来阿德金斯的实力超过伯纳思达到了上位神境界。

在阿德金斯心中，伯纳思是他最亲近、最信任的人。

伯纳思表情苦涩："阿德金斯，你别头脑发热！"

头脑发热？

如果别人这样说阿德金斯，早就被阿德金斯杀了，但是说这话的是伯纳思。

"阿德金斯大人，请你听我说完。我的神分身被灭掉了，是被贝鲁特的人灭掉的。龙血城堡现在受贝鲁特庇护，我们现在过去，就是和贝鲁特为敌啊！"

"哼！一个才修炼数百万年的小辈，"阿德金斯目光冷厉，"不过是主神使者罢了，我就不相信解决不了他！"

阿德金斯算得上天才，即使在强者如林的戈巴达位面监狱，真正让他敬服的也就那五位王者罢了。至于这个贝鲁特，修炼才数百万年，阿德金斯怎会瞧得起？

不过，贝鲁特的主神使者身份让阿德金斯略有忌惮。

伯纳思郑重地劝说道："阿德金斯大人，你可知道那四个人手中的武器是什么级别的武器？"

"是什么级别的？"阿德金斯不屑地说道。

"都是上位神器！"伯纳思严肃地说道。

闻言，阿德金斯一怔。

上位神器，那是由上位神全身心滋养，经过长久岁月才能形成的。一般来说，达到上位神境界不久的强者是不可能用上位神器的。

虽然阿德金斯厉害，但是这么多年来，他也只有三件上位神器。其中一件他给了伯纳思，另外两件他自己留着。

现在，冒出来四个人，就有四件上位神器！

"哼，主神赐予的罢了！"阿德金斯冷哼。

伯纳思继续劝道："阿德金斯大人，这还不是贝鲁特本人，只是贝鲁特的麾下而已。那四个人其实是两个人，他们都有各自的神分身，每人都有两件上位神器。阿德金斯大人你想想，贝鲁特本人得有多少件上位神器呢？"

阿德金斯不禁有些忌惮起来。

"只能靠主神的家伙！"阿德金斯还是愤愤不平。

他担心的是贝鲁特拥有大量珍贵的上位神器，特别是拥有一件主神器。假使贝鲁特拥有一件主神器，即使他是一个普通的上位神，一旦使用了主神器，那威力也是极大的。

"那贝鲁特敢这么做，显然胸有成竹。"伯纳思看着阿德金斯，"阿德金斯大人，我现在只是损失一个神分身罢了。阿德金斯大人，得到众神墓地中的宝物才是最重要的，你现在最好别和贝鲁特为敌。"

阿德金斯沉默片刻。

"好，我就忍这一千年！"阿德金斯咬牙说道，"待我在众神墓地中得到……到时候，我定会让贝鲁特后悔如今的狂妄！"

伯纳思终于松了一口气。

他知道阿德金斯就是太骄傲、不能忍，好在阿德金斯还是会听他的话。

阿德金斯最终没有去龙血城堡，而是选择了沉默。

阿德金斯的沉默却让玉兰大陆中来自戈巴达位面监狱的数千强者认为，阿德金斯怕了贝鲁特！

黑暗之森，金属城堡中。

"这个阿德金斯竟然真的忍住了！"躺在椅子上，喝着茶的贝鲁特脸上有一抹笑意，"看来，玉兰大陆位面可以有一段比较长的安静日子了。只是北方的霍丹不甘寂寞啊……"

贝鲁特转头看向北方。

他的目光似乎穿过了空间，看到了北极冰原上那个位面监守者霍丹。

"他们难道都以为进入众神墓地就能实力大增？上位神神格、上位神器就能予取予求？还妄想得到主神器？哈哈……可惜啊，看守众神墓地的是我！"

贝鲁特此刻笑得如同一只狐狸，只是他的目光中也有着一丝期待。

长期待在玉兰大陆位面，贝鲁特也会觉得闷，偶尔来点乐子也是很不错的。

第426章
萨狄斯塔

玉兰大陆位面，北极冰原一座高耸入云的冰山，在这冰山之巅居住着位面监守者霍丹。

除此之外，冰山之巅上还有十一个复杂的六芒星形状的魔法阵。

此刻，霍丹正站在一个魔法阵前。那个复杂的魔法阵亮起耀眼的光芒，道道光线冲向天空，魔法阵的中央如梦似幻。

霍丹的脸上有着压抑不住的激动。

"来了！"霍丹眼睛一亮。

魔法阵中央竟然出现了一群模模糊糊的人影。

渐渐地，魔法阵的光芒消散，数十人出现在魔法阵内部。

这数十人散发出的气息令人心颤。

他们皆是神级强者！

为首的人穿着一身华贵的绣有金边的黑色长袍，仿佛一个准备去参加宴会的绅士。

这个人见到霍丹，当即微笑着说道："霍丹，数千年不见，辛苦你了。"

霍丹却恭敬地行礼："萨狄斯塔大人，能为家族效劳是我的荣耀！"

萨狄斯塔双手合拢在胸前，摩挲着他手中那枚隐隐闪烁着红光的戒指，淡笑道："霍丹，你传到家族的信息很简略，还是将如今玉兰大陆的情况都说清楚些吧。"

"是。"霍丹谦逊地说道。

"萨狄斯塔大人，前不久，玉兰大陆位面与戈巴达位面监狱的通道出现了问题，虽然贝鲁特大人赶去封住了通道，但是已经有不少神级强者从戈巴达位面监狱逃了出来。

"只有少部分强者去了至高位面或者七大神位面，大多数强者留在了玉兰大陆位面。恐怕他们都想进入众神墓地。"

萨狄斯塔微微点头。

"霍丹，有上位神境界的强者吗？"萨狄斯塔询问道。

"有一位！他的名字叫阿德金斯。阿德金斯大人如今居住在奥布莱恩帝国。这个阿德金斯大人明显也在意众神墓地。"霍丹恭敬地说道。

"阿德金斯？"萨狄斯塔眉头一皱。他不在乎别的强者，可阿德金斯是一个上位神，这就足以令他警惕了，即使他在至高位面地狱中久经沙场。

萨狄斯塔清楚，能在监狱位面存活下来并且修炼到上位神境界，阿德金斯的实力远远强于地狱中一些用神格培养出来的上位神。

萨狄斯塔身后的一个随从说道："萨狄斯塔大人不用担心，那个阿德金斯绝非大人的对手。"

"闭嘴！"萨狄斯塔眉头一皱。

他的随从不敢再吭声。

霍丹恭敬地说道："萨狄斯塔大人，前一段时间，阿德金斯手下的四大中位神和巴鲁克帝国龙血城堡的人发生了战斗。"

"嗯？"萨狄斯塔有些疑惑地看着霍丹。

他虽然不明白霍丹提中位神干什么，但是明白霍丹不会无缘无故说这番话。

"那场大战，阿德金斯的手下大败而归！"霍丹笑道，见到萨狄斯塔有些吃惊的表情便接着说道，"龙血城堡内也有中位神，最重要的是，那是贝鲁特大人庇护的地方！"

"阿德金斯一方吃了大亏，没再去惹贝鲁特大人。"霍丹说道。

　　萨狄斯塔微微点头："阿德金斯还算聪明，没去惹贝鲁特，只是这样对我们来说有点麻烦。如果阿德金斯惹恼了贝鲁特，我们借贝鲁特的手将他除去也好。现在……难办了。"

　　"叔叔，贝鲁特就一定能解决阿德金斯？"萨狄斯塔身后的一个青年问道。

　　萨狄斯塔清楚贝鲁特的厉害，淡笑道："贝鲁特的实力比你想象中还要可怕。万年前，玉兰大陆位面的那场灭世之战，纵横地狱的紫血恶魔、光明神位面的十二翼上位神天使……随便一个都是上位神巅峰。"

　　"紫血恶魔！"青年惊叹道。

　　在至高位面地狱中，紫血恶魔已经是传奇人物了，甚至不少强者认为紫血恶魔已经有实力获得"修罗"的称号。

　　修罗，是地狱中极受尊崇的一个称号，是上位神中的绝顶强者才会得到的一个称号。

　　"当年那场大战结束后，众多上位神陨落了，最后活下来的就是贝鲁特！"萨狄斯塔感叹道，"虽然我不太清楚当时的战斗情况，但是单凭这一点，贝鲁特就比紫血恶魔还要可怕！你说，这样的强者解决阿德金斯会有变数吗？"

　　萨狄斯塔此话一出，身后众人都惊叹不已。

　　他们不过是中位神或下位神罢了，还没资格知道许多秘密。

　　"对了，霍丹，玉兰大陆应该是四神兽家族其中一个分支的所在之地吧？"萨狄斯塔忽然询问道，"如今在玉兰大陆位面中，这四神兽家族可还有后代子弟？"

　　"有的，而且还不少。"霍丹回答道。

　　萨狄斯塔神色一变。

　　"哼，竟然还有！"萨狄斯塔脸上如同覆盖了一层冰霜，"有多少解决多少，一个不留！"

　　霍丹却摇头说道："萨狄斯塔大人，我刚才说的龙血城堡就是如今那四神兽家族子弟的大本营，不少不死战士和龙血战士都聚集在这里。特别是一个叫林雷的，他和贝鲁特大人的关系非同一般。"

"林雷？"萨狄斯塔眉头一皱。

"林雷是龙血战士家族子弟，他有一只魔兽。最重要的是，这只魔兽正是传说中的噬神鼠，是除了贝鲁特大人以外，无数位面中唯一的一只噬神鼠！贝鲁特大人对这只噬神鼠十分宠溺。如果大人对林雷他们动手，那就是跟贝鲁特大人正面为敌了。"霍丹连忙说道，"大人，还是大局为重啊！"

萨狄斯塔脸色阴沉。

霍丹心底清楚，萨狄斯塔很想解决四神兽家族的子弟。

"大人，这只是一个分支罢了，对大局没影响的，现在重要的还是众神墓地啊。"霍丹劝道。

萨狄斯塔不是不知道轻重，贝鲁特的背景，萨狄斯塔也知道一些，自然不愿意和贝鲁特为敌……

萨狄斯塔舒了一口气，说道："暂时不动那几个人。这个林雷竟然跟噬神鼠在一起，真是运气好。"

萨狄斯塔看向霍丹，问道："下次众神墓地开启是什么时候？"

"大概千年后吧。"霍丹回答道。

"好。"萨狄斯塔点头说道，"霍丹，那你就继续留在这里。其他人，跟我走。"

说着，萨狄斯塔化作一道光芒朝南方飞去，身后紧跟着数十个强者。

萨狄斯塔带着一群手下飞过北海，来到了玉兰大陆，没有弄出一点动静。

玉兰大陆还是和以往一样平静，在这种平静中，时间如流水般哗哗流着，一年又一年……

龙血城堡中。

与伯纳思一方一战的事情已经过去整整二十年了。

在这二十年中，林雷本尊专注于修炼大地脉动。他花费了整整六年，让大地脉动从八重突破到四重。

他又花费了十二年，让大地脉动从四重突破到二重。

可是之后，林雷再没有一丝突破。

他希望将大地脉动修炼到一重的地步，但是怎么做也做不到。

没错，他到了瓶颈。

不过，林雷对自己有信心，便放松下来陪陪自己的妻子迪莉娅。

林雷虽然对大地脉动的领悟到了瓶颈，但是对速度奥义的领悟进步不小。

令林雷最高兴的是，不光他有所突破，他的亲朋好友也接连突破了。

迪莉娅最先达到神域境界，然后是巴克，接着是赛斯勒，再是黑鲁。

没错，黑鲁也成神了。

不仅如此，武神和大圣司炼化了中位神神格，达到了中位神境界。

大家的实力都有所进步，林雷自然很高兴。

林雷看着眼前的黑发青年人，笑道："黑鲁，恭喜你了。"

"都是主人赐予的。"黑鲁即使化为人形，也依旧恭敬得很。

林雷笑道："黑鲁，不要太拘谨了，你现在想去哪里就去哪里吧。"

林雷旁边的迪莉娅笑道："我看哪，黑鲁肯定会去黄金龙它们那里显摆一下。黑鲁，我说得对吧？"

黑鲁憨厚地笑了笑。

黑鲁一想到以后的日子，就有些得意起来。谁能想到，他原本一只九级魔兽黑纹云豹竟然也有成神的一天。

待黑鲁离开，林雷斟酌了一下，对迪莉娅说道："迪莉娅，我准备离开龙血城堡一段时间。"

"嗯？"迪莉娅有些惊讶。

林雷解释道："我修炼大地脉动已经到了瓶颈，想出去走一走，多经历一些事情，这样或许会突然领悟出什么，最后有所突破。"

大地脉动是地系元素法则中比较高等的奥义，想要悟通真的很难。

"我和你一起去。"迪莉娅有些不舍。

"哈哈，我又不去其他位面，还是在玉兰大陆位面，随时都可以和你神识传音。"林雷笑道。

迪莉娅也笑了。玉兰大陆的范围就这么大，如今已经成神的迪莉娅自然能用神识找到林雷。

"嗯。"迪莉娅点头说道，"那你准备什么时候出发？"

"明天早上吧。"林雷说道。

"贝贝呢？"迪莉娅问道。

"他和我一起去。"林雷笑道，"当年，我就是和贝贝一起在魔兽山脉中度过了三年岁月。也是在那里，我摸到了大地脉动的门槛。"

第二天清晨，朝阳升起。

这次出去的事情，林雷没有告诉其他人，只有迪莉娅知道。

和迪莉娅告别后，林雷和贝贝就悄悄地飞离了龙血城堡。

"老大，我们去哪里？"迎着劲风，贝贝问道。

"极东大草原。我从来没好好看过那里，就先去那里吧！"林雷笑着说道。

林雷和贝贝化为两道光芒，直接消失在东南方天际。

第427章
特殊山脉

林雷和贝贝离开龙血城堡的事，几乎无人知晓。

一开始，沃顿、泰勒他们没看到林雷并不觉得奇怪，以为林雷在微型位面密室中修炼。

过了十天半个月，沃顿、泰勒他们才从迪莉娅那里知道，林雷和贝贝竟然出去了。

至于龙血城堡的普通护卫、侍女们，更是过了很久才知道这件事情。

在死城事件发生后，罗奥帝国虽然人口急剧下降，但是境内还是有不少子民的。毕竟死城事件已经过去了那么久，罗奥帝国也开始逐步恢复正常。

罗奥帝国，一座幽静小城。

在占地最广的一座府邸内，站岗的护卫腰杆挺得笔直，侍女们也不敢嬉笑打闹。

一名穿着华贵长袍的中年男子走在这座府邸内。

"安拉斯大人！"护卫们非常恭敬。

安拉斯微微点头继续前进，一会儿就来到了一座幽静的院子内。

在这院子中，一名穿着绣有金边的长袍的男子躺在椅子上，手中还捧着一本足有五厘米厚的书。

"萨狄斯塔大人！"安拉斯恭敬地弯身说道。

那读书的男子正是萨狄斯塔。萨狄斯塔来到玉兰大陆近二十年，一直蛰伏在这座小城内。可是，玉兰大陆发生的任何事情都逃不过萨狄斯塔的眼睛。至于安拉斯，正是萨狄斯塔麾下的三大中位神之一。

"安拉斯，有什么事情吗？"萨狄斯塔依旧看着书，淡漠地说道。

安拉斯恭敬地说道："萨狄斯塔大人，根据我们安排在龙血城堡中的人得到的消息，林雷早就离开龙血城堡了，应该有好长一段时间了。"

以萨狄斯塔的手段，在龙血城堡中安插人手并不难。

萨狄斯塔最重视的两个地方——奥布莱恩帝国皇宫以及龙血城堡。

他安插人手在皇宫是为了知晓阿德金斯的动作，毕竟在玉兰大陆，令萨狄斯塔忌惮的只有两个人，一个是阿德金斯，另外一个是贝鲁特。

不过，贝鲁特的金属城堡根本不招外人，萨狄斯塔无法安插人手，只能退而求其次，安插人手在龙血城堡了。

在龙血城堡安插人手，一是因为贝鲁特，二是因为龙血战士和不死战士。

啪的一声，那本厚厚的书被猛地合上。

萨狄斯塔转头看向安拉斯："林雷离开龙血城堡了，就他一个人？"

"不，还有那只叫贝贝的噬神鼠。"安拉斯恭敬地说道。

"哼！"萨狄斯塔不甘地哼了声，"这个林雷总是和那只噬神鼠待在一起，想要解决林雷有些麻烦。"

萨狄斯塔没放弃解决四神兽家族后裔的想法。

"林雷不足百年就达到如此境界，就是在四神兽家族中也算得上数一数二的天才。如果让他进入宗祠经过洗礼，要不了多久，他绝对会成为幽蓝府的一名大将，我们家族就会多一个大敌。"萨狄斯塔表情严肃。

四神兽家族的传奇之处，萨狄斯塔十分清楚。

"林雷没经过宗祠洗礼就这么厉害了，等哪一天他回到四神兽宗祠……的确是个麻烦。"安拉斯也点头说道。

"如果幽蓝府知道四神兽家族在玉兰大陆位面还有这么一个天才，肯定会不惜一切代价来带走这个林雷。"萨狄斯塔冷冷地说道，"在龙血城堡中，沃顿、巴克等人只是庸才，他们即使回到四神兽家族，也只是让四神兽家族多点人罢了，而林雷不同……"

安拉斯暗自点头。

四神兽家族子弟一般都要经过宗祠洗礼，到时候便会实力大增。

林雷没经过宗祠洗礼就这么厉害了，一旦回到四神兽家族，经过宗祠洗礼，那以后的成就……萨狄斯塔十分担忧。

林雷修炼不足百年便独力成神，这已经说明了他的潜力。

"不过，我们这次来玉兰大陆位面，是为了众神墓地。"萨狄斯塔皱着眉说道。

要想进入众神墓地，他就不能得罪贝鲁特。

他想解决林雷，可林雷和贝贝在一起……若林雷殒命了，贝贝肯定会记住让林雷殒命的人的气息，到时候自然可以查到他……

"无论如何，都不能让那只叫贝贝的噬神鼠殒命。"萨狄斯塔很清楚。

贝鲁特的后代中，就这么一只噬神鼠，贝鲁特自然十分重视贝贝，甚至让两个儿子在龙血城堡保护贝贝。

如果他们解决了贝贝，那贝鲁特的愤怒，萨狄斯塔可承受不了。

"而且，贝鲁特的后台不一般。若真的和贝鲁特搞僵了关系，即使是我的家族也要遭受大难。"萨狄斯塔只是模糊地知道贝鲁特的背景十分可怕。

"要解决林雷，必须找个机会。等林雷和那只叫贝贝的噬神鼠分开，我们就改变容貌，抓住机会解决林雷！"萨狄斯塔目光冷厉，"哼，即使林雷和贝贝灵魂相连，最多也只能传递敌人的样貌，无法传递敌人的气息。"

在这种情况下，萨狄斯塔一点都不担忧自己会被贝鲁特发现。

即使是强大的主神，也不可能知道过去发生了什么，未来会发生什么。只要贝鲁特查不到凶手，他萨狄斯塔还怕什么？

"我现在看看林雷在哪里！"萨狄斯塔的神识瞬间展开，几乎覆盖了整个玉兰大陆。

当然，他避开了黑暗之森和奥布莱恩帝国帝都这两处地方。

"在极东大草原。"萨狄斯塔冷笑一声，旋即看向安拉斯，"安拉斯。"

安拉斯立即躬身。

"安拉斯，你去一趟极东大草原。"萨狄斯塔吩咐道。

"是，萨狄斯塔大人！"安拉斯恭敬地回道。

萨狄斯塔点头说道："你到了那里，不需要刻意去找林雷。我会偶尔探察一下林雷的情况，一旦林雷没有和贝贝在一起，我就神识传音给你，让你去解决林雷。记住，改变容貌。"

"是。"安拉斯的容貌当场就发生了变化。

强大的神，既可以用神力修复他们的身体，又可以用神力改变他们的容貌。

"这个林雷，没事跑出龙血城堡，真是找死。我还愁他一直待在龙血城堡，没机会呢！"萨狄斯塔冷笑。

林雷和贝贝已经在极东大草原待了整整三个月。

这三个月，林雷和贝贝从巴鲁克帝国与极东大草原的搭界处，凭双腿一路南行，跋山涉水，穿越大草原。

这三个月来，他们二人完全将自己当成了当地的普通牧民，过着普通牧民的游牧生活。

极东大草原南部，此处离炽阳沙漠很近，周围也有一些山脉。林雷和贝贝此刻正在其中一条山脉内行走着。

"这就是牧民们说的死亡山脉啊。"林雷环顾周围感叹道，"可是，我没发现这里被称为死亡山脉的原因。"

林雷穿着无袖短衫，强壮的胸肌将短衫撑起来了。

这三个月的游历，让林雷觉得自己再次拥有了当年的激情。

他喜欢这种游历奇特地方的感觉。

贝贝戴着一顶草帽，嘴里还叼着一根草，看着周围："老大，那些普通人说这里是死亡山脉，可是对我们而言，当然一点危险都没有啦。"

"对我们是没有危险，可至少应该有一些比较特殊的地方吧。"林雷大步前进，"走，我们朝大山里面再走走，再好好看看。"

贝贝一跃，跃过数十米距离，到了林雷的身旁。

二人再度并肩前进着。

在牧民们看来，死亡山脉是非常危险的地方，特别是极东大草原南部的卡沙尔部区域。许多牧民根本不敢进入这条死亡山脉。

"娃儿！娃儿！"

大山深处传来凄厉的呼唤声。

林雷和贝贝相视一眼，毫不犹豫地朝声音处疾速赶去。

他们轻松地越过了峡谷、巨石等阻碍，很快就见到了发出声音的人。

"这条死亡山脉也有人敢进来？"林雷和贝贝都很吃惊。

发出声音的是一个牧民，此刻这个男人还在凄厉地喊着，他身上的衣服都被划破了，显得很是狼狈。

林雷和贝贝听着这凄厉的声音，都能够感受到这个男人的着急与悲痛。

"你怎么了？"贝贝直接跃到了这个男人的面前。

男人看到突然出现的贝贝，吓了一跳，旋即急切地说道："你这娃儿到死亡山脉来干什么？快出去，这里危险得很。"

男人看到贝贝的模样，认为贝贝只是一个少年而已。

砰的一声，贝贝细胳膊一挥，挥向旁边一棵粗得需要两人才能环抱住的大树，大树瞬间断裂。贝贝又是一挥，手掌拍在已经断裂的树干上，树干在空中划过一条弧线，朝远处飞去，飞了足有数百米远，不知道跌落到大山何处了。

"你还担心我？"贝贝一皱鼻子。

男人被眼前的一幕吓傻了。那需要两人才能环抱住的大树有多重，他很清楚。就是他认识的最强的人——他们的族长，也不可能将这棵大树一巴掌拍得没影。

"请问，到底发生什么事情了？你怎么在死亡山脉？你不怕危险？"林雷也走了过来。

男人看到林雷，又看了看戴着草帽的少年，明白他是遇到真正的强者了。

他直接跪了下来："两位大人，求求你们，救救我的孩子！"

"到底怎么了？"林雷问道。

"我的儿子在这大山里不见了。"男人急切地说道。

"你知道这里危险还带着儿子进来！"贝贝不满地说道。

男人连忙解释道："两位大人，你们不知道，这条死亡山脉在外面被传得很邪乎，其实没有那么可怕。死亡山脉只是最里面的一处区域有危险罢了，其他地方都很安全，居住在这附近的牧民们都知道。我们平常砍柴都会进山的，只要不靠近那危险区域就没事。之前砍柴时，我让我儿子在旁边，可一转头，我儿子就不见了，不知道跑哪里去了。"

"求求两位大人，帮我找找我儿子！"男人哭泣道。

林雷点了点头。

"你儿子是不是穿着红棉袄，大概七八岁？"贝贝问道。

"你……你怎么知道？"男人觉得不可思议。

林雷和贝贝相视一眼，笑了。他们的神识展开，瞬间就覆盖了整条山脉，自然可以找到那个孩子。

第428章
声音奥秘

林雷笑着说道："你的孩子，现在在我们南边大概三里的地方。"

"南边三里左右？"男人顿时脸色剧变，"那里是不是双角峰？"

"双角峰？"林雷有些疑惑。

通过神识，他发现那个孩子所处的地方不远处有一座山峰。那座山峰很怪异，从最上方裂开，像两个独角一样。可能由于长期被风吹，分开的两部分被吹得有了一丝弧度，如同山羊的双角一样。

贝贝说道："对，在孩子的不远处的确有两个像羊角的山峰。"

男人立即磕头说道："两位大人，请救救我的孩子！那双角峰区域就是死亡山脉最危险的地方啊！"

他太担忧自己的儿子了，磕头磕得额头都破了。

林雷体表神力翻涌，令男人不能再磕头。

"我们会救你的孩子。"林雷将手放在男人的肩上，一股来自生命源珠的力量被他传过去，瞬间治愈了男人额头上的伤口。

男人发现自己的伤口瞬间被治愈，更加确定眼前二人是了不起的强者，甚至有可能是传说中的圣域级强者。他看向林雷和贝贝的目光中充满了期待。

"你等一下。"林雷说道。

旋即，他和贝贝同时一动，直接消失在男人的眼前。

男人把双手放在胸前，眼角还有着泪花，喃喃道："娃儿他一定能获救，一定能的……"

死亡山脉，双角峰。

"双角峰这里的风好大，好怪异。"贝贝感叹道。

林雷微微点头。

山风大不奇怪，可是这里的山风不是一般大。狂风呼啸涌入双角峰后却不再发出声音，好像双角峰可以吞噬风一样。

幸好，那个孩子距离双角峰还有一段距离。

"他父亲找他都找急了，他却在这里睡着了。"贝贝不禁感叹道。

林雷和贝贝都站在这个穿着红棉袄的孩子的旁边。

这个孩子小脸红通通的，戴着毡帽，蜷缩在石头旁，脏兮兮的小脸上还有着泪痕。

看来在走失后，这个孩子找过他的父亲。

可是大山内方向难辨，不熟悉这里的成年人都容易走失，更何况一个孩子。

贝贝轻轻捏住了这个孩子的鼻子。

"嗯……"熟睡中的孩子皱了皱鼻子，因为呼吸不顺畅醒来了。

这时候，贝贝已经松开手了。

这个孩子一见到林雷和贝贝，眼中顿时满是惊喜。

"两位大哥哥，帮我找找父亲吧！我找不到了……"这个孩子说着，又抽泣起来。

"你这小家伙，以后还敢乱跑？"贝贝嬉笑道。

"我之前在追一只野兔，本来记得路的，可是后来不知道怎么了，就是找不到父亲了。我找来找去，找了好久，天都黑了。夜里好冷，我肚子好饿，饿着饿着就睡着了。"这个孩子用漆黑的大眼睛看着贝贝，抽泣道。

"走，哥哥带你去找父亲。"贝贝抱住了这个孩子。

林雷和贝贝直接飞了起来。虽然他们和孩子父亲的直线距离也就三里左右，但是如果步行，在大山里绕来绕去，起码要走十里地才能到孩子父亲那边。

"真不知道这个孩子吃了多少苦。"林雷在心中感叹道。

"啊——"这个孩子瞪大了眼睛。此刻，他在贝贝的怀里，飞在空中。

很明显，这个孩子从来没在空中飞过，已经兴奋得不能自已了："在飞呀，大哥哥，你好厉害！"

贝贝笑得眼睛都眯了起来。

"父亲，我看到父亲了！"这个孩子立即遥指下方的一个人影。

很明显，下方的男人也看到了林雷、贝贝以及他孩子，激动得在下方挥手。

林雷和贝贝落到了地面。

"去你父亲那边吧。"贝贝将孩子放到了地上。

"父亲！"这个孩子立即跑了过去。

男人抱住儿子，喜极而泣："娃儿，你都吓死父亲了！叫你别乱跑，你还是乱跑。"他找儿子已经找了整整一夜，今天还找了大半天。

"我不乱跑了。"孩子说道。

"赶快谢谢两位大人！"男人拉着自己的儿子跪下，感激地说道。男人听说过，圣域级强者能飞行，眼前两位都能飞行，恐怕就是圣域级强者了。

"谢谢两位大哥哥！"这个孩子认真说道。

林雷和贝贝都笑了。其实这一路上，他们已经帮过不少人了。

"以后要听你父亲的话。"林雷笑道，"好了，我们要走了。"

这个孩子说道："两位大哥哥，我叫沃尔什，我以后一定会去找你们，飞着去找你们。"

林雷和贝贝都笑了起来，旋即和这一对父子告别，继续前行。

林雷和贝贝是朝双角峰方向前进的。这双角峰显然有一些奥秘，他们自然要去探察。

"刚才那个孩子真可爱。"贝贝说道。

林雷感叹道："见到这一对父子，我就想到了西尼。"

"西尼？"贝贝有些惊讶。

林雷点头说道："当初博沙大堤被劈开，奥加文刚来到玉兰大陆就毁掉了我们巴鲁克帝国的皇宫。当时，整个皇宫中，除了西尼和安科，其他人都没了，西尼的儿子卡萨也没了。虽然过去了这么久，但是西尼一想到卡萨就心底难受。"

龙血战士的后代很少，西尼虽然又娶了妻子，但是一直没有孩子。

西尼自然仇恨奥加文。

如今，奥加文一直躲在奥布莱恩帝国帝都，林雷他们没机会报仇。

"这个仇一定要报！"贝贝点头说道，"一定不能放过奥加文！"

林雷也微微点头。

现在的他还没有足够实力对付奥加文。

片刻后——

"双角峰到了。"贝贝说道。

双角峰下方有一条峡谷，狂风如同野兽一样咆哮着涌入这条峡谷中。怪异的是，峡谷外的山风非常大，可一旦进入峡谷内，根本感受不到一丝风。

林雷和贝贝艺高人胆大，直接进入峡谷中，毫不畏惧那狂风。

峡谷内一片死寂，山壁并不平整，有的地方凸起，有的地方凹陷……

"这个峡谷内有不少骸骨。"贝贝皱着眉说道。

林雷微微点头。

"怪，真怪。"贝贝咂嘴说道。

林雷眉头紧皱，时刻警惕着。

"有好多尸骨，不知道有多少人命丧于此。"林雷看向前方的那些白骨。

很明显，它们在这里有比较长的岁月了。

"嗯？"林雷突然感到心脏一阵抽搐，还感到脑袋一阵眩晕。

"有人袭击？"林雷瞬间清醒，立即使用神力保护体内的五脏六腑。

"贝贝，小心！"林雷提醒道。

他现在是本尊在外行走。自从本尊吸收金色血液后，本尊身体的强悍度已经超过了神体。他这样强悍的身体竟然还能有不适感，这绝对是外力攻击。

贝贝也小心地注意着周围，灵魂传音："老大，没人啊！"

"我刚刚受到了攻击，"林雷非常确定，灵魂传音，"是无形的攻击。"

"我怎么没受到攻击？"贝贝有些担忧，这种无形的攻击最诡异。

林雷和贝贝警惕了好一会儿，可是没有丝毫发现。

"嗯？不对。"林雷将保护五脏六腑的神力收回，那种感觉又出现了。不过，他还能够保持清醒。

于是，林雷展开神识仔细感受。

片刻后，他明白了。

狂风进入峡谷后，因为峡谷内部奇特的构造发生了变化。风系元素微粒彼此碰撞，产生了一种奇特的声波。这种耳朵听不见的声波会传出去。

林雷感到心脏抽搐、脑袋眩晕，正是这种声波进入体内导致的。

林雷平常修炼速度奥义的时候，也会研究声音奥义。二十年下来，他虽然没有大的成就，但是也算有所认识。林雷清楚，声音其实是以声波的形式传到耳朵。这样，人就听到了声音。

只是这个峡谷中的声波很奇特，耳朵竟然听不见，而且对身体有伤害。

连林雷如此强悍的身体都受到了影响，更何况是进入这里的普通人。

"嗯？这是……"一道灵光在林雷的脑海中闪过。

"原来，这声波还如此玄奥……"林雷心底大喜。

"贝贝，我准备修炼一段时间。"林雷灵魂传音给贝贝，神分身从本尊体内飞了出来，盘膝坐在峡谷中，开始感知这奇特的声波。

不单单是林雷的神分身，他的本尊也同样坐了下来，开始参悟声波中蕴含的奥义。

贝贝有些错愕："老大又领悟什么了？"

"不过，老大领悟得越多越好啊！"贝贝心里是开心的，在林雷身旁坐了下来。

林雷在修炼，贝贝决定保护好林雷。

林雷突然开始修炼，完全在萨狄斯塔的意料之外。萨狄斯塔还期待林雷和贝贝分开，好命令手下来解决林雷。现在这样，他一点机会都没有。

林雷这一修炼，完全忘却了时间……

林雷以惊人的速度在领悟声音奥义。

时间流逝。

很快，林雷的两个身体表面都蒙上了一层灰尘。

贝贝也沉浸在修炼中。

一晃两年过去了，双角峰峡谷中没有其他人进来。

林雷的两个身体和贝贝依旧盘膝坐着。

双角峰峡谷中，那种奇特的听不见的声波依旧在不断地传递着。

"哈哈……"林雷的两个身体合二为一，体表扬起一层厚厚的灰尘。

他脸上满是笑容："哈哈，我错了，我错了。在风系元素法则中，声音奥义应该分成两部分，一个是声波奥义，一个是声乐奥义。声乐奥义和声波奥义融合，才是声音奥义！"

第429章
回到家乡

"嗡——"贝贝体表的灰尘也扬起来了。这些灰尘被一股无形的力量束缚着，最终凝聚成一颗石头。

贝贝按住自己的草帽，迷惑地看着林雷："老大，你刚才说了声乐奥义，又说了声波奥义，还说了融合，这到底是什么玩意儿？"

林雷微微一笑。

虽然他只修炼了两年，但是他的灵魂推演速度比之前快了百倍，而且他是两个灵魂同时领悟的。

这两年的修炼成果，绝对赶得上之前的修炼成果。

在声乐奥义和声波奥义方面，林雷已有小成，不过距离大成还很遥远。

"贝贝，声音的传递其实是一种声波传递。"林雷解释道，"这声波既然是波，自然是要振动的。振动通常会产生声音，在一定范围内，我们的耳朵就能听到这声音。"

这也是林雷当年在龙血城堡中研究声音时，领悟到的一些内容。

贝贝点了点头。

"我们听到的不同声音，会造成一些奇特效果。"林雷操控着风系元素微粒，让它们彼此碰撞，顿时美妙的声音响起。

这声音如同爱人的呢喃，让人不由自主沉浸其中。

贝贝隐隐受到了影响。

"这就是声乐奥义！"林雷笑道，"我只是用精神力操控了风系元素，如果使用神力操控，威力会更大。即使是神级强者，也会受到影响。比如风的轻吟，这一招发出的声音就可以迷惑敌人，令敌人一时间放松警惕，让我可以趁机攻击对方。"

贝贝点头："好厉害，那声波奥义呢？"

"我刚才说了，声波是可以振动的。在一定范围内，我们的耳朵可以听到声音，一旦振动频率超过这个范围，情况就不同了。"林雷感慨道，"当年我没有意识到这一点，现在看到这峡谷形成的声波，我却明白了。"

"哦？"贝贝有些惊奇。

"看着。"林雷再次用强大的精神力控制着周围的风系元素。

奇特的声波再次出现，传向周围的山壁。

片刻后，峡谷中的山壁仿佛有生命一样隐隐震动起来，碎石从峡谷上方不断滑落。

"咦？"贝贝十分惊讶。

林雷加强精神力，周围风系元素微粒的碰撞更加激烈了。

"咚！咚！"仿佛敲鼓一样，整个峡谷的山壁都震动起来了。

轰的一声，部分山壁竟然直接炸裂开来，化为石粉。

"啊！"贝贝吃惊得瞪大眼睛。

原本，峡谷因为构造特殊才会形成这种奇异的声波。

现在，林雷这么一操作，峡谷内构造剧变，再也无法形成原来的声波。

顿时，狂风呼啸，无数碎石被抛向空中，天空一片灰蒙蒙的。

过了许久，天空一片清朗，这里依然狂风呼啸。

"死亡山脉再也不是死亡山脉了。"林雷感叹道。

"老大，这种攻击好厉害。"贝贝惊叹道。

林雷淡笑道："只能算一般，声波奥义目前只是小成。据我发现，声波奥义只能用来攻击身体，至于声乐奥义，只能影响灵魂。不过，如果敌人对这个不了解，即使是神级强者，恐怕也要吃点小亏。"

声波奥义、声乐奥义，是声音奥义的两个方面。

一个攻击身体，一个影响灵魂。

"它们真正的威力我还不清楚，毕竟我没有修炼到大成。"林雷脸上有一丝笑意。

林雷觉得自己领悟到的一些奥义，其实是对天地的一种理解。随着领悟的深入，终有一天，他不动声色就能令天地崩塌。只是要达到那种境界，不知道要到何时。

"贝贝，你成神时领悟的是什么奥义？"林雷好奇地问道。

贝贝撇嘴，说道："没老大你的厉害，只是用来保命的而已，跟那个杀手之王希塞的差不多。我现在如果要跟人战斗，还是要使用天赋神通呢。"

林雷一听就明白了。

忽然，嗡的一声，天地隐隐震动起来。

顿时，玉兰大陆上无数神级强者将目光投向西方，林雷和贝贝自然也看向西方。

"有人成神了！"贝贝惊讶地说道。

天地法则降临，那是独力成神的征兆，毕竟靠炼化神格成神的可不会令天地法则降临。

"这已经不是第一次了。好像前几年，西方也有人独力成神。"林雷有些疑惑，展开了神识，"差不多是过去神圣同盟的那片区域。怎么回事？这几年，那里竟然连续有两个独力成神的。"

独力成神很难。

正因为难，这样的神级强者才显得珍贵。

不过，同一片区域连续出现这种情况，就有些巧合了。

"老大，我们过去看看吧？"贝贝说道。

"神圣同盟……"林雷微微一怔，似乎想起了什么，"也好，回去看看吧，我已经很久没回家乡了。"

林雷和贝贝直接飞了起来，朝西方疾速飞去。

独力成神引起的天地法则波动，也引起了萨狄斯塔的注意。

萨狄斯塔展开神识的时候，发现了林雷的动静："咦，林雷竟然醒来了。他这是要飞往哪里？"

林雷和贝贝的飞行速度很快，待萨狄斯塔再次用神识探察时，林雷和贝贝已经到了目的地。

"竟然是过去神圣同盟那片区域……安拉斯！"萨狄斯塔立即神识传音给还在极东大草原等候机会的安拉斯。

安拉斯盘膝坐在一处幽静的山谷内，体表满是灰尘，乍一看，恍若一尊人形石雕。

等候两年，对他来说根本算不了什么。

听到萨狄斯塔的声音，安拉斯顿时睁开眼睛，体表的灰尘瞬间燃烧起来，顷刻消失不见。

萨狄斯塔命令道："安拉斯，林雷和那只噬神鼠去了昔日神圣同盟那片区域，你先过去。"

"是，萨狄斯塔大人。"安拉斯恭敬地说道。

轰的一声，山谷中突然升起一片火焰。安拉斯被火焰环绕着，迅速腾空而起，划破长空，直接朝西方飞去，瞬间消失在西方天际。

乌山镇，林雷的家乡。

"乌山镇……"林雷站在乌山镇的中央，环顾四周，叹息一声。

乌山镇的东边街道和建筑与当年没太大区别，可是这小镇里难觅一个居民。偌大的乌山镇早已荒无人烟，这里不再是人的住处，而是魔兽的巢穴。比如林雷家的祖屋，如今成了风狼的巢穴。

"当年，我的那些伙伴，那些大婶、叔叔……"林雷脑海中浮现出当年乌山镇热闹的一幕——

每天清晨，许多孩子会齐聚在小镇东边的空地上锻炼，大人们则开始工作。

然而，这一幕不会再出现了，绝大多数人都不在了。

"乌山镇已经成为历史。"林雷叹息道。

经过当年的毁灭之日，原先芬莱王国所在的区域都成了魔兽的乐园。

想到此，林雷眉头一皱，控制体内的神格发出神威。

虽然林雷现在使用的是本尊身体，神分身还在灵魂海洋中，但是他完全可以使用神分身体内的神格。

强大的神威如同海啸一样席卷乌山镇。

乌山镇中的上百只魔兽被吓得瑟瑟发抖。

"全部滚开！"林雷的声音在每一只魔兽的脑海中响起。

没有一只魔兽敢反抗，数百只魔兽迅速从乌山镇逃逸。

"贝贝，去我的祖屋看看吧！"林雷说道。

"那里也是我的家。"贝贝说道。

当年，贝贝是在祖屋中出生的，也是在祖屋中和林雷认识的。

最后，他们一人一兽成了生死伙伴。

林雷和贝贝都沉默着，一同踏入那已经布满灰尘的颓败祖屋中。

赫斯城。

德林·柯沃特当年是在这里殒命的。这座城池没有被魔兽占领，比过去更加繁华了。

一家格调比较清雅的酒馆内，林雷和贝贝寻了一个安静的位子相对而坐，点了一些酒和美食。

"味道不错！"贝贝夸赞道。

林雷也笑着点头："所以这里生意才好啊！"

这家酒馆中有不少人。

"嗯？"林雷有些惊讶地转头看向门口。

一个有着一头紫色长发的美丽女孩朝酒馆走来，她的脸上有着淡淡的雀斑，显得十分可爱。

"贝丽塔！"

"贝丽塔，你回来啦！你父亲跟我们喝酒时，都看向门口好几次了。"

这个美丽女孩一进酒馆，酒馆中就响起了此起彼伏的招呼声。

很明显，这个美丽女孩很有人缘。

"这个女孩是谁？"林雷后面座位的一个年轻小伙子疑惑地询问道。

小伙子对面的男人笑道："她是酒馆老板的女儿。准确地说，这家酒馆是贝丽塔小姐一手安排建造的。"

"哦？"那个年轻小伙子很惊讶。

"贝丽塔家原先是贵族，只是后来衰败了。贝丽塔的父亲，就是那个大鼻子老板，比较好面子，即使家族衰败了也要住在豪华的府邸内，还安排仆人打扫府邸各处。贝丽塔家的府邸很大，要维持这么大一座府邸，花销非常惊人。

"贝丽塔的父亲不做事，钱只出不进，自然很快就没钱了。后来，还是贝丽塔主动将府邸的前院改造成了这家酒馆。你看，那是后门。从后门进去，就是贝丽塔的家了。贝丽塔的家很大，都是靠贝丽塔一个人撑着呢。

"而且，贝丽塔还是一位厉害的魔法师呢，据说已经是五级魔法师了。"

听着别人的叙说，林雷有些惊讶地看了贝丽塔一眼。

"老大，这个贝丽塔还真够厉害的！"贝贝也感慨道。

不管是外面还是里面，这家酒馆都设计得不错。因此，林雷和贝贝才选择了这家酒馆。

没想到，这家酒馆是一个女孩设计的。这个女孩虽然年纪不大，但是可以管理整个家了。

"父亲，我身体不舒服，先去休息了。"贝丽塔对喝酒的父亲说道。

"身体不舒服？快去休息吧！"大鼻子中年人连忙说道。

贝丽塔走向后门，准备进入自家府邸。

"嗯？"林雷这时候眉头微微一皱。

第430章
出手解难

"老大，看来来了个有背景的人物呢！"贝贝笑着看向林雷。

林雷微微点头："一个很普通的青年，竟然有两个九级强者跟着给他当保镖，这不是一般家族能做到的。"

"贝丽塔！"酒馆门口响起了有些恼怒的声音，一个金色鬈发青年进入了这家酒馆。

在这个金色鬈发青年背后，跟着两个冷漠的中年人。

金色鬈发青年盯着贝丽塔："贝丽塔，你竟然当什么都没有发生过！"

"啊，哈伯德少爷！"大鼻子中年人站了起来，立即热情地说道，"快坐下，和贝丽塔慢慢谈。"

"哼！"哈伯德瞥了一眼大鼻子中年人，"滚一边去！"

大鼻子中年人尴尬地笑了笑，不敢多说什么。

贝丽塔眉头蹙起，转身看向哈伯德，郑重地说道："哈伯德，我承认上午我那样做有些不给你面子，可我就是不喜欢你。我希望哈伯德少爷你将精力花在别的女人身上。"

哈伯德在原地沉默片刻，眼中满是怨恨，说道："好，好，贝丽塔……"

"我哈伯德从来没有对人这么有礼过。对你，我不仅送礼物，还想方设法地让你喜欢我。可是现在看来，这一切都没用。"哈伯德脸一沉，"贝丽塔，那你就不能怪我了。”

贝丽塔自然猜得到哈伯德要干什么。

“哈伯德，以你的条件，会遇上更好的女人。你何苦将时间浪费在我这个家族衰败的女孩身上呢？”贝丽塔说得很委婉。

“我喜欢的，就没有得不到的！”哈伯德说着，下巴微微扬起，“两位叔叔，将她带回去！”

哈伯德此话一出，贝丽塔顿时脸色苍白。

贝丽塔知道哈伯德家有权有势，因此不敢得罪哈伯德。只是在有些问题上，她还是要坚守底线的。

“是，少爷！”哈伯德身后的两个九级强者躬身应命。

“等……等等。”大鼻子中年人站到了贝丽塔的前面，恳求道，“哈伯德少爷，你就放过我的女儿吧！你要我做什么我都愿意，就是将我祖传的府邸交给你也可以，求你放过我女儿！”

贝丽塔怔怔地看着自己的父亲。这还是那个死要面子，只知道喝酒玩闹的父亲吗？

贝丽塔一直有些瞧不起自己的父亲，可是此刻她发现，她的父亲远不是她认为的那样。

“哼，你那破房子谁要？”哈伯德不屑地说道，“将贝丽塔带走！那个老家伙碍事，你们处理一下！”

“是！”两个九级强者走了过来。

大鼻子中年人连忙挡在自己的女儿面前，想要保护自己的女儿。

“父亲，你让开！”贝丽塔想推开自己的父亲。

可是，她那个嗜酒的父亲此刻似乎有很大的力量，死死挡在贝丽塔的面前。

“滚开！”一个九级强者无情地踢向大鼻子中年人。

酒馆中没人敢出声，那些喝酒的人都知道哈伯德在赫斯城的权势，没人敢阻拦他们！

一群人看向贝丽塔父女，眼中都有一抹同情。

在他们看来，贝丽塔和她父亲的结局已经注定了。

然而，那个九级强者踢到半途的腿一顿，整个人突然委顿地倒在地上，一动不动。

他已经没了气息！

看到这一幕的人都愣住了，就连那哈伯德也傻眼了。

另外一个九级强者立即半跪下来，扶起自己的伙伴："哥，哥，你怎么了？你别吓我啊！"

这个九级强者怎么都无法相信已经达到九级的哥哥会突然殒命。

"谁？出来！"这个九级强者环顾周围喝道，眼中有一丝愤怒。

可是，没有人吭声。

这个九级强者冷笑一声："是谁出手的？你最好赶紧现身，否则……这家酒馆中的其他人都会没命，这可是你导致的！"

这个九级强者继续环顾周围。

酒馆中一片安静。

"带着你家少爷赶紧滚吧！"一个声音突然响起。

这个九级强者立即看过去，锁定了发出声音的人，连贝丽塔和她父亲也看了过去。

发出声音的是一个披着长发、看似年轻的男子，他的对面是一个戴着草帽的俊俏少年。

哈伯德上前两步，呵斥道："你是什么人？竟然敢坏我的事情！"

哈伯德从出生到现在，从来没有人反抗过他，他要做的事情还没有做不到的。特别是在这赫斯城中，就是王国的国王也没有他哈伯德说的话有用。因此，哈伯德从不惧怕任何人。

"真烦！"贝贝不满地把杯中的酒泼向哈伯德，"快滚！"

哈伯德一愣，摸了摸脸上的酒，脸瞬间涨得通红。

这是侮辱！

哈伯德从来没有过这种感觉。

贝丽塔拒绝哈伯德时还是很委婉的，即使是这样，哈伯德都认为丢脸了，所以之前极为愤怒。

至于贝贝的做法，更是让哈伯德难以忍受！

"杀，给我杀了他！！！"哈伯德咆哮着指向贝贝。

贝贝抬头对哈伯德咧嘴一笑。

唰啦一声，贝贝瞬间消失在原地。

啪的一声，清脆的巴掌声响起。

哈伯德被打得飞了起来，然后落在了不远处的椅子旁边，一动不动。

那个九级强者脸色一变，身影一闪，立即冲了过来。

啪的一声，又是一巴掌。

那个九级强者也被打得飞了起来，口吐鲜血。

"你们……你们死定了。"这个九级强者努力站了起来。

他看到哈伯德的样子，就知道哈伯德已经没气息了。

"死定了？"贝贝俊俏的脸上带着一丝笑意，故意理了理头上的草帽，睥睨这个九级强者，"我们就在这里等着。我倒是想看看，你怎么让我们死！"

林雷在旁边看着，并没有阻止贝贝。

那个九级强者怨恨地看着林雷和贝贝，旋即仰天长啸。这声音刺耳至极，从这家酒馆向外传去。

"你们快走！"贝丽塔连忙跑过来，劝说林雷和贝贝，"哈伯德的父亲可是一个非常可怕的强者，没人敢惹他的。快走！"

贝丽塔不想眼前二人因为她受牵连。

林雷和贝贝相视一眼。

其实，贝贝没有解决那个九级强者，就是为了将背后的强者引出来。只有这样，贝丽塔才不会有后患。

"轰！"可怕的气爆声在远处响起。

片刻后，一个人影就到了酒馆内。

那个九级强者看到来人立即单膝跪下："雷格大人，属下没用，少爷殒命了，是那两个人害的。"

这个九级强者在说话的时候，身体发颤。

雷格身体壮硕，满脸胡须，目光冷厉。

当看到躺在地上的哈伯德时，雷格愣了好一会儿，旋即看向那个九级强者："少爷没了，你为什么还在？"

那个九级强者顿时感到惊骇，眼前一道刀光闪过，他还没来得及反应便倒了下去，没了气息。

"啊！"酒馆中不少人吓得眼睛瞪得滚圆。

贝丽塔和她父亲站在一边，根本不敢出声。

贝丽塔看向林雷和贝贝的目光中满是担忧。

"是你们动手的?!"雷格盯着林雷和贝贝。

"对。"贝贝睥睨雷格，俊秀的脸上满是不屑。

林雷依旧坐着喝酒，根本不理会雷格。林雷展开神识时就发现，雷格只是圣域级强者。从那一刀来看，他最多是圣域级极限强者罢了，对贝贝一点威胁都没有。

"雷格，怎么了？"一个声音传来。一个人影出现在酒馆门口，是一个银色长发中年人。

"去见老师前，我要先解决这两个浑蛋！"雷格眼睛通红，牙关紧咬。

"见老师？"林雷眉头微微一皱。

银色长发中年人吃惊地看着地上的哈伯德，很清楚哈伯德在雷格心中的地位。雷格和他，都是从戈巴达位面监狱中逃出来的，都是圣域级极限强者。

在戈巴达位面监狱中，圣域级极限强者的实力排在末尾。

在里面，圣域级极限强者过得十分艰辛。逃出来后，多数人自然想享受人生。

于是，雷格娶了老婆，有了一个儿子，也就是哈伯德。

其实，雷格在被关押进戈巴达位面监狱之前也是有子嗣的。只是万年过去，雷格不知道他的血脉是否还在。

因此，雷格对哈伯德极为宠溺。

为了保护自己的儿子，雷格专门找来了两个九级强者。凡是自己儿子要求的，雷格都会想方设法满足。

儿子，就是他的宝贝。现在，他的儿子却死了！

雷格感知到了贝贝的强大，开始提前准备。

贝贝却很随意，等着雷格出手。

陡然，雷格怒吼一声。一道如同白练的光芒亮起，瞬间就到了贝贝的面前。

酒馆中的其他人吓得脸色煞白，开始担忧眼前这个俊秀少年。

"就这点本事？"贝贝用两根手指夹住了战刀，让战刀无法再前进一分。

"厉害！"林雷眼睛一亮。

神级强者虽然神体强，但是要靠两根手指夹住圣域级极限强者的最强一刀是很难的。就是让林雷来做，他也不可能做到如贝贝这般随意。

"贝贝的身体本来就很强，变成神体后更加厉害了！"林雷在心底赞叹。

酒馆中的其他人都傻眼了。

两根手指就夹住了战刀，这让雷格也呆住了。他终于明白，自己对上的恐怕是神级强者，于是赶紧放下了手中的战刀。

此刻，他清醒了。虽然他很心疼自己的儿子，但是很明显，他认为自己的命更重要。

雷格连忙恭敬地说道："既然是两位大人惩罚我的儿子，那此事就算了。我的老师是铜锣山主人，还希望两位看在我老师的分上饶了小的。"

这一幕让贝丽塔等人都觉得难以置信。

黑光一闪，雷格的额头上出现一个窟窿。

雷格瞪大眼睛，眼中满是难以置信，旋即轰然倒地。

贝贝吹了吹手指："铜锣山主人，没听说过！"

林雷却皱着眉，看着处于惊慌中的银色长发中年人，说道："你，过来！"

第431章
铜锣山主人

赫斯城这家酒馆中，一大群人都处于惊骇中。

他们没想到，平时作威作福且实力强大的雷格大人在那个草帽少年面前竟然毫无反抗之力。

而且，草帽少年还是听坐着的那个青年的话的。那个坐着的青年，实力岂不更加厉害？

"他们？"贝丽塔靠着自己的父亲，惊异地看向林雷和贝贝。

林雷此刻依旧皱着眉头。

"大人，你喊我？"银色长发中年人十分忐忑。

他明白，如果林雷和贝贝对付他，他也必死无疑。

"我老大让你过来！"贝贝一瞪眼睛，喝道。

银色长发中年人身体微微一颤，然后走到桌旁。

"我叫撒迪。"银色长发中年人老实交代自己的名字。

"你来自戈巴达位面监狱吧？"林雷淡然问道。

在询问时，林雷施展神之领域，让酒馆内的普通人听不到他们的谈话。

"是的，大人。"撒迪极为配合。

撒迪明白，眼前两个强者一旦不满，恐怕随时会要了他的命。现在，他只能尽力配合对方，让对方满意，这样才可能保住自己的命。

林雷目光冷厉，凝视着撒迪，低沉地说道："我问你，铜锣山主人是谁？"

铜锣山主人，让林雷担忧的人物。

刚才雷格说了，他的老师是铜锣山主人。能够当圣域级极限强者的老师，应该不是一般人物。林雷他们既然解决了雷格，就必须弄清楚铜锣山主人的身份。

"你说老师？"撒迪有些错愕。

林雷微微点头。

"老师的名字，我们也不知道。因为他住在铜锣山，所以我们都称他为'铜锣山主人'。"撒迪提到铜锣山主人，眼中满是崇拜，"老师是我见过的最伟大的强者。"

"哦？"林雷眼睛眯成一条缝。

撒迪继续说道："自从我和雷格从戈巴达位面监狱逃回到玉兰大陆，已经过了二十年。这段时间，老师指点的圣域级极限强者就有两个独力成神了。"撒迪眼中尽是敬服，"能令我们突破瓶颈，如此伟大的强者怎么不值得钦佩？"

"什么？"林雷脸色变了。

就是旁边的贝贝也不敢相信地说道："最近几年达到神域境界的那两个人，都是受到了你老师的指导？"

毕竟瓶颈难以突破。

就是强大的贝鲁特，当初知道德斯黎等人困在瓶颈，也只是让他们坚定信心，并没有多说什么。

能够指导圣域级极限强者突破瓶颈，这种强者对元素法则的掌握绝对达到了逆天的地步。

"铜锣山主人是什么境界的强者？"林雷立即问道。

"不知道。"撒迪摇头说道，"不过，老师的两个兄弟应该是中位神。"

林雷和贝贝相视一眼。

兄弟都是中位神？那铜锣山主人至少是中位神。

"我惹祸了。"贝贝耷拉着脑袋，对林雷说道。

解决了这样一个强者的弟子，贝贝再马虎也明白事情麻烦了。

林雷无奈地说道："贝贝，看来我们此次的游历旅程要结束了。"

惹了如此大敌，他们还是赶快回龙血城堡吧。

"嗯。"贝贝点头。

"这位大人不必担心。"撒迪听了林雷和贝贝的谈话，明白了贝贝的想法，连忙说道，"两位大人请放心，没人会找你们麻烦的。"

林雷和贝贝有些错愕。

"哦？"林雷看着撒迪，等着他的下文。

贝贝问道："撒迪，你们的老师难道不为弟子出头？"

撒迪连忙说道："两位大人，铜锣山主人那是何等身份，我和雷格只是圣域级极限强者，怎么可能成为他的弟子？"

"可是你们称呼他老师啊？"贝贝疑惑地问道。

撒迪自嘲道："两位大人，我们称呼铜锣山主人为老师，只是我们这么称呼罢了。铜锣山主人可不认为我们是他的弟子。"

林雷眉头一皱："说清楚些。"

撒迪解释道："两位大人，我和雷格都是从戈巴达位面监狱逃出来的，而后就生活在这里。后来，听说铜锣山有一位绝世强者，他偶尔会指导拜见他的修炼者。前去拜见铜锣山主人的强者有很多，我和雷格只是其中两个罢了。

"我们因为都从铜锣山主人那里得到了一些指点，所以恭敬地称呼他为老师。不过，铜锣山主人从来不认为我们是他的弟子。如果我们有这样的老师，在戈巴达位面监狱就不会过得那么惨了。"

林雷和贝贝恍然大悟。

"你们都是厚脸皮啊！"贝贝嬉笑道。

撒迪只能尴尬地笑了笑。

"铜锣山主人的确是一位奇人！"林雷赞叹。

这样一位强者，竟然会偶尔指点拜见他的修炼者，至少不是恃才傲物的人。

"你刚才说近几年来两个独力成神的人，都是因为得到了铜锣山主人的指点？"林雷依旧感到不可思议。

"是的。"撒迪感叹道，"其中有一个还是我认识的人。"

"这样的奇人怎么能不去看看？贝贝，你说呢？"林雷看向贝贝。

贝贝赞同地点头，转头看向撒迪："嗯，那个铜锣山在什么地方？"

"铜锣山在原来的神圣同盟的南边，魔兽山脉的西边，也就是被大量魔兽占领的地方。老师在其中一个大山内，"撒迪解释道，"距离这里大概两千里。两位大人如果去，或许也能得到指导。求老师指点的，不单单有圣域级极限强者，还有神级强者。"

林雷越发觉得不可思议。

这位铜锣山主人定是不凡，林雷更想见见他了。

"只是两位大人必须有心理准备，老师想指点谁是看心情的。"撒迪解释道，"我们去铜锣山，或许要等好久才能见到老师。"

"能见到最好，见不到就当游览一番。"林雷淡笑道。

"走，我们快走吧！"贝贝有些等不及了。

撒迪态度谦逊："能为两位大人带路，是我的荣幸。"

于是，撒迪率先走出了这家酒馆，林雷和贝贝也跟着出去了。

"两位……"贝丽塔连忙追过去。

她想感谢林雷和贝贝，却被林雷的神之领域挡住了。

三人腾空而起，很快就消失在南方天际。

"那两个强者是什么人？只用一招就击败了圣域级强者雷格大人。"此刻，酒馆中才有人说话。

他们走出酒馆，仰头看向天空，希望看到林雷他们的踪迹。

"那个少年太厉害了，两根手指就夹住了圣域级强者的一刀。"

"我说那个青年更厉害！"

酒馆中一群人都激动得议论起来，贝丽塔却仰头看着林雷他们消失的方向。

这份感激，她只能放在心底。

铜锣山山脉距离林雷的家乡乌山镇并不远，也属于魔兽出没的区域。

不过，因为有强者住在这里，魔兽们便不敢靠近这里。

"那就是铜锣山！"半空，衣袍随风飘扬的撒迪遥指下方的一条山脉。

撒迪的旁边便是林雷和贝贝。

"似乎没多少人啊。"林雷有些惊讶。

按照他的理解，如果许多强者要来拜见这位铜锣山主人，这里应该有比较多的人才是，可是他没看到几个人。

撒迪解释道："老师的两个兄弟曾经和我们说过，得到过老师指点的，十年内不得再来打扰老师。"

"哦。"林雷恍然大悟。

玉兰大陆的强者就那么多，知道铜锣山主人的恐怕也就那么多，而且，得到过指点的强者十年内又不能再来，难怪这里的人比较少。

"下去吧。"林雷第一个朝下方飞去。

铜锣山主人的住处是一座幽静的府邸。

林雷等人来到这座府邸面前，不禁惊叹起来。

"这座府邸……"林雷感知到了浓厚的地系元素气息。

撒迪目露崇拜，说道："这座府邸是由地系元素凝聚成的。你看墙壁等地方，没有一丝裂缝。能够轻易控制地系元素形成这么一座府邸，真是了不得！"

"你不懂。"林雷表情严肃。

"哦？"撒迪惊愕地看向林雷。

林雷郑重地看着眼前的府邸。

撒迪只是圣域级极限强者，还不是修炼地系元素法则的，自然不知道这样一座由地系元素凝聚而成的府邸到底有多么了不起，但是林雷明白。

"禁忌魔法中，不管是大地守护圣铠还是大地守卫，存在时间都是有限制的。"林雷思考着。

铜锣山主人既然建造了这座府邸，就不可能让这座府邸隔一个小时就重新凝聚一次吧。

"由地系元素凝聚，这样的颜色……"林雷看着这座黑色的府邸，"这是黑钰的颜色！"

林雷知道，当达到神域境界的修炼者施展大地守护圣铠时，大地守护圣铠的坚硬程度便达到了黑钰级别，颜色也是黑钰的颜色。

不过，黑钰级别的大地守护圣铠持续不了多长时间。

然而，铜锣山主人用这个级别的大地守护圣铠制造了一座府邸！

嘎吱一声，府邸的大门开了。

一个光头壮汉朝外面一瞥："又有人来了？"

撒迪立即恭敬行礼："拜见伯吉斯大人。"

"又是你？"伯吉斯眉头一皱，而后沉思说道，"也对，上一次你是十几年前来的。"

说完，伯吉斯看向林雷和贝贝，打量了他们一段时间，目光里有一丝好奇。

林雷和贝贝同样谦逊行礼。

"我三弟让你们两个进去，至于你，过几天再来吧。"伯吉斯说道。

"恭喜两位了！"撒迪对林雷和贝贝说道，丝毫没有生气。

铜锣山主人，可不是谁一来就能见得到的。

撒迪当即躬身行礼，然后独自离开了。

"伯吉斯先生。"林雷开口说道。

"你们的运气还真是好，我三弟竟然要见你们两个，也不知道是怎么回事。"伯吉斯嘴里说着，同时将林雷和贝贝带入府邸，"听好了，见到我三弟可要恭敬点。"

林雷和贝贝相视一眼，都笑着观察这座府邸。

在这座府邸里，进来的人会感到全身一阵舒坦。

此时，府邸院落中，两个中年人在谈笑着。

"其中一个就是铜锣山主人吗？"林雷的目光落在那二人的身上。

第432章
请教领悟

住在府邸的三人，除了伯吉斯外，其他两人都显得比较随和。其中一个中年人比较显眼，一头黑色长发，眉毛却是赤红色的。

"三弟，你要见的人来了。"伯吉斯说着就走了过去。

那个赤眉中年人看向林雷和贝贝，目光在贝贝的身上停留了一会儿，旋即笑道："你们两个先坐下吧！"说着，他指向前面不远处的凳子。

"谢大人。"林雷和贝贝有礼地说道，而后便坐在和那个赤眉中年人相对的位子上。

"大哥、二哥，你们先去忙吧！我和这两个小家伙聊聊。"赤眉中年人对伯吉斯和另外一个中年人说道。

显然，伯吉斯和另外一个中年人非常听他们三弟的话，点了点头，然后离开了。

赤眉中年人看向林雷和贝贝，笑道："你们可以称呼我为雷林先生。你们两个到我这里，有什么事情就说吧。"

雷林先生？

林雷有些惊讶："咦？铜锣山主人一般不是不告诉别人名字的吗？"

"雷林先生！"贝贝却惊呼道。

"怎么了？"雷林疑惑地看向贝贝。

"我……我老大他叫林雷。"贝贝很是错愕。

"林雷？"雷林惊讶片刻，然后反应过来了。

林雷之前没注意到这个，现在也反应过来了。"林雷"和"雷林"，不就是两个字交换一下顺序吗？

"你真的叫林雷？"雷林很吃惊。

林雷点头笑道："是的，雷林先生。我的全名是林雷·巴鲁克。"

雷林大笑道："哈哈……还真是够巧的，我和你相反。'雷林'是我的家族名，我的全名是'扎克利亚斯·雷林'。说来，我们还真是有点缘分。"

"是的。"林雷也觉得很巧。

经过名字事件，林雷在雷林面前也就不那么拘束了。

"雷林先生，我这次来是因为修炼方面的事情。"林雷说道。

"来找我的几乎都是问修炼方面的。"雷林咧嘴笑道，"只是话说在前面，我只能指点你罢了，而且，我只对火系元素法则、地系元素法则比较精通，其他元素法则恐怕只能说一两句。"

林雷笑了。

其实看到这座府邸，林雷就知道铜锣山主人是修炼地系元素法则的。

"说吧！"雷林笑道。

林雷便将自己的烦恼说了出来："雷林先生，我现在修炼地系元素法则中的大地脉动，已经将大地脉动融合至大地脉动二重了，至于最后的大地脉动一重，我怎么都无法做到。"

"你修炼大地脉动？"铜锣山主人雷林赤红色眉毛轻轻一挑，"看来，你天赋不错。"

"不过，我也无法帮你突破。"雷林笑道。

林雷十分错愕。不是有两个强者因为眼前这位铜锣山主人的指点而独力成神了吗？

"你无法帮？"贝贝也很吃惊，"你不是帮过别人吗？"

雷林笑道："谣言越传越离谱，瓶颈只能靠自己度过，我最多指点你一二。"

林雷眼睛一亮。人家能够指点他，如果他有所领悟，自然就成了。

"林雷，你暂时停止领悟大地脉动，我们先谈谈这地系元素法则蕴含的六种奥义。"雷林淡笑道。

"六种奥义？"林雷有些惊讶。

林雷听贝鲁特讲过类似的内容，不过贝鲁特是假设一种元素法则蕴含九种奥义。

"是的，地系元素法则一共蕴含六种奥义，"雷林淡笑道，"其他的我不太清楚。不过，在地、火、水、风这四种元素法则中，地、火、水这三种元素法则蕴含六种奥义，风系元素法则多一点，蕴含九种奥义。"

雷林侃侃而谈，令人不由自主地相信。

林雷微微点头。

"地系元素法则中，最基础的就是土之元素奥义。"雷林说道。

"土之元素奥义？"林雷眉头一皱。

地系元素无处不在，怎么还专门有这个奥义？

"林雷，"雷林开口说道，"你应该知道，魔法当中有大地傀儡、大地守卫、大地守护圣铠，对吧？"

林雷点头。

林雷年幼时，在乌山镇上空交战的两大圣域级强者，其中一个就施展过禁忌魔法大地守卫。

"不管是大地傀儡还是大地守卫，其实都是使用者通过体内魔法力控制地系元素凝聚而成的。林雷，你说对吧？"雷林笑着看向林雷。

林雷当即点头。他研究魔法时也耗费过很多精力，自然明白。

"不管是大地守卫还是大地守护圣铠，都是对土之元素奥义的初步运用。"雷林侃侃而谈，"地系元素是可以变幻万物的。你可以控制它变成人、魔兽，乃至铠甲。对土之元素奥义领悟得越深，就能更进一步运用地系元素，比如我这座府邸！"

雷林指向府邸："你看这座府邸，坚硬程度堪比黑钰，而且还能永久存在。你说我怎么做到的？"

"这……"林雷对这点本来就很疑惑。

现在，他有些明白了。眼前这座府邸，恐怕是雷林在土之元素奥义大成之后建造的。

"林雷，地系元素法则应该是防御力最强的。"雷林赤红色眉下的一双眼睛炯炯有神，"其中，防御别人的物质攻击是靠土之元素奥义。至于防御别人的灵魂攻击，是靠大地脉动奥义。"

林雷点头赞同。

他正是让精神力形成脉动防御的。

"地系元素法则，六种奥义。你想要领悟其他的，最好将基础的土之元素奥义领悟透，它是基础！"雷林继续说道，"土之元素奥义会让你对地系元素有更好的理解。理解得越深，感受得越深，你领悟地系元素法则中的其他奥义就会轻松不少。"

林雷有些明白了。

"大地脉动一重，难度很大，我无法提供捷径。但是我想，你如果静心领悟土之元素奥义，或许会让你在大地脉动方面有所突破。"雷林笑道。

"谢谢雷林先生。"林雷感激道。

"一切还是要靠你自己。"雷林笑道，"那这样吧，林雷，你看清楚了。"

雷林看向半空，林雷也仰头看去。

地系元素猛地聚集在一起，甚至发出轰隆隆的声音。

铜锣山上方出现了大片土黄色的云朵，旋即又化为一条足有百米长的土黄色蟒蛇。

咝咝声响起，蟒蛇宛如真的，露出尖牙。

一条巨型蟒蛇在上空盘旋，令林雷心惊不已。

"这就是土之元素奥义大成的威力吗？"林雷在心底暗道。

"仔细看清楚了！"雷林低声喝道。

林雷立即集中注意力，同时展开神识仔细观察那条巨型蟒蛇的一举一动。

盘旋在上空百米长的蟒蛇陡然甩动起蛇尾，仿佛鞭子挥舞。

"嗡——"

蟒蛇蛇尾猛地一抽，半空竟然出现了一道道清晰的空间波纹，每一道波纹都产生了空间裂缝。片刻后，一道道空间波纹消失。

即使如此，受到空间波纹波及的一些大树也瞬间化为齑粉。

"这……这是大地脉动？"林雷觉得不可思议。

"这是大成之后的大地脉动。"雷林笑着看向林雷。

"大地脉动也能由地系元素凝聚起来的生物施展？"林雷很吃惊。

"怎么不能？"雷林淡笑道，"我这还是将大地脉动和土之元素两种奥义分别施展，如果两种奥义融合在一招施展出来，恐怕这铜锣山就没有了。"

林雷心底震惊。

他也知道奥义是可以彼此融合的，不过没想到会那么厉害。

"好厉害！"旁边的贝贝赞叹道，旋即疑惑地看向雷林，"雷林先生，你刚才说地、火、水、风四种元素法则中，只有风系元素法则蕴含九种奥义，其他三种都是六种奥义。这是不是说明领悟风系元素法则很难？"

"不，"雷林感叹道，"数量不同，难度却没多大差别。如地系元素法则中的大地脉动、重力空间奥义等都是难度极大的。每一种奥义要修炼至大成，都需要花费心力，也需要一些机遇。"

"林雷，你先领悟土之元素奥义，或许会给你带来一些惊喜。"雷林笑道。

林雷微微点头。

林雷也清楚土之元素奥义是比较容易上手的，毕竟这是最基础的。

"雷林先生，不知道以后我是否还能来请教你呢？"林雷询问道。

"自然可以，只要我还在铜锣山，你就能找到我。"雷林说道。

林雷却听出了雷林的言外之意："雷林先生，难道你要离开这里？"

雷林点了点头，感叹道："的确，过不了多久我就要离开这里了。"说完，雷林似乎想起了什么，叹息一声，没再多说。

随后，林雷和贝贝便居住在铜锣山了。大部分时间，林雷用来修炼，偶尔会和龙血城堡中众人用神识交流。

随着修炼的进行，林雷渐渐发现修炼土之元素奥义的好处了。

幽静的庭院内。

萨狄斯塔再一次展开神识探察林雷的情况，不禁眉头一皱，眼中有一丝怒气："林雷还是和那只噬神鼠待在一起。没想到，那一座山中竟然还有两个中位神！"

以萨狄斯塔的实力，很容易就发现了那两个中位神。

"中位神……"萨狄斯塔思考着，"看来，还需要等待机会。"

萨狄斯塔的耐心非常好，没有十足把握他是不会让安拉斯出手的，毕竟他这次是为了众神墓地中的宝物才来玉兰大陆位面的。

不过，雷林是和他两个兄弟居住在铜锣山的，萨狄斯塔只发现了雷林的两个兄弟，并没有发现雷林。

第433章
所谓切磋

铜锣山环境优美，在幽深山谷的瀑布碧潭旁，林雷和贝贝搭建了两个石屋，然后住了下来。

林雷不想打扰铜锣山主人，人家能够指点他就足够了。

"轰隆隆——"瀑布如同无数白色珍珠倾泻，砸在下方的深潭中，深潭中的水形成小溪流淌出去。

林雷盘膝坐在深潭潭边的草地上，本尊开始静心领悟起土之元素奥义，至于神分身，自然是继续研究风系元素法则。

"从来没有这么仔细地感受过地系元素。"林雷将自己的精神力完全展开，融入每一个地系元素微粒中。

地系元素微粒非常小，眼睛是无法看到的，却充满天地间。一个个地系元素微粒悬浮在空间各处，进行着无规则的运动。

地系元素微粒之间相互吸引，又相互排斥。

"好奇妙，这就是元素世界？"林雷在心底赞叹。

当林雷的精神力进入大地内部的时候，他再次感叹："这凝聚成物质的元素微粒，彼此距离太近了。"

的确如此，那些石头、土块实际上都是地系元素微粒凝聚而成的，元素密度很大。

"大地、山石虽然是由地系元素微粒凝聚而成的，但是没有浓厚的元素气息……"林雷心中不解，"按照刚才空间中地系元素微粒的运动习惯，当地系元素微粒彼此距离很近的时候，是互相排斥的……为什么山石中的地系微粒元素如此密集，却没有产生排斥呢？"

林雷控制地系元素凝聚成的土块、金石都会散发出浓厚的元素气息。

"为什么山石、大地没有浓厚的元素气息？"林雷脑海中满是疑问，各种问题困扰着他。

林雷这一修炼，完全沉浸在奇妙的地系元素世界中。

"嗷——"

两个月来，铜锣山中时而传来咆哮声，正是林雷控制地系元素形成的各种魔兽发出的咆哮声。

随着对地系元素本质的理解，他脑海中的一个个问题被逐一解决。

他明白纯粹使用精神力，强行控制地系元素凝聚成实体，是最愚蠢的办法。

"地系元素微粒之间有着玄妙的关系。我只要施展一点精神力，就可以令无数地系元素凝聚在一起。"林雷睁开眼睛，看着天空中那只怒吼的大地暴熊。

那只大地暴熊身上隐隐有黄光环绕，正愤怒地咆哮着，时而拍击胸膛。

它是由地系元素凝聚而成的。

"如果是两个月前，我施展魔法召唤大地暴熊，耗费的精神力绝对是如今的数十倍！"林雷在心底感叹不已，"如今，我还只是对土之元素奥义略有领悟罢了。"

如果土之元素奥义大成，他耗费的精神力将会更少。

"在精神力一样的情况下，一个由领悟了土之元素奥义的修炼者施展的大地守护圣铠的威力，比没有领悟土之元素奥义的强得多。"

"地系元素的确奇特。"林雷在心中感激那位铜锣山主人雷林。

雷林说得没错，土之元素奥义只是基础罢了。地系元素法则，其实就是无数地系元素形成的各种奇特奥义。领悟了土之元素奥义，有益于领悟其他奥义。

　　铜锣山，雷林的住处。

　　地系元素府邸内，雷林正和他的两位兄弟待在一起。

　　雷林赤红色眉毛一挑，赞叹道："林雷的天赋的确不错。短短两个月，他对土之元素奥义的领悟竟然到了这种地步。按照他的速度，估计再花费两三年，他就能完全掌握了。"

　　"林雷天赋厉害，难道赶得上三弟你？"伯吉斯笑道。

　　白袍中年人也笑着说道："三弟，你才是我们玉兰大陆位面有史以来最强的天才。"

　　白袍中年人和伯吉斯看向雷林，眼中都有一丝敬服。

　　"不能这么说。"雷林看向东南方向，似乎透过房屋看到了在山谷中修炼的林雷，淡笑道，"林雷现在是下位神，而且踏上修炼之路的时间并不长，他的未来谁能预估？他现在的修炼速度只是比当年的我慢一些罢了，至于以后的成就，很难说。"

　　伯吉斯和白袍中年人都微微点头。

　　"贝鲁特和我说过，其他位面中，有的绝世天才十年成为下位神，百年成为中位神，千年成为上位神。若是愚笨之人，千万年都困在瓶颈中，无法踏入下位神境界。"雷林淡笑道。

　　"这和悟性有关，"雷林感慨道，"而林雷就是一个很有悟性的人。"

　　"只是千年就成为上位神，这太不可思议了！"伯吉斯和白袍中年人都感叹道。

　　雷林却淡然一笑："这和各人际遇有关，那种绝世天才不值得羡慕。"

　　雷林显然不在乎那些天才："那种天才人物都希望早日达到上位神境界，可是他们大多数不知道，元素法则中的各种奥义一开始就应该尝试融合。若是等他们成为上位神，各种奥义已经大成，再去尝试融合奥义那就晚了！"

"元素法则中的奥义要尽早融合，时间越早，融合难度就越小。"雷林感慨道，"如果我当初在下位神境界就知道这个道理，恐怕早就能将六大奥义融合达到圆满之境了。"

"将元素法则中的奥义全部融合？三弟，无数位面中有几个这样的人？"白袍中年人说道。

雷林笑了笑，没有继续谈这个话题。

"大哥，"雷林看向伯吉斯，"我们能从戈巴达位面监狱逃出来，林雷是有点功劳的。你也是修炼地系元素法则的，你去和他切磋切磋。"

"好！"伯吉斯爽快地点头。

雷林看向白袍中年人："二哥，我受了贝鲁特的大恩，你就顺便去照顾一下那只小噬神鼠，和他切磋切磋。"

"我正感到无聊呢！"白袍中年人笑道。

溪水哗哗流淌。

林雷完全沉浸在对地系元素的感悟中，一丝丝领悟涌上心头，令林雷的嘴角有了一丝笑意。

在林雷修炼的时候，贝贝也在一旁沉心修炼。

突然，伯吉斯出现在这里。

"这个林雷，"伯吉斯看到林雷嘴角的笑意，"竟然修炼到笑起来，真是让人羡慕啊！"

以修炼为乐，这是少数强者才能做到的。

喜欢做一件事情，一旦投入，效率将会非常高。如果不喜欢做一件事情，强行要求去做，效率会非常低。

绝大多数强者为了不屈于人下，强迫自己修炼。

强迫修炼的结果怎么比得上自愿修炼的结果？

这是无数强者都明白的一个道理。

于是，有些人逼迫自己喜欢修炼，想让修炼成为一件快乐的事情。

可是喜欢不喜欢，这是心灵的自然反应，不是逼迫自己就可以改变的。

"伯吉斯先生，你来干吗？"贝贝大声喊道。

林雷这时候睁开了眼睛，站起来笑道："伯吉斯先生。"

伯吉斯哈哈笑道："林雷，我知道你修炼地系元素法则，很巧，我也是修炼地系元素法则的。你我切磋切磋，你认为怎么样？"

"这……这当然好！"林雷很惊喜。

和修炼同一种元素法则的强者切磋，特别是对方还比自己强得多，这是非常难得的机会，毕竟是人家降低身份来陪自己。

说是切磋，实际上是对方帮助自己，指导自己！

"哈哈……我比较愚笨，在地系元素法则中只修炼了两种奥义，一种是土之元素奥义，另外一种是力量奥义。"伯吉斯大笑道，"不过林雷，你还是要小心点。"

林雷心底一动。

他现在知道地系元素法则中还有一种奥义——力量奥义。

"嗡——"大量地系元素凝聚，在伯吉斯的体表形成了一件晶莹的土黄色铠甲。

"不是黑钰之色？"林雷心底一惊。

"林雷，对付你我就不使用力量奥义了，直接使用土之元素奥义，小心了！"伯吉斯咧嘴大笑着。

接着，伯吉斯猛地一蹬地面，朝林雷冲来，右拳更是直接砸向林雷。

阳光照射在晶莹的土黄色铠甲上，很是耀眼。

伯吉斯的右拳上竟然凝聚出一个狼脑袋，那只狼嘴巴张开，牙齿锋利。

"嗷——"那只狼还发出了吼叫声。

林雷脸色一变，打算后退。

没承想，伯吉斯竟然施展了神之领域。

伯吉斯身为中位神，他施展的神之领域令林雷速度大减。

锵的一声，紫血神剑和拳头上的狼首相撞。

砰的一声，林雷仿佛被重物砸到了一样，狠狠地摔落到远处的深潭中。

水花四溅，阳光照耀下，那溅起的水花如同一颗颗晶莹剔透的珍珠。

"太弱了吧！"伯吉斯摇头。

"轰！"林雷从深潭中一冲而起，旋即落在地上，看着眼前的伯吉斯，询问道："伯吉斯先生，你拳头上的狼首怎么攻击力那么强？坚硬程度怎么会赶得上神器？"林雷对刚才那一幕十分迷惑。

伯吉斯嘴角上翘："自己慢慢想。"

林雷一怔，而后一咬牙，说道："好，再来！"

从这天开始，林雷每天都要被伯吉斯击败三次。

伯吉斯从来不说什么，只是让林雷自己去想。其实，即使让伯吉斯说，伯吉斯也说不出什么来，毕竟伯吉斯领悟土之元素奥义花费了上千年。

林雷和伯吉斯每天切磋，而贝贝和那个白袍中年人每天切磋。

在这种切磋下，林雷对土之元素奥义的领悟日渐加深。

林雷又一次被击飞，摔落在地上，这回却笑了。

"我错了，错了！"林雷哈哈大笑道，"它不是死的，不是死的。"

"我之前一直不理解大地脉动到底是怎么回事，现在，懂了，懂了！大地脉动……哈哈，原来这就是大地脉动！"林雷状若疯狂，仰头大笑。

同时，一股强大的奇特力量降临了。林雷所处的空间开始扭曲，在这股特殊的力量面前，任何强大的神灵都只是蝼蚁。

伯吉斯一颤。

原本，再次击败林雷，还准备得意地教训林雷两句的伯吉斯傻眼了："这林雷，他……他就这么领悟了，太厉害了吧？"

伯吉斯终于感受到自己和天才的差距了。

第434章
大地脉动

天地法则降临，连在不远处切磋的贝贝和白袍中年人都被吸引过来了。

贝贝闪电般穿过山林来到山谷，看着悬浮在半空的林雷，眼中尽是惊喜："老大终于领悟了大地脉动！"

"大哥，怎么回事？他……他就这么突破了？"白袍中年人飞了过来，很是吃惊。

伯吉斯一脸茫然地说道："刚才我将他击倒，不知道什么触动了他，竟然让他领悟了。这真打击人。"

"难怪三弟会称赞他！"白袍中年人看向林雷。

突然，宛如瞬移一般，山谷中又出现了一个人，正是赤红色眉毛的雷林。

贝贝吃惊地看了雷林一眼："这个铜锣山主人太厉害了吧。贝鲁特爷爷说过，再厉害的强者也不可能瞬移，不知道雷林用了什么手段。"

雷林微笑地看着悬浮的林雷，满意地点了点头。

"哧哧——"无数地系元素在林雷的上空迅速聚集，一股奇特的力量包裹住林雷的灵魂。

"嗡——"聚集的地系元素瞬间消散，一枚隐隐散发出土黄色光芒的黑色晶体悬浮在空中。

神格一旦形成，自然就和林雷的灵魂有了联系。

"地属性神格！"林雷心底一阵欢喜。

"终于，地系元素法则和风系元素法则都达到神域境界了。"林雷心底有些激动，同时脑海中浮现出雷林的模样，"这次能够这么快突破瓶颈，还真的要感谢这位铜锣山主人。"

"要凝聚神体了。"林雷感知到天地法则传来的信息。

毫不犹豫，林雷控制这枚地属性神格悬浮在体外。

林雷嘴角有一丝笑意："又要把灵魂一分为二了。从今天起，又多了一个身体，可以修炼其他元素法则了，不过灵魂一分为二的痛苦……"

"啊！"林雷全身肌肉痉挛，不禁大喊道。

灵魂一分为二带来的剧烈疼痛感令林雷瞬间脸色煞白。

"看来林雷还想修炼其他元素法则，"雷林感叹道，"竟然又选择了将灵魂一分为二。"

灵魂一分为二的痛苦，雷林是很清楚的。将灵魂生生撕裂成两半，再厉害的强者也会控制不住喊出来的。

幸亏这种痛苦只是在成神这一刻才会感受到。

此时，灵魂有天地法则保护，在一分为二时不会有事。如果是平时，别说灵魂一分为二，单单震颤强度太大，就能将灵魂震散。

一个剑形灵魂从林雷体内飞出，和悬浮的地属性神格融合在一起。

"剑形灵魂？"雷林眼睛一亮，"有修炼毁灭规则的潜质呢！"

此刻，林雷再次感受到了那个奇特的位面——元素海洋位面。

雾蒙蒙的空间，浩瀚的元素海洋，潮起潮落。那土黄色的潮水都是液体化的元素，海洋深处便是精纯的地系神力。

林雷竭力探索海洋深处的神力。

地系神力以地属性神格为核心，凝聚成一个赤裸的神体，模样和林雷一样。

"天地法则总是形成赤裸的神体。"林雷一边感慨，一边控制地系神力，在地系神分身体表形成一件土黄色长袍。

林雷心中一动，风系神分身从本尊体内飞了出来。

地系神分身、风系神分身，两大神分身都围绕着本尊。

随即，两大神分身又融入本尊体内。

在林雷的灵魂海洋中，穿土黄色长袍的林雷和穿淡青色长袍的林雷都盘膝悬浮在灵魂海洋的表面。在两大神分身上方，悬浮着一个散发七彩光芒的剑形灵魂，比过去小了许多。

林雷落到地面上，睁开眼睛，看到了雷林三兄弟和贝贝。

"老大！"贝贝眼中尽是喜色，笑得咧开了嘴，竖起大拇指，"在铜锣山才半年，地系元素法则就达到了神域境界。对了，老大，你是领悟了土之元素奥义，还是领悟了大地脉动奥义？"

"是大地脉动！"林雷笑道。

"林雷，恭喜了！"雷林淡笑道。

林雷看向雷林，表情变得郑重，然后非常规矩地躬身，感激道："雷林先生，十分感谢你们三位的帮忙。如果不是你们，我想要突破这瓶颈不知道要什么时候。"

"不用感谢，要感谢也是我们三兄弟该感谢你。"雷林说道。

"嗯？"林雷一怔。

雷林感谢他？为什么要感谢他？

旁边的伯吉斯爽朗大笑道："哈哈，林雷，如果不是你和另外两个下位神，我们三兄弟恐怕此刻还在戈巴达位面监狱中呢！"

林雷和贝贝恍然大悟。

"原来，雷林真的来自戈巴达位面监狱。"林雷在心底暗道。

"老大，奥利维亚那一剑还是有点好处啊。"贝贝笑道。

雷林看着林雷，淡笑道："林雷，你现在只是初入地系元素法则下位神境界。对强者而言，领悟元素法则是一个方面，运用才是最重要的一个方面。"

林雷心有所感地点了点头。

的确，他当初成为风系下位神，研究了许久才领悟出风的轻吟这一招。

"贝贝，你最好现在不要打扰林雷，让林雷好好静心去感受大地脉动，以便能够更好地运用大地脉动，使其发挥出更大的威力。"雷林对贝贝说道。

"我知道。"贝贝连忙点头。

在领悟了元素法则中的奥义后，确实应该尽早学会运用。

"林雷，你好好修炼。过段时间，你的实力应该能和我大哥相当了。"雷林说道。

"怎么可能？"林雷自嘲道，"我毕竟是下位神。"

"可是你有两个神分身啊！"雷林笑道。

"这……有两个神分身有什么用？"林雷有些疑惑，"中位神的神之领域的束缚力太大了，我只能勉强抵挡。"

雷林笑道："你连这个都不知道？"

"嗯？"林雷不解。

"林雷，你的两个神分身都在本尊体内。一枚神格可以施展神之领域，两枚神格也可以施展神之领域。两个神之领域叠加，你受到的束缚力就会小很多。"雷林解释道。

林雷一怔。

当初，贝鲁特说下位神不及中位神，那是指一对一的战斗。

像林雷这样的，可以让两个神分身联手对付敌人。

"下位神的两个神之领域叠加，或许无法完全抵挡住中位神的神之领域，但是会令中位神的神之领域的束缚力小很多。到时候，你再凭借技巧和奥义，就有机会击败中位神。"雷林说道。

林雷此刻十分激动。原来，神分身多了还有这个作用。

林雷既然要静心领悟大地脉动，自然就不会再和伯吉斯切磋了。贝贝为了不打扰林雷静修，和白袍中年人切磋也是在比较远的地方。

山谷中，只有林雷一人。

"禁忌魔法脉动守护，就是控制大地中蕴含的脉动之力。"这个魔法一旦施展出来，就像一个透明的保护罩。

过去，林雷不明白脉动之力是如何形成的。

"脉动之力，迥异于一般力量，是一种新的力量。现在看来，需要经过转化。"此时，林雷心中豁然开朗，"运用大地脉动，除了有振动波攻击，还应该有脉动之力的攻击。"

林雷脚踩大地，体内神力翻腾。

奇特的脉动之力通过林雷脚底传入地面，而后通过地底传播，传入前方的深潭中。

"轰！"深潭中的水花冲天而起。

"这种攻击悄无声息。"林雷嘴角有一丝笑意，"如果再研究一番，这一招应该可以更加厉害。"

罗奥帝国，一座幽静府邸内。

"林雷竟然在独自修炼！"萨狄斯塔展开神识，发现了正处于修炼中的林雷，"林雷还真是够厉害的，地系元素法则也达到了下位神境界。"

萨狄斯塔目光冷厉。林雷潜力越大，萨狄斯塔就越想解决林雷。

"林雷绝对不能去地狱回到幽蓝府。"萨狄斯塔很清楚这一点，"那个铜锣山只有两个中位神罢了，如果安拉斯速度快，还是能够在极短时间内击败林雷的。"

萨狄斯塔对安拉斯还是比较有信心的，因为安拉斯修炼的是以攻击出名的火系元素法则。

"安拉斯——"萨狄斯塔直接神识传音给安拉斯。

天色阴沉，风很大。

一个人影在半空疾速飞行，正是一袭暗红色长袍的安拉斯。

安拉斯目视南方："等了这么久，终于等到机会了。"

刚才，萨狄斯塔已经将林雷所在的位置通过神识传入了安拉斯的脑海中。

因此，安拉斯对林雷的位置非常清楚。

此时，隐隐红光在安拉斯眼中掠过。

很快，铜锣山出现在安拉斯的视线内。

安拉斯俯冲而下，轻松地飞行于山林之间，朝林雷修炼的山谷赶去。

地系元素府邸内。

"那个张狂的家伙一次次用神识探察，果然不怀好意。"雷林淡然一笑。

萨狄斯塔一次次用神识探察林雷的情况，还以为没人会发现，可是雷林一清二楚。

"这次派来的人应该是他的手下。"雷林丝毫不着急。

"一个中位神……正好看看林雷的实力达到什么地步了，不知道他是否扛得住。"雷林身影一动，消失在院内。

虽然安拉斯先朝山谷飞去，距离林雷更近，但是雷林先抵达了山谷。

山谷中，林雷正沉浸在修炼中。

突然，林雷觉得地面略微震动了一下。

"嗯？"林雷感到疑惑，停止了修炼。

"怎么回事？"林雷没发现哪里有问题。

在山谷的一个旮旯处突然多了一块石头。

这块石头隐隐散发出地系元素气息，竟然还发出了声音："还是在这里看着，要是林雷殒命了，事情就有点麻烦了。哦，那个中位神到了。"

第435章

虚无剑波

林雷没有发现安拉斯，还在思考大地脉动。

"雷林先生说得没错，地系元素法则中，土之元素奥义防御物质攻击，大地脉动奥义防御灵魂攻击。怎样既能防御灵魂攻击，又能施展灵魂攻击……"

林雷正在琢磨如何靠大地脉动施展出灵魂攻击。

远处一棵大树树干上站着一个人，正是安拉斯。

安拉斯看着林雷："解决他，只要一击！"

安拉斯知道林雷是下位神，但还是决定偷袭。在最短时间内解决林雷，这是萨狄斯塔的命令。

山谷内很是寂静。

嗖的一声，一道火红色光芒瞬间划破长空，刺向林雷。

林雷大吃一惊。

"不好！"林雷感觉自己被神之领域束缚住了。

如果是别的下位神，突然遭到中位神的神之领域束缚以及全力一击，绝对会措手不及。

可林雷经常和中位神伯吉斯切磋，因此，面对安拉斯的偷袭，林雷条件反射般迅速做出反应。

林雷凭借体内的两大神分身，立即施展两大神之领域。

同时，林雷手中出现了紫血神剑，然后挥舞起来。

无数剑影化为一条紫色长链撞向那道火红色光芒，林雷则努力地卸力后退。

砰的一声，林雷狠狠砸在了远处瀑布后的山壁上。

山壁竟然直接裂开，碎石滚落。

"嗯？"安拉斯脸色一变，"面对我的偷袭，林雷竟然挡住了？"

安拉斯很吃惊。

唰啦一声，安拉斯仿佛雄鹰一样，划过空中，冲向林雷陷入的山壁。

山壁处，轰的一声，林雷闪电般跃了出来，落在山谷的空地上。

青金色鳞甲覆盖林雷全身，龙尾散发出金属光芒，微微甩动着。

林雷用暗金色双眸盯着对方，呵斥道："你是谁？"

林雷早就施展了神之领域，并且叠加了两个神之领域。

即使如此，在对方中位神的神之领域下，林雷也还是略处于劣势。

不过，凭借速度奥义和龙血战士形态，林雷勉强能对付对方。

林雷这一声，不但让安拉斯大吃一惊，还惊动了远处正在切磋的贝贝和白袍中年人以及在一旁观战的伯吉斯。

"老大！"贝贝脸色一变，立即和两个中位神朝山谷飞来。

"不好！"安拉斯知道情况不妙，"如果那两个中位神赶来，我就一点希望都没有了！"

旋即，安拉斯体表火焰燃烧，整个人仿佛离弦之箭划破空间，冲向林雷。

安拉斯手中那柄被火焰包裹的长枪刺向林雷。

"最强一击！"安拉斯目光冷厉，凝视林雷。

林雷站在原地，暗金色双眸盯着对方，竟然丝毫不闪躲。

"找死！"安拉斯见对方不闪躲，怒喝道。

其实，林雷在大声质问时，就已经控制体内的地系神力，让大地脉动转换成一股股脉动之力从脚底传出去，形成了以他为中心，半径百米范围内的脉动之力区域。

"就是这时候！"林雷眼神陡然一亮。

数十股脉动之力从地底冲出，从各个方位迅速袭向安拉斯，就好像地面突然冒出了无数只手。这些"手"抓住了安拉斯的双脚，抱住了安拉斯。

安拉斯脸色剧变。

林雷一手持着紫血神剑，一手持着黑钰重剑，疾速冲向安拉斯。

"砰！"安拉斯体内神力爆发，迅速挣脱出脉动之力的束缚。

此时，安拉斯和林雷之间的距离不足十米。

这样的距离，对于林雷和安拉斯而言太近了。

安拉斯想后退，可是怎么退？

贝贝和那两个中位神正飞速朝这里赶来。

耀眼的光芒从长枪上爆发，一道淡红色光芒环绕着长枪枪尖，长枪直接刺向林雷。

安拉斯的最强一击——灵魂破灭！

与此同时，耀眼的紫光亮起，似笛声的好听声音响起。

这声音让安拉斯受到了一丝影响。

经过数十年的修炼，林雷风的轻吟这一招，威力可比过去大了许多。

最重要的是，风的轻吟这一招还蕴含了声乐奥义。

紫血神剑和枪尖撞击。

"锵！"

虚幻的紫色剑影和一道虚幻的淡红色枪影撞击。

"砰！"

虚幻紫色剑影只是坚持了一会儿就消散了，那淡红色枪影只是颜色变淡，依旧冲向林雷。

"不好！"林雷脸色一变。

这灵魂攻击的速度太快，林雷来不及闪躲！

"糟糕！"隐藏在山谷不远处的雷林大惊。

然而，即使他的速度再快，也快不过灵魂攻击。

"啊！"林雷的咆哮声响起，黑钰重剑落到了安拉斯的身体上。

实际上，林雷的紫血神剑和黑钰重剑是同时攻击的。

安拉斯没有选择后退，只能抵挡其中一件武器。安拉斯因为明显感觉到了紫血神剑的威胁，便去抵挡紫血神剑。于是，黑钰重剑就落在了他的身上。

在淡红色枪影进入林雷脑中时，一股由精神力转化的奇特波动通过黑钰重剑进入了安拉斯的体内。

林雷的灵魂海洋。

透明薄膜保护着灵魂海洋，原来的大豁口处是由林雷精神力形成的补丁。

大部分淡红色枪影撞击在透明薄膜上，直接消散。少部分红色枪影蕴含的能量企图通过大豁口进入灵魂海洋。

如果是全部的淡红色枪影，由林雷精神力形成的补丁或许扛不住，可这只是部分能量罢了。

另一边，虚幻的透明剑影直接冲入了安拉斯的灵魂海洋。

这虚幻的透明剑影如果放大一万倍，就可以发现这其实是由一道道密集的精神波形成的。

这样密集的精神波，威力十分大。

虚幻的透明剑影冲入安拉斯的灵魂海洋，安拉斯的精神力立即形成一道防御壁障。

在由无数精神波构成的虚幻的透明剑影面前，防御壁障很快就崩塌了。

虚幻的透明剑影狠狠撞击在一枚神格上。

"砰！"神格震颤，其中蕴含的灵魂消散了。

大地脉动一重——虚无剑波！

"成了！"林雷心中大喜。

原本，林雷施展的大地脉动就是靠振动波攻击人体五脏六腑的。他再根据风的轻吟研究数月，摸到了通过大地脉动施展灵魂攻击的门槛。

其实，虚无剑波这一招，林雷还没有大成。他有时候能施展成功，有时候施展失败。

没想到，他这次竟然施展成功了。

突然，一个人影从安拉斯的尸体中冒了出来。

这个人影抓着一枚神格迅速冲天而起。

"这个安拉斯竟然还有一个身体！"林雷顿时脸色一变。

"嗖！"

林雷直接追了过去。

"我的中位神神分身竟然完蛋了！我堂堂中位神竟然被一个下位神击败了！"安拉斯心底尽是愤怒。

他有两个身体，一个是火系中位神神分身，还有一个是风系下位神神分身。他最看重的自然是中位神神分身。

"我一定，一定要报仇！"安拉斯心底怒吼，同时拼命赶路。

他猛地展开神识，朝罗奥帝国辐散开去。

"萨狄斯塔大人！"安拉斯疾呼道。

萨狄斯塔还在等着安拉斯的好消息，立马回应："安拉斯，你得手了吗？"

"萨狄斯塔大人，救命，救命啊！"安拉斯十分急切。

萨狄斯塔一愣，然后展开神识，很快就知道了铜锣山中发生的一切。

"什么！"萨狄斯塔脸色剧变。

实际上，林雷和安拉斯交手只有两个回合罢了。

一回合是安拉斯偷袭，一回合是双方拼命对抗。

两个回合进行得很快，贝贝和那两个中位神都还没抵达山谷。

安拉斯也算是倒霉，遇到了拥有残破灵魂防御主神器的林雷。

主神器再残破也是主神器！

不仅如此，林雷的紫血神剑和黑钰重剑都能施展出灵魂攻击。

"逃，逃！"安拉斯疯狂逃窜。

这一个不愧是风系神分身，速度极快。

"嗷——"

一个怒吼声响起，一道庞大的噬神鼠幻影出现在半空。

那道噬神鼠幻影张开嘴巴，一股诡异的力量包裹住安拉斯。安拉斯瞬间就定在了半空，动弹不得。

"贝贝！"林雷此刻停下了，吃惊地看着远处的贝贝。

贝贝已经变为噬神鼠的模样，长度也就半米左右，只是贝贝的身后出现了足有百米高的巨型噬神鼠幻影。

"啊，不——"安拉斯感到了绝望。

一枚风属性神格直接从安拉斯体内冒了出来，化为一道光芒飞入了远处贝贝的口中。

贝贝就好像吃豆子一样，直接将那枚风属性神格吞入了肚中。

安拉斯的身体坠落到地上。

贝贝蹿了过去，将安拉斯的空间戒指和那枚火属性中位神神格拿在手上："哼，敢来对付我老大，还想逃？做梦！"

伯吉斯、白袍中年人以及林雷，看得目瞪口呆。

"这……这就是噬神鼠的神通？"林雷心底发颤。

吞噬别人的神格？

怪不得叫噬神鼠，这能力太逆天了！

"老大！"贝贝飞了过来，将手中的火属性中位神神格抛给林雷，"这枚中位神神格我消化不了，给你。"

"哦。"林雷接过这枚中位神神格，然后反应过来了，看向贝贝，"你说什么？你说消化？"

神格这玩意儿坚不可摧，用神器砍都不可能留下一丝痕迹，即使是上位神全力一击，也不可能让神格碎裂。这也是神级强者死后会留下神格的原因，可是贝贝他……

"对啊，我现在只是下位神，只能消化下位神神格而已。"贝贝如此说道。

林雷看着贝贝，不知道该说什么。

第436章
怒气难平

"神格也能消化？"伯吉斯和白袍中年人从空中落下，伯吉斯瞪大眼睛盯着贝贝，"这神格坚不可摧，比神器还坚硬万分！"

在戈巴达位面监狱中，强者互相战斗。

不管是什么级别的战斗，神格都不可能受损。论坚硬程度，恐怕连林雷的紫血神剑也比不上神格。

"理论上来说，神格是不可能被摧毁的。"白袍中年人也点头说道。

"神格是很坚硬，即使我牙齿很锋利，也无法嚼碎神格。"贝贝一抹鼻子，无奈地说道。

"你还想嚼碎？"林雷听到这话，也想说贝贝两句，不过看到贝贝双眸中的一丝狡黠，只能心道，"贝贝这小家伙真是越来越滑头了，不知道和谁学的。"

贝贝故意长叹一声："嚼不碎，所以啊，我只能生吞下肚慢慢消化掉。"

"消化掉?!"伯吉斯二人还是感到难以置信。

"不行吗？我可是神兽，"贝贝故意一扬脑袋，"是无数位面中的第二只噬神鼠。在其他位面中，吞天兽和巴蛇有不少呢，不像噬神鼠珍贵稀少。"

林雷心底一笑："贝贝知道其他位面中有吞天兽和巴蛇，恐怕是贝鲁特告诉他的。"

吞天兽（狻猊）和巴蛇这两种神兽，在玉兰大陆位面各有一只。帝林就是吞天兽，而塔罗沙就是巴蛇。

不过，物质位面太多了，帝林和塔罗沙没去过其他位面，对其他位面中的神兽当然是一无所知。

"林雷、贝贝，走，去我们那里吧！三弟在那里等你们呢。"白袍中年人微笑着说道。

"雷林先生？"既然是那位神秘的雷林先生的邀请，林雷自然不会拒绝。

当即，林雷和贝贝跟着伯吉斯与白袍中年人朝地系元素府邸飞去。

待众人离去，山谷角落的一块石头突然消散，变为穿着暗红色长袍的雷林。

雷林看向东方，嘴角有一丝笑意："哼，这一个上位神看来还没发疯，没有立即来报复。"

"林雷的进步速度超乎我的意料啊！"雷林赞叹一声，"他那柄紫色的长剑应该是上位神器，蕴含的煞气那么强，不知道有多少强者命丧那柄剑下。"

"不过，还是不能大意。"雷林眉头深锁，"和那个上位神相比，林雷还是差太多了。如果那个上位神突然袭击过来，我不在他身边，想救他都来不及，还是要早作准备！"

安拉斯来到铜锣山，雷林可以轻易发现。

如果是萨狄斯塔，特别是在萨狄斯塔收敛气息的情况下，雷林若没有主动展开神识，或者施展本领去探察，是不可能很快就发现萨狄斯塔的。

"看来，还需要小心一段日子。"雷林思考道。

旋即，周围地系元素一震，雷林便消失了。

山腰处，地系元素府邸。

当林雷他们飞向府邸时，雷林已经回到了府邸。

当林雷他们降落在府邸院中时，看到了正坐着悠闲喝着美酒的雷林。

"三弟，林雷和贝贝都带来了。你找他们有什么事情啊？"伯吉斯大大咧咧地问道。

雷林放下手中的酒杯，微笑地看向林雷和贝贝："你们二人先坐下。"

林雷心底有些疑惑："雷林找我们干什么？"

"最近，你们就居住在府邸吧！林雷，如果你要修炼，就在这院子中修炼。"雷林很干脆地说道。

林雷和贝贝有些错愕。

"雷林先生，居住在你这里？"林雷有些迟疑。

雷林哈哈一笑："怎么了？难道我这里不行？还是说你担心破坏了我的住处？别担心，我这住处的墙壁可没那么脆弱。即使墙壁被损坏了，我也很快就能修复的。"

"不是这个意思！"林雷连忙说道，"不过，雷林先生都这么说了，那我和贝贝就打扰了。"

对这位铜锣山主人雷林，林雷和贝贝都是比较敬服的。一来，对方实力很强；二来，对方对待他们二人的确好。

毕竟按照那个撒迪所说，十年之内，雷林不会指导同一个人两次。

"林雷，之前你和那个中位神的战斗，我看得一清二楚。你能在这么短时间内将大地脉动运用到灵魂攻击中，真的很不错。"雷林称赞道。

"其实，这一招我还没有完全掌握。"林雷想想就觉得幸运，"当时危险，我顾不得那么多，便同时使用紫血神剑和黑钰重剑。幸好黑钰重剑那一击成功了，否则还不能击败那个中位神。"

雷林点了点头，郑重地说道："林雷，有一点我要提醒你。"

"雷林先生请说。"林雷立即凝神聆听。

雷林点头说道："林雷，说实话，用你的紫血神剑施展灵魂攻击，威力太小了。你只是简单地将精神力通过那件神器发出去，用来攻击对方的灵魂罢了。那一招唯一的亮点，就是你融合了声乐奥义。

"重要关头对付强者，我劝你不要施展这种攻击。论灵魂攻击，那一招的威力远不如你施展大地脉动，差距太大了。"

"那一招威力是很小。"林雷很清楚。

风的轻吟虽然是灵魂攻击的招式，但并没有蕴含高深的奥义。只是将精神力灌入紫血神剑，通过紫血神剑发出，仅此而已。

面对安拉斯的绝招灵魂破灭，风的轻吟这一招形成的虚幻紫色剑影瞬间消散，威力远不如对方。

当悟出大地脉动一重——虚无剑波的时候，林雷便发现蕴含奥义的灵魂攻击威力十分惊人。

风的轻吟只是让精神力凝聚成"锥子"，然后刺中敌人的灵魂。

而大地脉动一重——虚无剑波，是瞬间把精神力分解成千万道精神波，让无数精神波按照奇妙的规律形成一个整体，也就是那虚幻的透明剑影。

那虚幻的透明剑影一旦攻击到灵魂，相当于无数道精神波接连攻击，威力自然十分强大。

这就好像一张普通的白纸，用力就能搦断。

可是，将一张白纸切割成千百份，然后如扎辫子一样将所有纸条扎在一起，这根"纸辫"不仅不能被搦断，还能用来吊重物。

虚无剑波这一招的威力，可比"纸辫"强上千万倍。

"风的轻吟这一招用来攻击灵魂，威力不大，只有融合风系元素中的其他奥义，威力才会提升。"林雷心底明白。

雷林笑道："如果你的黑钰重剑和那个中位神的长枪撞击，你们的灵魂攻击应该会抵消掉！他那招灵魂攻击和你这一招威力相当。"

雷林何等眼光，轻易便能判断出来。

"哦！"林雷回忆起那道淡红色枪影，威力的确大，"如果我没有那件残破的灵魂防御主神器，恐怕扛不住那种程度的灵魂攻击。"

"林雷，有一点我比较疑惑。"雷林皱着眉看向林雷，"那个中位神临死前的用力一击，即使是一个中位神，灵魂也会扛不住的。你怎么没事？"

这个疑惑困扰了雷林许久。

"这……"林雷一时间不知道该说什么。

难道他要告诉人家,他拥有一件残破的灵魂防御主神器?

主神器即使是残破的,也会令上位神眼红。

"哈哈,是我莽撞了!"雷林哈哈一笑,"这种问题我不该多问。林雷,那你最近就居住在这里吧,修炼上有什么问题尽可以问我。"

"嗯。"林雷点头。

"大地脉动的灵魂攻击,你可要尽快掌握。"雷林笑道。

于是,林雷和贝贝便居住在府邸,安然静修起来。

当林雷有所困惑时,雷林便会用一些比喻或例子解释给林雷听。

林雷有时候会恍然大悟,如果还是不懂,雷林便让林雷一个人慢慢去想。

修炼这种事情,雷林只能指点一番罢了。

林雷修炼的日子是宁静的、快乐的,可是身在罗奥帝国的上位神萨狄斯塔心情很不好。

客厅中,萨狄斯塔正和他麾下的两个中位神一同用餐。萨狄斯塔脸色阴沉,旁边的两个中位神根本不敢吭声。

"砰!"

萨狄斯塔将水晶酒杯重重放在桌上,然后起身走出客厅。因为萨狄斯塔用了力,那个水晶酒杯的底座竟然裂开了。

两个中位神相视一眼。

"坦纳,自安拉斯死后,这一个多月来,萨狄斯塔大人的心情一直不好,这事情该怎么解决呢?"银色短发中年人说道。

他们很烦恼。

如果萨狄斯塔总是沉着脸,心情不好,他们这些做手下的日子也不会好过。毕竟他们要在玉兰大陆待上近千年,如果千年间都战战兢兢地过着,的确是一件痛苦的事情。

"嗯，这事情是要解决的，我去和叔叔谈谈。"坦纳说道。

坦纳是萨狄斯塔的侄子，他还是能去说说的。

萨狄斯塔穿着一件紫色的华贵长袍站在花园中。花园中景色不错，可萨狄斯塔心情不好。

"这个林雷，一个小小的下位神，为了解决他，安拉斯都殒命了！我现在还不能去对付他！"萨狄斯塔心底憋屈得很。

他的确能解决林雷，而且能让贝鲁特不知晓。

可是一旦被贝鲁特发现，他萨狄斯塔就不可能进入众神墓地了。

"众神墓地最重要！"萨狄斯塔努力劝说自己。

为了众神墓地，他只能选择蛰伏在这里不去对付林雷。可是他依旧感到愤愤不平，毕竟林雷只是一个下位神罢了。

憋屈！

"叔叔。"一个声音响起。

萨狄斯塔看了一眼，淡然说道："哦，坦纳，有什么事情吗？"

"叔叔，这一个多月来，你的心情一直不好。安拉斯已经殒命不可能复活，更何况他只是一个中位神，叔叔不必太在意。"坦纳说道。

萨狄斯塔哼了声，却没多说。

一个中位神，他是不在乎，可最难受的是，他吃了亏还要忍着，不能发泄。如果是受一个强者的气就罢了，让他受气的却是一个下位神！

他能不感到憋屈吗？

他想去解决林雷又担心被贝鲁特知晓。

真是憋屈！

第437章
黑暗和火焰

坦纳见萨狄斯塔不说话，故作疑惑，说道："叔叔，有一点我不清楚。你告诉我们安拉斯去对付林雷失败了，可安拉斯到底是怎么死的？我不相信林雷能对付安拉斯。"

萨狄斯塔微微一怔。

谁解决的安拉斯？萨狄斯塔不敢确定，毕竟他不可能时刻用神识观察一切。

萨狄斯塔是通过安拉斯的下位神神分身才知晓安拉斯失败了。之前，安拉斯和林雷的战斗过程，萨狄斯塔并不清楚。

"安拉斯有两个身体，风系下位神神分身是那只噬神鼠解决的。"萨狄斯塔说道，这点他很确定，"至于他的火系中位神神分身……"

"难道是林雷解决的？"坦纳问道。

"当然不可能！"萨狄斯塔哼了声说道，"林雷虽然前不久又多了一个地系神分身，但依旧是下位神。即使他的两大神分身联合，能够大幅度削弱中位神神之领域的束缚力，他也不可能直接解决安拉斯。安拉斯是一个强大的中位神！"

坦纳点头说道："安拉斯的灵魂攻击，就是我也扛不住。"

"火系元素法则蕴含六种奥义，而蕴含灵魂攻击的奥义是最强的一种。"萨狄斯塔郑重地说道，"安拉斯一旦施展灵魂攻击，林雷必死无疑。"

然而，萨狄斯塔再厉害也想象不到，林雷拥有一件残破的灵魂防御主神器。

"应该是那两个中位神出手了。"萨狄斯塔虽然不清楚当时的情况，但是根据对方的实力做出了推断，"只有这样才能解释林雷为什么还活着。"

"叔叔，"坦纳有些疑惑，"那山脉中的两个中位神，有谁死了吗？"

在坦纳看来，即使两大中位神合攻安拉斯，安拉斯起码也能解决一个！

"一个都没死！"萨狄斯塔愤愤地说道，"那两个中位神，实力应该很强。通过神识，我发现那山脉中有一座由地系元素凝聚成的府邸。单单看这座府邸，那两个中位神中，有人应该融合了地系元素法则中的两种奥义。"

土之元素奥义即使大成，也不可能凝聚出那样一座可以永恒存在的府邸。

"怪不得能击败安拉斯。"坦纳感叹道。

旋即，坦纳心中一动，对萨狄斯塔说道："叔叔，我知道叔叔最近心情不好。既然如此，叔叔为什么不去解决那两个中位神？一来，可以为安拉斯报仇；二来，可以好好发泄一下。"

"哦？"

萨狄斯塔心中一动。

他心里憋屈，的确需要发泄。

"可是林雷和贝贝也在那里。"萨狄斯塔眉头一皱。

"叔叔担心什么？叔叔又不是去对付林雷的，叔叔不去对付林雷，相信贝鲁特不会为难叔叔的，他也没理由为难叔叔。"坦纳说道。

"不去对付林雷？"萨狄斯塔眉头一皱。实际上，他是想解决林雷的。

坦纳笑道："叔叔，我知道林雷一旦回到地狱幽蓝府，以后会成为我们家族的大威胁。可是叔叔，解决林雷不一定要在玉兰大陆位面啊！等林雷进入地狱，我们再动手也不迟。地狱的范围很广，林雷在那里人生地不熟，我们要对付他还不是轻而易举？"

"哈哈！"萨狄斯塔笑了。

萨狄斯塔笑着看向坦纳："坦纳，我差点钻牛角尖了。对，地狱很广，林雷要去幽蓝府也不是那么轻松的。我们完全可以在地狱动手。"萨狄斯塔看向西方，心中畅快。

"那两个中位神就直接解决了！"萨狄斯塔非常厌恶那两个中位神。

"叔叔，在见到林雷的时候，你甚至还可以热情地打招呼。"坦纳笑道，"叔叔只要在玉兰大陆位面不动他，还担心什么？至于在地狱，我们动手，贝鲁特怎么可能知道？即使是主神，也不知道其他位面中发生的事情吧！"

萨狄斯塔听后，笑容愈加灿烂。

"哈哈，说得好！"萨狄斯塔一拍坦纳的肩膀，"我在玉兰大陆位面还可以和林雷做朋友。动手的事，等去了地狱再说。"

"我憋屈了一个多月……"萨狄斯塔看向西方，"现在，我就去会会那两个讨厌的家伙，顺便去结交一下林雷。"说着，萨狄斯塔直接飞了起来。

"我可是去跟林雷和贝贝做朋友的。"萨狄斯塔畅快不已。

很快，萨狄斯塔就消失在坦纳的视线中了。

"据说叔叔已经融合了黑暗系元素法则中的三种奥义，不知道什么时候我也能做到。"坦纳站在花园中，心底感叹不已。

融合元素法则中的奥义，融合两种就很难得了。

融合三种奥义，难度更是提升了数十倍。

在上位神中，能融合三种奥义的也是极少数。

铜锣山山脉，地系元素府邸内。

"林雷，虽然你这柄紫血神剑的煞气可以影响对方，但是你不必强求灵魂攻击。"雷林对林雷说道，"真正的攻击是将元素法则中的奥义运用起来，通过神器施展出来。"

"你完全可以将速度奥义、声乐奥义、声波奥义通过紫血神剑施展出来。"雷林笑道，"虽然这是物质攻击，但是物质攻击和灵魂攻击并没有太大区别，你一剑同样可以击溃对方。"

林雷若有所思地点了点头。

"记住，用自己领悟出的奥义来攻击，这样就行了，不必受神器的影响！"雷林说道，"你的黑钰重剑只能算是低等的神器，可是用它施展出的虚无剑波，威力远超紫血神剑。"

林雷笑了。

"雷林……"林雷刚开口，却发现雷林眉头一皱。

雷林说道："没想到，他还是来了。"

雷林身影一动，瞬间消失在地系元素府邸中。

"发生什么事情了？"林雷心底不解。

其实，自安拉斯的偷袭事件后，雷林便对铜锣山施展了蜘蛛网状结构的重力空间。

地系元素法则中的重力空间非常神奇，也是一种高等奥义。

在重力空间内，雷林可以瞬间改变重力。

可是，雷林并没有这么做，因为无边大地本来就有引力，他只是让重力空间覆盖了铜锣山。

因此，萨狄斯塔一进入铜锣山范围，雷林就发现了，而萨狄斯塔什么都没有察觉到。

此刻，铜锣山一处半山腰的空地上，白袍中年人正和贝贝切磋着。只见两道幻影不断变幻，彼此撞击，每次撞击都发出金属撞击声。

伯吉斯还在一旁笑着说道："二弟，你可是中位神，花费了这么长时间都没击败贝贝，别太丢脸喽！"

"我只使用了光速奥义，如果使用两种奥义早就赢了。不过，贝贝的那柄匕首真是够诡异的。"白袍中年人在战斗过程中还抱怨着。

由此可见，白袍中年人的实力很强。

"你可是中位神，别找借口了！"伯吉斯大笑着。

"砰！"贝贝飞了出去。

"再来！"贝贝一咬牙，不服地说道。

忽然，贝贝脸色一变，就连旁边原本满脸笑容的伯吉斯兄弟二人的脸色也变了。

诡异地，半山腰上的阳光竟然消失了，可其他地方还有阳光。

贝贝他们所在的半山腰陷入了诡异的黑暗中。

一个紫色身影突然出现在黑暗中，正是萨狄斯塔。

"你是谁？"伯吉斯喝道。

萨狄斯塔看向贝贝，微笑着说道："哦，是贝贝啊！贝贝，我和你贝鲁特爷爷有些交情。只是这两人和我有一些仇怨，你就先到一边去。"

萨狄斯塔的态度非常友好。

贝贝在心中暗道："这人是谁？"

贝贝根本不认识萨狄斯塔。

萨狄斯塔转头看向伯吉斯兄弟二人，冷笑道："你们两个准备受死吧！"

说着，萨狄斯塔一挥手。

"要对付我的兄弟？你的胆量真不小！"一个清朗的声音响起，一身暗红色长袍的雷林走了过来，赤红色眉毛下的双眸中蕴含一丝怒意。

萨狄斯塔看到来人，心底大吃一惊："怎么还有别人？"

根据他探察到的，铜锣山山脉内只有四人，林雷、贝贝以及两个中位神，并无眼前之人。

雷林冷冷地看向萨狄斯塔。

"你们都先退开。"雷林淡然说道。

伯吉斯二人、贝贝立即飞到一边，林雷则从远处飞了过来。

林雷吃惊地看向半山腰，只能看到雷林和萨狄斯塔的身影，其他地方一片黑暗。

"这人是谁？"林雷疑惑地问道。

"不知道。"伯吉斯说道，"他要对付我们兄弟俩，还说和贝鲁特大人有些交情。"

林雷看向贝贝，贝贝摇头说道："我不认识那个人。"

半山腰。

雷林怒极而笑："真是可笑！如果今天我不来，我的兄弟不就没了？要解决我兄弟的人，没有一个能活着！"

萨狄斯塔也愤怒地说道："我给你面子，你还如此张狂。好，既然这样，我今天不但要解决你兄弟，还要解决你。我看你又能如何！"

轰的一声，以萨狄斯塔为中心，周围空间开始扭曲。旁边的那座山峰瞬间化为齑粉，周围的树木、花草，包括阳光，都被萨狄斯塔周围扭曲的空间吞噬了。因为阳光被吞噬了，那里一片漆黑。

黑暗还在不断蔓延。

萨狄斯塔便是这黑暗扭曲空间的中心。

林雷心底骇然："这是什么能力？"

伯吉斯兄弟二人也是大吃一惊。

"是你自己找死的！"萨狄斯塔冷冷地看着雷林。

雷林冷然一笑："没想到，你还有点本事。"

"哼！"萨狄斯塔冷哼一声。

那已经蔓延方圆数百米的黑暗扭曲空间竟然疾速聚拢，化为一只七八米高的巨型黑色恶狼，完全包裹住了萨狄斯塔。

"嗷——"萨狄斯塔瞬间化为虚无，和那只黑色恶狼融为一体。

黑色恶狼咆哮着瞬间就到了雷林的身前，同时张开血盆大口，妄图将雷林直接吞噬。

在这血盆大口中，空间竟然在不断崩塌、恢复。

哧哧声响起，可怕的炽热温度辐散开来。

雷林化为一道火光，唰啦一声便穿过了黑色恶狼的身体，而后又恢复成原本的模样。

至于那只黑色恶狼，全身仿佛波浪一样荡漾起来。

"啊——"黑色恶狼消散，出现两个身体。

萨狄斯塔的两个身体从半空坠落下去。

一瞬间，雷林便击败了萨狄斯塔的两大神分身。

他们的实力根本不是一个档次的。

"黑暗属性的神格、风属性的神格，这两枚上位神神格给我又有什么用？"雷林喃喃道，看着手中的两枚上位神神格。

林雷和贝贝在一旁看得目瞪口呆。

"那人……没了？"林雷觉得难以置信。

那强大的上位神瞬间就完蛋了？

第438章
拜见

"真是不知天高地厚！"雷林低头看了一眼萨狄斯塔的两具尸身。

旋即，他一挥手，两朵很漂亮的火苗仿佛花朵一样轻飘飘地落下。当火苗触及两具尸身的时候，这两具尸身仿佛海绵吸水般直接吸收了火苗。

哧哧声响起，片刻后，这两具尸身化为灰烬，那枚空间戒指则飞到了雷林的手中。

"来自地狱，应该有让我惊喜的东西吧。"雷林收了这枚空间戒指。

雷林清楚，地狱是四大至高位面之一。

至高位面地狱，无数神级强者的聚集之地，也是无数位面中繁华的四大位面之一。戈巴达位面监狱与其相比，根本就是贫瘠的沙漠。

虽然雷林的实力比萨狄斯塔强，但是论富有程度，恐怕不及来自地狱的萨狄斯塔。

然而，玉兰大陆位面众神墓地中的重宝，令其他位面的无数强者眼红，自然也包括至高位面地狱中的一些强大家族。

萨狄斯塔能够被家族派遣到玉兰大陆位面来争夺众神墓地中的宝物，可想而知，萨狄斯塔必定是家族中的佼佼者。

萨狄斯塔不仅拥有黑暗系、风系两大上位神神分身，还融合了黑暗系元素法则中的三种奥义。

即使是在上位神中，他也是属于比较厉害的。

可是，在铜锣山主人雷林面前，仅仅一个照面，萨狄斯塔的两大神分身就没了，从此消失在天地间。

萨狄斯塔之前施展绝招的时候，他周围的空间就开始扭曲、崩塌。当萨狄斯塔觉得雷林不是一般对手，全力以赴的时候，他制造出来的动静令整个玉兰大陆的强者惊恐起来。

"好强大的气息！"

隐藏在玉兰大陆的好几个中位神感受到了从西方传来的那令人心颤的能量波动。

"是谁？"玉兰帝国皇宫内，俊秀的棕发青年脸色微微一变，看向西方，"如此可怕的气息，空间如此剧烈震颤，能量波动太强了，应该是上位神境界的强者。"

这个棕发青年正是占领玉兰帝国的中位神奥尔索普。

奥尔索普在戈巴达位面监狱中也算是中位神中的强者。

"难道有上位神在战斗？"奥尔索普很疑惑，"可是玉兰大陆位面，除了贝鲁特大人，还有阿德金斯大人是上位神，就没有上位神了。阿德金斯大人总不会愚蠢地去和贝鲁特大人战斗吧？"

至今，奥尔索普都不知道萨狄斯塔和雷林的存在。

奥尔索普瞳孔微微一缩，心底咯噔一下："看来玉兰大陆位面的上位神不单单有阿德金斯、贝鲁特两位大人，还有其他人。"

奥尔索普开始犹豫起来。

如果玉兰大陆的上位神有好几个，他奥尔索普就算进入了众神墓地，又能得到几件宝物呢？

在奥布莱恩帝国，欣赏着数位宫女跳舞的阿德金斯脸色微微一变，看向西方："嗯？是上位神！"

阿德金斯毫不犹豫地展开神识，其神识瞬间覆盖了魔兽山脉西方区域，包括了铜锣山。

片刻后，阿德金斯惊叹道："怎么一个上位神都没有了？"

可是，阿德金斯还是发现了那被破坏的山峰以及花草树木。

"吞噬？是修炼黑暗系元素法则的上位神！"阿德金斯根据战斗地点遗留的气息，做出了判断。

"刚才那种能量波动，应该是两大上位神之间的战斗引发的。难不成是一个上位神觉得太无聊肆意发泄吗？或者这件事情跟罗奥帝国的那个上位神有关。"阿德金斯十分疑惑。

这件事情令他联想到了萨狄斯塔。

萨狄斯塔来到玉兰大陆位面后，阿德金斯有一次用神识探察，察觉到了萨狄斯塔的存在。自此，阿德金斯就比较关注萨狄斯塔了。

论实力，阿德金斯并不比萨狄斯塔弱。

阿德金斯再次展开神识，探察罗奥帝国境内的情况："罗奥帝国那个上位神的气息消失了？"除了贝鲁特所在的金属城堡，阿德金斯将神识覆盖了玉兰大陆，"都没有他的气息，他不在玉兰大陆？"

"到底发生了什么事情？"阿德金斯眉头皱起。

"难不成罗奥帝国那个上位神死了？"阿德金斯心头一震。阿德金斯虽然不惧萨狄斯塔，但是感觉萨狄斯塔不是好惹的。如此强者，竟然就这么消失了。

"那铜锣山只有四个人，林雷和那只噬神鼠变的人，还有另外两个中位神。我记得那两个中位神是青火城城主府中的人。"阿德金斯思考起来。

阿德金斯发现了伯吉斯兄弟二人，并不觉得惊讶。

一旦戈巴达位面监狱出口通道开启，里面的人都会争先恐后地逃出来。因此，即使是青火城城主府的人出现在玉兰大陆位面，也是非常正常的。

"不过，我总感觉有些不对。"阿德金斯眉头一皱。

"阿德金斯大人。"旁边的伯纳思轻声说道。

阿德金斯转头看向伯纳思，说道："伯纳思，你和我去一趟西方。"

"去西方？"伯纳思有些惊讶。

"跟我去就是。"阿德金斯从座位上站了起来，然后对他面前的一群宫女说，"你们都退下吧。"

旋即，他便和伯纳思化为两道幻影飞向西方天际。

铜锣山山脉，地系元素府邸内。

"雷林先生，刚才那个强者难道是中位神？"贝贝吃惊地看着雷林。

雷林一袭暗金色长袍，长发飘扬，赤红色眉毛下的双眸中有着一丝笑意："不，刚才那个是上位神。"雷林又说道，"贝贝，我刚才说过，这是两枚上位神神格。"

"你是说过，可如果那人拥有两大上位神神分身，为什么你一招就击败了对方？"贝贝不敢相信。

"哈哈，别人做到或许很奇怪，我三弟做到就一点也不奇怪了。"伯吉斯大笑着说道。

白袍中年人说道："那人不但是上位神，而且是比较厉害的上位神。可惜，他竟然想对付三弟。"

"好了。"雷林听到自己两个哥哥的吹嘘，开口阻止。

林雷则是认真地看了雷林一眼。

之前，萨狄斯塔施展的招数，就让林雷觉得自己无法对付萨狄斯塔。

林雷相信，一旦萨狄斯塔有意攻击他，他就会被吸入那扭曲空间内。

萨狄斯塔这样的上位神太强了，比那个中位神安拉斯强大十倍、百倍！然而，这样的强者被雷林瞬间击败了。

"论实力，雷林在上位神中绝对属于巅峰存在。"林雷在心中暗道，"或许，他和贝鲁特是一个级别的强者。"

在心底，林雷已经将雷林放到了和贝鲁特同一个层次的位置。

"林雷。"雷林突然看向林雷。

"雷林先生。"林雷仔细聆听。

雷林笑道："说起来，这个上位神和你有些关系。"

"什么？"林雷有些吃惊，"和我有关系？可是我根本不认识他啊！"

雷林摇头说道："林雷，上一次不是有一个中位神来铜锣山对付你吗？据我所知，那个中位神正是这个人的属下。"雷林对萨狄斯塔的信息一清二楚。

"是他要对付我老大？"贝贝既愤怒又惊异。

贝贝记得萨狄斯塔还热情地向自己问好。

"我确定。"雷林郑重点头，"而且，这人并不是来自戈巴达位面监狱，是来自至高位面地狱。"

"来自地狱，那他为什么一定要对付我？"林雷心中不解，"我并没和他结仇啊？"

雷林哈哈笑道："他们为什么要对付你，这我就不清楚了。你如果有时间就去问问贝鲁特，或许贝鲁特会知道。当然，如果他不知道，就只能靠你自己去查了。"

林雷微微点头。

"来自地狱？要对付我？可地狱中和我有关系的恐怕只有我的祖先们了。"林雷灵光一现，"难不成和我龙血战士的先辈们有关？"

想到这里，他再也想不下去了，毕竟他不熟悉至高位面地狱。

"哦，有客人来了。"雷林抬头看了东北方一眼。

穿着华贵金丝长袍的俊秀少年和一个银发老者降临到了铜锣山。

阿德金斯站在之前发生过战斗的地方，这里已经消失了一大块区域。

伯纳思说道："阿德金斯大人，我在这里感知到了很强大的黑暗气息。"

"不单单有黑暗气息，还有一缕火焰气息。"阿德金斯表情郑重，"如果我猜得不错，罗奥帝国的那个上位神已经陨落了，解决他的人修炼的是火系元素法则。"

"火？"伯纳思一惊。

"对，是火！"阿德金斯的表情也很郑重。

二人相视一眼，明白对方心中所想。

阿德金斯摇头说道："我们去拜访一下吧。不管那人是谁，至少要弄清楚他的身份。"阿德金斯说着，直接朝地系元素府邸方向飞去。

阿德金斯和伯纳思没有直接飞入府邸，而是停在府邸门口，然后有礼貌地敲门。

"希望不是他。"阿德金斯在心中暗道。

嘎吱一声，门开启了，露出了一个光头。

伯吉斯看到阿德金斯，立即笑容满面："原来是阿德金斯先生，好久不见，请进吧！"

阿德金斯微微一笑，带着伯纳思踏入地系元素府邸内。

府邸院落内，林雷他们正坐着。

"怎么是他？"林雷见到伯纳思，大吃一惊。

当初，带领奥加文等人冲到龙血城堡的就是这个伯纳思。后来，哈特和哈维出手，灭掉了伯纳思的一个神分身才将那群人赶走的。

"在伯纳思的面前，奥加文等人都要恭恭敬敬的。现在，伯纳思却恭敬地跟在这个少年身后。难道这个俊秀的少年就是上位神阿德金斯？"林雷在心中猜测。

俊秀少年在踏入院子后，看了一眼林雷和贝贝，而后，视线直接落在了铜锣山主人雷林的身上，眼中满是震惊。

当即，他恭敬地单膝跪下，行礼说道："阿德金斯拜见城主大人！"

第439章
秘密

城主大人？

林雷心底一震，回忆起当初穆巴告诉过他的话——

"青火城的主人，也就是五大王者之一的青火大人，他很是神秘，实力强大不用多说，他几乎不现身，就连他是否在青火城中都无法确定。在青火城中，地位仅次于青火大人的就是阿德金斯大人。"

林雷看向旁边的雷林，心想："难道他就是戈巴达位面监狱五大王者之一的青火？"

戈巴达位面监狱存在的岁月，悠长到难以确定。其中，神级强者不计其数。然而，有五人站在巅峰，被尊称为王者。能够在监狱位面被称为王者，他们的实力毋庸置疑。

"阿德金斯，起来吧！我们都已经离开戈巴达位面监狱了，我不再是青火城城主，你不用称呼我为城主了。"雷林淡笑道。

阿德金斯恭敬地站了起来，说道："是。不过，阿德金斯对青火大人的尊敬是不会改变的。"

伯纳思也在一边恭恭敬敬地站着。

"青火"这名称，震慑力实在太大了。

五大王者根本就是无敌的象征！

"你……你是青火？"贝贝吃惊地看向雷林。

"怎么？不像？"雷林赤红色眉毛一挑，笑着看向贝贝。

贝贝讷讷地说道："不是。只是我听老大说过，青火是戈巴达位面监狱中五大王者之一。他既然那么厉害，手下应该是上位神吧？还有，我原以为青火是名字呢。"

"哈哈……"雷林开怀大笑道，"难道我一定要让上位神当手下才能显示我的地位身份？"

阿德金斯在一旁恭敬地说道："青火大人哪还需要什么手下？就是来一群上位神，在青火大人面前也算不得什么。"

戈巴达位面监狱的五大王者，哪一个没有实力？

然而五大王者中，青火是修炼岁月最短的一个，是最耀眼的一个！

青火扎克利亚斯·雷林，从戈巴达位面监狱中的荒漠之地走出来，之后每战必胜。即使是其他强大的上位神，在青火面前也得臣服。在戈巴达位面监狱，至今都没人能扛得住青火的攻击。

"青火只是一个称号罢了。"雷林淡笑道。

阿德金斯却说道："青火之名是大人在经历无数场战斗后，让戈巴达位面监狱的无数强者都信服的名号。当年流蓝河一战，戈巴达位面监狱谁人不知？"

雷林只是笑了笑。

阿德金斯即使再高傲，在雷林面前也要奉承讨好。

在雷林面前，阿德金斯不敢有一点点争斗的念头。因为阿德金斯清楚，他不是雷林的对手。

流蓝河一战，既成就了雷林的青火之名，也吓傻了无数人，甚至许多人认为青火是五大王者中最强的一个。当然，这一点并没有得到确认，因为他没有和其他王者对战过，而且五大王者天南地北、各据一方，有意识地不与对方为敌。

"这才是真正的绝世强者！"林雷不仅敬佩雷林，心中还有一丝狂热。

连阿德金斯在雷林的面前都要恭恭敬敬的，雷林不愧是戈巴达位面监狱的巅峰存在。

"阿德金斯，你别在那里站着，快坐下，就坐在林雷的旁边。"雷林说道。

阿德金斯不敢违逆，当即恭敬地躬身："谢青火大人。"而后他便坐在林雷的旁边，同时还对林雷友好一笑。

林雷只能还以笑脸。

"哼！"在林雷旁边的贝贝却冷哼了一声。

阿德金斯顿时眉毛一挑，看了贝贝一眼，笑道："这是贝贝吧？"

贝贝只是应了一声，阿德金斯却没有生气，笑道，"贝贝，我知道你心里有些不高兴，当初的事情，也是我的人不对。"

林雷和贝贝都有些惊异地看了阿德金斯一眼。

"怎么了，阿德金斯？"雷林开口说道。

阿德金斯微笑着说道："青火大人，其实这只是一件小事。我手下一个叫奥加文的中位神和林雷的朋友有一些仇怨。后来，奥加文邀请我手下其他几个中位神一起去林雷的地方报复他们。不过，最后是我的人吃亏了。"

"哦？"雷林听了，也有了一丝兴趣。

林雷和贝贝相视一眼。

"老大，这阿德金斯好像要道歉啊。"贝贝和林雷灵魂传音。

"我也不清楚。"林雷也有些疑惑。

阿德金斯毕竟是上位神，难不成今天要给他道歉？

"伯纳思，你过来。"阿德金斯说道，"虽然那一战你损失了一个神分身，但毕竟事情是你们先挑起的，这么说来是你们不对，你就向林雷、贝贝道歉吧。"

林雷和贝贝一怔。

伯纳思果真走了过来，充满歉意地说道："林雷先生、贝贝先生，对当年的事情，我实在抱歉。"

"伯纳思先生，不需要这样。这事说起来，还是那个奥加文的缘故。"林雷开口说道，"伯纳思先生，想必你是被蒙蔽了。"

人家给他面子，他自然也要给对方面子。

阿德金斯点了点头："林雷，你尽管放心，我今天在这里给你保证，奥加文以后绝对不会去惹你们了。"

同时，阿德金斯打定主意，今后要留意与林雷相关的事情，方便自己行事。

林雷听后，在心底笑了。

看来，奥利维亚不必再躲在微型位面密室中了。

当阿德金斯带着伯纳思在铜锣山拜见雷林的时候，远在奥布莱恩帝国的奥加文、汉布里特、盖滕比三人则聚在一起喝酒、聊天。

这数十年来，奥加文、盖滕比、汉布里特三人的关系越来越好。

因为伯纳思地位比较特殊，他们三人和他并不亲近。

"西方那惊人的能量波动，恐怕是一个上位神弄出来的。"盖滕比瓮声瓮气地说道。

"嗯，不过和我们没关系。"奥加文笑道，"既然牵扯到上位神，我们还是在这里安心地喝酒，这多自在。"

汉布里特摇头说道："上位神？他们确实厉害。如果我们有一天得到上位神神格，不是一样能成上位神？可惜啊，不知道要等到什么时候才能得到一枚上位神神格。"

"上位神神格，做梦都想得到啊！"奥加文也感叹一声。

汉布里特忽然放下酒杯，带着醉意笑眯眯地对奥加文说道："奥加文，我告诉你一个秘密！"

"我知道你要说什么！"盖滕比哈哈笑道，"什么秘密，我和伯纳思都是知道的。"

汉布里特眼睛一翻，说道："你们知道，我知道，可是奥加文不知道啊。"

这话令奥加文心底生出一丝好奇来，他期待地看着汉布里特。

汉布里特笑眯眯地说道："奥加文，我告诉你啊，阿德金斯大人的空间戒指内还有一枚上位神神格！"

"什么？"奥加文心底一颤。

上位神神格？

奥加文做梦都想得到一枚上位神神格，现在他只有光明系神分身。

他不知道那枚上位神神格是不是光明属性的。

盖滕比也点头说道："是有一枚上位神神格，只是不太清楚是什么属性的。不过，我肯定那枚上位神神格不是雷电属性的，也不是地属性的。"

"你为什么这么肯定？"奥加文连忙问道。

盖滕比笑道："阿德金斯大人肯定不需要那枚上位神神格，阿德金斯大人和伯纳思的关系你也知道。如果伯纳思能使用那枚上位神神格，阿德金斯大人肯定会给伯纳思的。伯纳思原先有两个身体，在龙血城堡被灭掉的身体是地系神分身，现在的身体是雷电系神分身。既然伯纳思不能使用那枚上位神神格，那么它肯定不是地属性的，也不是雷电属性的。"

"对。"奥加文微微点头。

"难道你们也无法使用那枚上位神神格？"奥加文继续问道。

汉布里特冷笑一声："在大人心中，我们三人的地位是远不及伯纳思的，我们只是他的爪牙罢了。大人怎么舍得将一枚上位神神格浪费在我们身上？"

"想起来真是让人不舒服。来，大家喝酒！"盖滕比说道。

"喝，喝。"奥加文连忙举杯，却在心底盘算起来……

狂风呼啸，一个银发老者恭敬地跟随在一个俊秀少年身后，一同破空飞行。

在铜锣山的时候，阿德金斯笑容满面，在青火雷林面前恭敬至极，对林雷和贝贝也是热情友好。

如今飞离铜锣山，阿德金斯皱起眉头，心中满是烦恼。

"青火大人潜藏在玉兰大陆，十有八九是为了众神墓地中的重宝。"阿德金斯想到这里就心烦意乱。

他很想得到众神墓地中的宝贝，可这样就得和青火争夺。

一想到这里，阿德金斯就感到无奈。

"阿德金斯大人，你准备放弃？"伯纳思神识传音。

阿德金斯深吸了一口气，神识传音："放弃？绝不可能！"

伯纳思一惊。

阿德金斯在心中暗道："大不了就是一死！如果在众神墓地中得到了宝贝，那我就有希望胜过青火。不过，我现在不可能和青火正面斗，只有一条路可以走……"

阿德金斯打定了主意，目光变得坚定。

"到帝都了。"

阿德金斯和伯纳思俯冲而下，直接飞入皇宫中。

回到皇宫，阿德金斯做的第一件事情就是召奥加文入宫。

还在跟盖滕比和汉布里特喝酒的奥加文一得到阿德金斯的传令，便以最快的速度进入皇宫。

"大人。"奥加文恭敬地单膝跪下。

阿德金斯转身，冷然看向奥加文："奥加文，有一件事情我必须提醒你。我知道你的儿子被杀了，但是你记住，从今天起，你别想着报仇了，也不要再去惹龙血城堡中的任何一个人！"

奥加文一怔。

放弃报仇？

虽然奥加文这二十几年沉寂下来了，但是不代表他就放弃报仇了。这杀子之仇，奥加文可是刻在心底的。

"哼！"阿德金斯冷哼一声，"怎么，没听清楚？"

旁边的伯纳思郑重地说道："奥加文，这可关系到阿德金斯大人的大事！如果因为你这小事破坏了大人的事情，那你即使死了也不足以赎罪。"

奥加文立即跪伏，连忙说道："阿德金斯大人请放心，从今天起，我奥加文一定不去惹龙血城堡中的人。报仇的事情，我奥加文一定不会再去想！"

不过，奥加文心底却在怒吼："报仇？我死也不会放弃的！等我，等我得到那枚上位神神格……"

奥加文此刻极度渴望得到上位神神格！

"退下吧。"阿德金斯冷冷地说道。

"是。"奥加文躬身退去。

第440章
为了家族

上位神萨狄斯塔陨落了，这件事情并没有产生多大的影响。玉兰大陆位面还是和过往一样平静，普通居民们依旧过着宁静的生活。

不过，站在金字塔顶端的神级强者们从前不久西方传来的可怕能量波动中感受到一个信息——玉兰大陆要有大动静了。

安拉斯殒命，萨狄斯塔前往西方一去不归。

如今罗奥帝国中，萨狄斯塔所带的这一批神级强者自然以萨狄斯塔的侄子坦纳和另外一个中位神尼夫为首。

坦纳和尼夫都无法完全确定萨狄斯塔是生是死，这令他们很焦急。

罗奥帝国，幽静府邸内。

时值盛夏，炽热的阳光照射整个府邸。庭院内，一个穿着黑色短衫、有着精壮身躯的银色短发男子一边大步走着，一边喊道："坦纳，出来！"

房门开启，坦纳走了出来："尼夫，有什么事情吗？"

"你还有心情休息？"尼夫有些气愤。

"你说我还能怎么办？"坦纳也烦恼得很。

当初，坦纳建议萨狄斯塔去解决那两个中位神发泄一番，毕竟那时萨狄斯塔一天到晚板着个脸，令坦纳他们感到难受、压抑。

没承想，他的叔叔萨狄斯塔竟然一去不返了。

"三天前，西方那惊人的能量波动，你也感受到了。"尼夫郑重地说道。

坦纳点头说道："是的，我感受到了，那的确是叔叔的气息。可是尼夫，这又能说明什么？"

"说明什么？"尼夫嗤笑，"坦纳，你不要再做梦了，事情已经很清楚了。萨狄斯塔大人不会无聊得随意发泄，那么强大的能量波动，他肯定是进行了一场大战。"

尼夫继续说道："那天你和我说了，萨狄斯塔大人去西方是要解决那两个中位神的。那两个中位神死了吗？"

坦纳一怔，迟疑片刻，而后说道："我……我不知道。"

"你不知道？很简单，你只要展开神识覆盖那条山脉，就能判断出那两个中位神是否死了。"尼夫冷冷地说道，"坦纳，你就不要在这里装傻了。"

坦纳脸色一变。

"我展开神识探察过了，"尼夫深吸了一口气，"那两个中位神没死。坦纳，萨狄斯塔大人去解决那两个中位神，发生了那么大的动静，可是那两个中位神没死。萨狄斯塔大人已经离开了三天，现在还没回来，这结果还不够明显？"

"或许，叔叔因为有重要事情去了某个地方。"坦纳苦涩地说道。

坦纳不愿意相信自己的叔叔陨落了。

坦纳的家族很大，亿万年传承下来，自然分了很多支脉，而坦纳他们这一脉，萨狄斯塔便是顶梁柱。如果萨狄斯塔真的陨落了，坦纳完全可以预料自己以后在家族中的艰难处境。

尼夫明白坦纳的心思。

"坦纳，不管怎么样，我们必须面对现实。"尼夫郑重地说道，"这里是玉兰大陆，不是地狱。在玉兰大陆，萨狄斯塔大人即使遇到什么事情分不开身也会神识传音告诉我们。"

"可是，我们没有收到萨狄斯塔大人的神识传音。"尼夫神色严肃，"我不愿承认，可是我必须得说家族的计划失败了，众神墓地……至少我们这批人没有丝毫希望了。没有上位神，根本不可能得到家族所需的重宝。"

坦纳点了点头。

他何尝不明白这一点？

"叔叔或许真的陨落了。"坦纳苦涩地点头，旋即凝视尼夫，"可是尼夫，叔叔陨落了又能怎么办？难道你要……"

"没错！"尼夫坚定地说道，"坦纳，家族如今的地位是亿万年来无数先辈拼了性命才得到的。身为家族子弟，你我资质都不算高，却可以得到神格，轻易达到中位神境界，那是家族赋予我们的！"

坦纳沉默了。

"幽蓝府是我们最大的敌人！他们太强大了，他们麾下的四神兽家族更是强大至极。那个林雷，你也知道了。他修炼不足百年，可是已经修炼出了两大神分身！"尼夫继续说道，"四神兽家族中，没经过洗礼就达到如此地步的，我还没有听说过。坦纳，那个林雷修炼的是地系元素法则和风系元素法则，而不是水系元素法则，你明白这其中的含义吗？"

坦纳点了点头。

"一旦他经过四神兽宗祠洗礼，那么我相信，万年内，幽蓝府绝对会出现一个上位神中的绝世强者。到时候，我们家族又会有多少人命丧他手？我不敢想象。"尼夫目光冷厉，"而他现在只是一个下位神，还没经过四神兽宗祠的洗礼！"

"此时不解决他何时解决？"尼夫沉声说道，"我知道，那个林雷在玉兰大陆位面有些背景。可是有背景又怎么样？我宁愿死，也要让他殒命！"

尼夫是靠炼化神格成为中位神的，虽然他现在比林雷强，但是论潜力，他远不如林雷。

"尼夫！"坦纳深吸了一口气，摇头说道，"我劝你还是别对林雷动手。"

"你说什么！"尼夫怒气上涌。

坦纳叹气道："别着急，我们真的不必在玉兰大陆位面对付他。等他到了地狱，我们再对付他也不迟啊。"

"笑话！"尼夫怒道，"林雷什么时候去地狱？如果他在玉兰大陆位面达到了上位神境界，又在众神墓地中得到了一件主神器，然后再去地狱，我们还有机会对他动手吗？"

坦纳一滞。

"还有，林雷在玉兰大陆位面通过魔法阵去地狱，降落时的地点是随机的，我们根本无法确定他的确切位置。我们的家族也只在一片区域有些影响力罢了，你还真以为我们可以任意追杀他？地狱有多大，你不知道吗？"尼夫盯着坦纳。

坦纳无话可说。

实际上，在地狱中追杀林雷是不太现实的。地狱作为四大至高位面之一，面积不知道比玉兰大陆位面大了多少。

在地狱中，比他们家族和幽蓝府强大的势力也有不少。

"坦纳，难道你忘记了先辈们和幽蓝府的一次次大战？忘记了他们一个个陨落的身影？"尼夫凝视坦纳，"好了，我过会儿便出发去铜锣山脉。我这次即使解决了林雷，也会被他背后的人报复。"

"可若是能解决林雷，我死也瞑目了。坦纳，这里的一切由你来负责吧，我走了。"尼夫转身便走。

既然得不到众神墓地里的重宝，能解决林雷，他们一群人就不算白来玉兰大陆一趟。

"尼夫……"坦纳不想尼夫去送死。

对付林雷，尼夫就会被林雷背后的人报复。

"为了雷纳尔斯！"尼夫的声音从半空传来。

西方天际，尼夫已经化为一个黑点。

坦纳怔了怔，旋即变得坚定起来，轻声说道："为了雷纳尔斯！"

"来人！"坦纳对外喝道。

很快，有一个下位神过来了。

坦纳当即好好嘱咐了一番："记住，一定要将这个消息告诉霍丹大人，你现在就去吧！"

"是，大人！"这个下位神当即飞离府邸，直接朝北极冰原飞去。

魔兽山脉。

一处断崖下的峡谷内，杂草茂盛，泉水淙淙。

七级魔兽雷翼飞马在这里随处可见，它们时而飞翔在半空，时而在泉水旁低头喝水。

忽然，一个人影出现，大量雷翼飞马竟然被吓得一动不动。

"该干什么继续干什么吧！"银色短发的尼夫环顾周围，将神识传入每一匹雷翼飞马的脑海中。

旋即，尼夫盘膝坐了下来，同时展开神识，将神识覆盖了整个魔兽山脉。

对中位神尼夫而言，这种做法消耗的精神力完全在他的承受范围之内。

"林雷还在铜锣山，他如果要回龙血城堡，定要飞过魔兽山脉。一旦他路过，我就能发现他。"尼夫不再多想，便在这里守株待兔。

尼夫不敢直接冲到铜锣山，毕竟安拉斯和萨狄斯塔都失败了。他在这里守株待兔，成功的可能性或许要大得多。

林雷在铜锣山潜心修炼着，有戈巴达位面监狱五大王者之一的青火雷林指导，这可是难得的机会。

林雷知道雷林不会一直待在铜锣山，雷林终究会离开这里。

"林雷，土之元素奥义是地系元素法则中最简单的一种奥义。如果你全身心修炼，一两年即可大成。"雷林淡笑道，"如果等土之元素奥义大成，你再去融合大地脉动和土之元素两大奥义，恐怕要花费千万年，这时间很难确定。"

"融合奥义比领悟奥义要难得多。"雷林郑重地说道。

林雷微微点头。

"最好的办法是一边领悟土之元素奥义，一边尝试将它和大地脉动奥义融合。"雷林笑道，"这样做，或许你要数十年乃至上百年才能完全领悟土之元素奥义。不过，等土之元素奥义大成时，就意味着你已经成功融合了土之元素奥义和大地脉动奥义。"

"这个道理我明白。"林雷感慨道。

林雷毕竟有融合风系元素法则中快、慢两大奥义的经验了，自然明白在领悟的过程中就开始融合奥义是最好的。

等两种奥义分别大成再去领悟如何融合会很难。

如果等所有奥义各自大成再去融合，更是难上加难。

林雷在铜锣山这么一修炼又是三年。

土之元素奥义，林雷依旧停留在三年前的小成状态，不过他终于开始融合土之元素奥义和大地脉动奥义了。这两大奥义虽然只是融合了一点，但是令虚无剑波这一招的威力大了不少。

"两种奥义融合，威力果然厉害。"林雷感慨道，"这还只是融合了一点，不知道两大奥义大成时，我这虚无剑波的威力得有多大。"

他已经迈出了第一步，许多人连这第一步都无法迈出。

这第一步相当于一把钥匙，十分重要。

有了开头，那成功就会有希望。

第441章

归途遇险

　　林雷盘膝坐在地面上，感觉无限宽广的世界中充满着无尽的地系元素，每一个地系元素微粒是那般亲切。同时，以林雷为中心，一股股脉动之力向四周弥漫出去。

　　"咚！咚！咚！"

　　充满天地的地系元素微粒彼此碰触，然后又融入了脉动之力中。

　　林雷正在专心融合大地脉动奥义和土之元素奥义。

　　"林雷！"一个声音突然在林雷的脑中响起。

　　林雷知晓这是迪莉娅在神识传音，不禁露出了一丝笑意："迪莉娅，有什么事情吗？难道是想我了？"

　　"哼，谁想你了！"迪莉娅娇嗔道，"林雷，我问你，你到底准备在铜锣山修炼到什么时候？"

　　林雷一滞。

　　迪莉娅声音中蕴含的一丝不满，林雷当然听得出来。

　　此刻，林雷意识到自己有些过分了，心想："我离开龙血城堡是玉兰历10066年，现在都玉兰历10072年了，已经过去六年了，我还没回去过一次！"

　　修炼的岁月快得让人意识不到已过去几年了。

　　"六年了，怪不得迪莉娅会不满。"林雷知道自己确实做得不对。

"林雷，你不是在修炼吗？在龙血城堡一样能修炼啊！"迪莉娅又劝说道。

"嗯……那好，迪莉娅，我明天就回去。"林雷立即回复，旋即饱含歉意地传音，"迪莉娅，对不起。"

"我没生气……嗯，你说明天？"迪莉娅很是惊喜，"我马上去吩咐下人们，明天一定为你准备一场丰盛的宴席。对了，林雷，你明天什么时候到龙血城堡？是中午还是晚上？"

"中午之前到。"林雷回应。

其实，自从土之元素和大地脉动两大奥义开始融合，雷林就没再指点过林雷了，林雷继续待在铜锣山对他也没有多大帮助。

铜锣山地系元素府邸门前。

"呼呼——"山风呼啸，把府邸门前的花草都吹得弯腰了，却难以吹动那几株参天大树。

铜锣山主人，那位戈巴达位面监狱的王者青火——雷林，正带着两名兄长送林雷二人。

"林雷，即使你不回去，过段时间，我也要撵你回去。"雷林打趣道，"主要是过段时间，我和我大哥、二哥就会离开铜锣山，准备离开玉兰大陆。"

林雷早就知道雷林会离开，对此并不觉得奇怪。

"雷林先生，你要去哪里？"贝贝好奇地问道。

"暂时还没有确定。"雷林长叹一声，"或许我会去南海一趟，那里原先是我的家乡。可惜，岁月悠久，我家乡所在的陆地早就沉入无边海洋了。"

万年前一战，其他四块陆地不是破碎了就是沉入海底了。

"雷林先生，如果你有时间去龙血城堡，我随时欢迎。"林雷感激道。

随后，林雷和贝贝向雷林三人告别，飞离了铜锣山，朝龙血城堡方向飞去。

六年未归，林雷有点归心似箭。

魔兽山脉，断崖之下的峡谷内人迹罕至。

过去这里是魔兽的天堂，然而从三年前开始，没有一只魔兽敢靠近这里。

潺潺泉水旁，一处茂盛草丛中，有一个人盘膝坐着，正是来自地狱的中位神尼夫。

等待三年，尼夫从来没有放松过一刻。

他的神识一直展开着，覆盖了这片区域，他安静地等待着林雷。

"林雷肯定会回龙血城堡，只要他回龙血城堡就会路过魔兽山脉，他绝对逃不掉！"尼夫心想。

过了一会儿，尼夫起身，手中忽地出现了一柄有着斑驳黑点的长枪，然后在这峡谷中开始活动起来。

尼夫无法确定林雷什么时候出现，也不可能浪费时间一直傻坐着，因此偶尔会活动一番。

可是尼夫并不知道，在这峡谷深处还藏着一个人。

"这个尼夫，在中位神中实力只能算一般，不过他修炼的是风系元素法则，论速度，他比林雷还要快点。如果林雷遇到他，恐怕还真的有危险。"这个人遥看远处的尼夫。

尼夫此刻已经化为一阵风，模糊的枪影一次次悄无声息地刺破空间。

"不过，危险才好。"人影一晃，消失不见。

片刻后，尼夫停止修炼，继续盘膝静坐着。

突然，他双眼睁开，看向半空。

"是他，林雷！"尼夫眼中掠过一丝狂喜，大笑起来，"等了三年，他终于来了！"

实际上，尼夫所在位置距离林雷足有数百里，即使尼夫大声喊叫，林雷也不可能听见。

"为了雷纳尔斯，死也无憾了！"尼夫眼中满是狂热。

仅仅片刻，尼夫好像粉末一样消散开来，化为一阵无形的风。

这一阵风以极为惊人的速度朝林雷追去。速度比林雷如今的极限速度还要快得多！

尼夫是中位神，炼化神格后，他领悟了风系元素法则中的三种奥义，速度快是他的一大特征。

"没想到他的速度这么快，看来要认真点了！"在尼夫飞走后不久，一道光芒从山谷内飞出，尾随尼夫而去。

论速度，这道光芒更是远超尼夫。

林雷和贝贝正谈笑着朝龙血城堡飞去，丝毫没有感觉到一个中位神的神识覆盖了他们。

他们如果知道有中位神追杀他们，恐怕早就以最快速度飞回龙血城堡了。

可惜，他们并不知道。

"老大，你说雷林先生会不会去地狱呢？"

"谁知道？不过以雷林先生的实力，不管去了哪一个位面都是巅峰强者。"林雷自从见到雷林一招就击败了那个极为强大的萨狄斯塔，就将雷林当成上位神巅峰强者了。

"嗯？"贝贝忽然眉头一皱。

"怎么了？"林雷有些疑惑。

"感觉有些不对。"贝贝修炼的是黑暗系元素法则，与希塞的潜行之术一模一样。

贝贝虽然只是下位神，但是对其他气息极为敏感。

贝贝突然转头，惊呼："老大，快逃！"

林雷一转头，扭曲的空间中，一个模糊的人影出现了。

那个人用一双冷漠的眼睛盯着林雷，此人正是中位神尼夫！

"想逃？"尼夫冷然一笑，直接施展神之领域。

和上次被安拉斯袭击一样，林雷觉得自己如同陷入泥潭。毫不犹豫，林雷连忙施展自己的两大下位神神之领域。

"砰！"林雷体表的天蓝色长袍崩裂，青金色的鳞甲覆盖全身，一根根尖刺从额头、背上冒了出来。

林雷再次加快速度，化为一道流光朝龙血城堡方向疾速飞去。

之前，林雷没有发现对方的踪迹，对方最起码是中位神。

一逃跑，林雷就发现后方追杀他们的人的速度比当初那个安拉斯要快得多。

其实，安拉斯的中位神神分身修炼的是火系元素法则，下位神神分身修炼的是风系元素法则。

因此，安拉斯在速度上并不占优势。

可是尼夫不同，他修炼的是风系元素法则，且领悟了三种奥义。

"林雷！"一个人影出现在林雷的前方，赫然是尼夫。

林雷猛地停下，尼夫冷笑道："你是逃不掉的。"

怪异的是，林雷四周竟然都响起了这句话。

林雷抬头，看向四周，竟然有十二个尼夫。

十二个尼夫将林雷和贝贝完全包围住了。

"这……这是什么？"林雷大吃一惊，"这绝对不是神分身。元素法则一共才七种，就是加上四大规则也才十一种。即使这十一种全都修炼，也最多十一个神分身。可是眼前这个人有十二个分身，气息都一模一样！"

"老大，其中肯定只有一个真身。"贝贝焦急地看向四周。

林雷明白这一点，可是他根本无法辨别哪一个是真身。

十二个尼夫围着林雷和贝贝。

"死吧！"十二个尼夫眼底都露出一丝狂热，旋即从四面八方围了过来。

十二个尼夫无视贝贝的存在，他们的目标只有一个——林雷。

四面八方都被围住，林雷无处可逃！

"哪一个是真身？"林雷虽然心底急切，但是依旧有一丝信心。

这信心源于他的虚无剑波，也源于那一件残破的灵魂防御主神器。

有那件残破的灵魂防御主神器在，他活命的概率就很大。

待十二人影围杀过来，耀眼的紫色剑影亮起。

无数剑影仿佛火花一样朝四周爆发开来，正是风之奥义——风波动！

一连串撞击声响起，十二个尼夫丝毫无损，令林雷脸色一变。

林雷原本以为，其中十一个假身体应该会被攻破，可没想到十二个身体都很厉害。

十二双眼睛冷冷地盯着林雷，仿佛盯着一个死人。

"噗！"

十二个腿影仿佛战刀一样划破长空，袭向林雷。

"只能拼了。"林雷在心中暗道。

此刻，他顾不上那么多了，直接挥舞手中的黑钰重剑。

既然他无法确定哪一个是真身，那么就只能随便攻击一个。

"老大！"贝贝十分担忧，不禁仰头尖啸。

"嗷——"刺耳的尖啸声划破长空。

贝贝化为本体噬神鼠的模样，身后出现了一道数百米高的噬神鼠幻影。

天赋神通——噬神！

贝贝一口气锁定了那十二个身影，欲吞噬十二个身影。

然而，贝贝如今的噬神能力只能对付下位神，对中位神尼夫的作用不大。

十二个身影只是微微一怔，贝贝却比较惨了。

贝贝吞噬不得，惨遭反噬！

噗的一声，贝贝口中喷出了鲜血，但是兴奋地给林雷灵魂传音："老大，真身是那个！"

贝贝施展天赋神通——噬神，并不是为了解决尼夫，而是为了确定神格在哪一个身体里面。

贝贝一旦施展噬神，就能感知到十二个身体中拥有神格的那一个身体。

拥有神格的身体才是真身，其他的都是假的。

林雷知道尼夫的真身后，眼中满是惊喜。

旋即，林雷手中的黑钰重剑化作一道弧线，直接劈向左侧方的尼夫，那就是尼夫的真身！

第442章

无用功

十二个尼夫原本都在用腿攻击，并没有使用神器，因为尼夫不想让林雷察觉出他的真身。

可是，当看到林雷的黑钰重剑朝自己的真身劈来时，尼夫手一翻，出现了一柄有着斑驳黑点的长枪。

"扑哧！"

"锵！"

黑钰重剑和有斑驳黑点的长枪撞击，一道土黄色的虚幻剑影无视尼夫的身体防御，进入尼夫体内。

这道土黄色的虚幻剑影正是林雷融合了土之元素和大地脉动两大奥义之后，威力变大的虚无剑波。

"啊！"尼夫大喊一声，控制精神力阻挡虚无剑波，同时疯狂地攻击林雷。

尼夫就算是死也要解决林雷，因此并没有在意林雷这一招。

在尼夫看来，林雷的灵魂攻击不会有多厉害。

可是尼夫错了！

那不是一道约束成形的精神力，而是由无数道密集的精神波按照大地脉动奥义形成的整体。

"嗡——"

无数道精神波接连冲击尼夫的灵魂防御，带着一股摧枯拉朽的气势，直入尼夫的灵魂海洋，狠狠撞击在散发着青色光芒的神格上。

尼夫感觉灵魂震颤，一声巨响，旋即便没有意识了。

就在这一刻——

无数条白色光线突然出现，尼夫的十二个身体被这些光线缠绕，无法动弹，也无法再攻击林雷。

"哈哈，林雷！"大笑声响起，一个俊秀的少年出现在林雷和贝贝的面前。

"阿德金斯大人！"林雷有些吃惊，不过还是感激地说道，"谢谢阿德金斯大人出手帮忙。"

阿德金斯心底一喜。

自从无意中发现坦纳对手下叙说尼夫要杀林雷的事情后，阿德金斯就留心了。他甚至特意去那峡谷中，隐藏在尼夫的身旁。

他的目的，在关键时刻救下林雷，让林雷感恩他，让贝贝感恩他！

和贝贝搞好关系，这是阿德金斯非常看重的一环。

青火大人（雷林）已经在玉兰大陆位面了，如果阿德金斯还想在众神墓地中得到重宝，就只能和贝鲁特联手。

"我只是路过，刚好发现……"阿德金斯原本笑容满面，突然脸色一变。

阿德金斯发现中位神尼夫的十二个身体中，其中十一个竟然消散开来，尼夫本尊体内的灵魂已经消散，只有一枚神格了。

阿德金斯脸上的肌肉不禁抽搐了一下。

阿德金斯对林雷尴尬地笑了笑："林雷，没想到你竟然击败了尼夫。我出不出手也没多大关系了。"

林雷用虚无剑波这一招击败了尼夫，令尼夫灵魂消散，分身消散。

不过，林雷这一招打破了阿德金斯的计划。

阿德金斯原本想出手救下林雷，让林雷感激他。

没想到，林雷已经解决了对手。那么，阿德金斯做的一切相当于无用功。

"还是要感谢阿德金斯大人。"林雷微笑道，然后转头看向贝贝。

其实，真正救林雷的是贝贝。

如果不是贝贝施展天赋神通，让林雷确定了尼夫十二个身体中的真身，按照林雷之前的攻击方法，他根本攻击不到尼夫的真身。如果攻击不到真身，面对中位神的狂乱攻击，他的身体肯定会爆裂开来。

"老大。"贝贝的脸上也露出了笑容。

林雷和贝贝之间不需要多说什么，一个眼神交流就能明白彼此心中所想。像这种情况，林雷和贝贝经历过很多次了。

"这人是你解决的，一切归你。"阿德金斯控制着尼夫的中位神神格、空间戒指和神器，使其悬浮在林雷的面前。

林雷没有客气，直接将这些东西收入自己的空间戒指中。

其实，阿德金斯心里很不是滋味。

毕竟他为了有机会救下林雷，已经准备了很久。刚才，他特地花费心思在危险时刻出手。

没承想，他做的都是无用功。

"阿德金斯大人，我想问问刚才那人施展了什么招式。为什么会有那么多分身？而且我还无法确定他的气息？"林雷询问道。

阿德金斯存心要和林雷、贝贝拉近关心，便非常热情地回答："哦，这人施展的是风系元素法则中的分身术。他的神力比较少，灵魂不够强，对分身术的运用程度并不够高。我知道的上位神强者，可瞬间分身上千人！"

"分身上千？"林雷震惊了。

"那是极致情况，一般强者能分身几十个。他才十一个分身，的确很少。"阿德金斯不在乎地说道，"这人应该是靠炼化神格成神的，对于风系元素法则的理解很低，因此分身的威力不怎么样，只能进行物质攻击罢了。他对付等级低的人还行，对付同等强者那就不行了。"

阿德金斯忽然一笑："不过，用来逃命是好办法。"

林雷听了，眼睛一亮。

这招式施展出来，分身气息和本尊一样，别人还真的无法辨别，毕竟没几个人能像贝贝一样辨别出有神格的身体。

更何况，贝贝那么做付出的代价也不小。

"林雷，这个中位神我认识。"阿德金斯主动说道。

"什么人？他为什么要对付我？"林雷连忙追问道。

贝贝在一旁也仔细听着。

这几年来，林雷已经遭遇过两次刺杀了。

阿德金斯说道："你还记得上一次青火大人解决的那个上位神吗？那个上位神名叫萨狄斯塔，这人就是萨狄斯塔的手下。"

阿德金斯之所以知道萨狄斯塔的名字，是因为他的神识曾覆盖过萨狄斯塔的住处，他通过坦纳等人的谈话得知的。

"那个上位神？萨狄斯塔？"林雷眉头一皱。

林雷听雷林说过，刺杀他的这一群人来自地狱。

"林雷，我还有事情就先走了。"阿德金斯微笑道，"如果你们以后有时间，我欢迎你们去我那里。"

阿德金斯态度友好，旋即化作一道光芒，消失在天际。

林雷和贝贝相视一眼。

"这个阿德金斯的态度太好了吧？"贝贝眨巴着眼睛，"我感觉有古怪。"

林雷看向奥布莱恩帝国方向。

奥加文和他是敌对关系，可是奥加文现在的首领阿德金斯这样对他。

"管他有什么古怪，至少我能确定阿德金斯是存心想和我们搞好关系。走吧，我们回去。"林雷想到刚才收到的那枚神格，"看来，我可以送礼物给迪莉娅了！"

尼夫陨落，那一枚风属性中位神神格正好可以给迪莉娅。

迪莉娅靠炼化神格成神，单凭她自己很难突破。

尼夫和林雷之间的战斗，特别是当尼夫的十一个分身消散，强大的风系元素爆发开来时，引起了天地之间的一阵震荡。这自然引起了玉兰大陆不少强者的注意，一时间，不少神识都覆盖了这一区域。

罗奥帝国境内。

"尼夫陨落了……"坦纳长叹一声，通过神识发现了林雷和贝贝的身影，"尼夫也失败了。"

旋即，坦纳脸色一变："上次是安拉斯动手，这次是尼夫动手，林雷会不会知道尼夫他们是我们的人呢？如果他去请他府邸内的几个中位神出手，或者是贝鲁特大人出手，那……"

坦纳心底咯噔一下："再留在玉兰大陆也没有任何用处了。"

一来，他不可能得到众神墓地的重宝；二来，他不可能解决林雷。

"还是回地狱吧。"坦纳思考着。

片刻后，坦纳神识传音："所有人，立即到前院聚集！"

不一会儿，数十人便飞离了罗奥帝国，朝北极冰原方向赶去。

他们上午出发，飞行了数个小时，大概在中午就抵达了北极冰原。

这速度的确快。

北极冰原，冰山之巅。

寒风呼啸，霍丹从冰屋中走了出来。

"嗯？坦纳，"霍丹看到坦纳，摇头叹息一声，"你们都要回去了？"

坦纳微微点头，苦涩地说道："这次来到玉兰大陆位面的任务完不成了。"

"尼夫成功了吗？"霍丹询问道。

三年前，坦纳已经命人将尼夫要对付林雷的消息告诉了霍丹。

"失败了，尼夫也殒命了。"坦纳摇头，无奈地说道，"林雷如果去了幽蓝府，绝对会是我们雷纳尔斯家族的大威胁。可是即使我回去告诉家族长老，恐怕也得不到家族的重视。"

坦纳是靠炼化神格成神的，在家族中的地位比较低。在他的家族中，除非是上位神，否则都没有什么话语权。

"家族中的事情我也插不上手。"霍丹感叹道，"否则，这种无聊的差事就不会落到我的手上了。好了，我送你们回去吧！"

以尼夫为首的一群神级强者当即站在一个六芒星形状的魔法阵内，霍丹启动魔法阵，道道光线冲天而起。

魔法阵内的空间开始扭曲，只是一会儿，数十个身影便消失不见了。

坦纳等人逃离了玉兰大陆位面回到地狱，而玉兰大陆龙血城堡中，一片欢声笑语。不管是塔罗沙、帝林，还是武神、大圣司，大家都在共进午餐。

毕竟，林雷外出游历回来了。

听到林雷这些年经历的一些事情，塔罗沙、帝林等人都吃惊得很。特别是听到雷林一招就将上位神萨狄斯塔击败的事情，在场的强者们不禁目瞪口呆。

"你说那个铜锣山主人雷林就是青火大人？五大王者之一的青火大人？"帝林吃惊地说道。

帝林在戈巴达位面监狱待过，自然知道青火的可怕之处。

贝贝吃着东西说道："连阿德金斯去铜锣山见雷林先生也是单膝跪下，喊'城主大人'呢。"

"阿德金斯？"坐在林雷旁边的沃顿眉头一皱。

沃顿对阿德金斯非常厌恶，因为他的孙子，也就是西尼的儿子卡萨，当初就是命丧奥加文之手，而奥加文正是阿德金斯的手下。

"说到阿德金斯，我倒是想起一件事情。"林雷看向不远处的奥利维亚，"奥利维亚，阿德金斯已经和我们保证过，他说那个奥加文从今以后绝对不会来找你麻烦了。"

奥利维亚顿时眼睛一亮。

这些年，他之所以一直待在龙血城堡不敢去其他的地方，就是因为害怕奥加文攻击他。

"林雷，谢谢！"奥利维亚心底有些激动。

"你要谢，也是谢雷林先生。"林雷说道。

奥利维亚说道："林雷，既然那个奥加文不会再来对付我，那明天，我就准备出发去北极冰原。"

"明天？你去北极冰原干什么？"林雷问道。

奥利维亚微微一笑，眼中有一丝向往："我准备前往至高位面地狱！"

第443章
小溪，海洋

去地狱？

奥利维亚的这句话几乎令大厅中的所有人都看向他。

林雷有些吃惊，说道："奥利维亚，你明天就去地狱？怎么这么着急？去地狱随时都可以，而玉兰大陆千年后就会再次开启众神墓地。"

如今还停留在玉兰大陆的强者们，多数都是关注众神墓地的。

"众神墓地？"奥利维亚自嘲道，"我留在玉兰大陆又能怎么样？难道你认为我奥利维亚可以和阿德金斯争夺，可以和青火大人争夺？我就是一个下位神，留在这里也只能在旁边看着，还不如早点去地狱。"

"地狱啊！"奥利维亚双眼发光，似乎在想象地狱中的场景，"传说中的至高位面地狱，那可是无数物质位面的顶级强者聚集的地方。那里不仅高手繁多，而且他们的实力比戈巴达位面监狱的要强上亿万倍！"

闻言，不管是林雷、贝贝、迪莉娅他们，还是塔罗沙、帝林、武神等人，心底都是一阵激动。

戈巴达位面监狱强者的数目，他们都有些了解。

可是和至高位面地狱相比，戈巴达位面监狱只能算是小不点，毕竟至高位面地狱吸引了无数物质位面的强者。无数年下来，地狱到底有多少强者，恐怕已经难以计算了。

"现在的玉兰大陆就好像一条潺潺小溪，地狱就是充满着无数危险的无边海洋。虽然地狱危险，但是在那里才会有更多际遇，才会有更多挑战！"奥利维亚激动地说道，"地狱，我做梦都想去！那里才是我的舞台！"

　　没有人再劝说奥利维亚了。

　　因为奥利维亚的这一席话，让林雷等人都有些心动了。

　　的确，与物质位面相对应的监狱位面，一万年能关进去几个人？绝大多数强者还是进入至高位面了，而且还是无数位面的强者。

　　可以这么说，与无数物质位面相对应的无数监狱位面的强者数量，恐怕都比不上地狱中的强者数量。

　　"溪水，海洋？"这引起了林雷心底的共鸣。

　　没错，玉兰大陆就如一条清澈的潺潺小溪，待阿德金斯、雷林等人离开，林雷绝对算是玉兰大陆这一条溪水中强大的生物之一。然而，如果林雷进入地狱，进入充满危险的无边海洋，就会遇到不计其数的比他更强大的生物，或是修炼时间比他长的，或是天赋能力比他还逆天的，或是家世比他更厉害的……

　　林雷心底的那股热血沸腾起来。

　　有挑战的生活才会让人激动、兴奋！

　　深夜，龙血城堡一个房间内，林雷和迪莉娅躺在床上。

　　"林雷，在想什么呢？"迪莉娅轻声说道。

　　"我？"林雷从思绪中回过神来，"我在想地狱。我不知道地狱是什么模样的，也不知道地狱中又会有什么。"

　　迪莉娅微微蹙起眉头，明白林雷想去地狱。

　　迪莉娅内心是不想让林雷去的，她不希望林雷经历一次次危险，那种担心的感觉有时会令她崩溃。

　　不过，迪莉娅并没有把自己的担忧说出来，她知道喜欢林雷就不能让他有束缚感。

因此，她尊重林雷的决定。

林雷知道迪莉娅的想法，也知道迪莉娅一直在为他默默付出，心底愈加感激迪莉娅。

忽然，林雷想起了自己得到的那枚风属性神格。

"迪莉娅，你看这是什么。"林雷一翻手。

顿时，迪莉娅的眼前飘着一枚散发着青色光芒的黑色神格。

迪莉娅眼睛一亮："风属性神格？这……这是那个尼夫的神格？"

林雷早就将这几年发生的事情都告诉了迪莉娅，因此迪莉娅知道林雷身上一共有三枚神格。

一枚是伯纳思的地属性中位神神格，一枚是安拉斯的火属性中位神神格，一枚是尼夫的风属性中位神神格。

"你拿去炼化吧！"林雷笑道。

迪莉娅看了看林雷，最终还是接下了。迪莉娅知道，以她的资质，如果靠自己领悟突破，恐怕不知道要花费多少万年才能突破。

迪莉娅在神格上滴血后将其收入体内，然后将脑袋贴在林雷的胸膛上，轻声说道："这枚神格是我丈夫辛苦得到的。"

林雷不禁笑了。

"迪莉娅，我听说地狱中一些大家族直接使用神格将家族子弟培养成上位神呢。"林雷赞叹道，"连续炼化三枚神格就能成为上位神，这速度绝对惊人。"

炼化神格那是资质低的表现。

真正的强者一般是不会炼化神格的。

因为即使完全炼化了神格，神格和自身灵魂也不是百分之百契合的。若还想融合同种元素法则中的奥义，这个难度是独力成神的千百倍。

"我一定努力学会更好地运用这些奥义。"迪莉娅说道。

第二天清晨。

此刻，龙血城堡的一大群人已经聚集在前院的练武场上了，都是来送奥利维亚的。

此次，只有奥利维亚一人出发去地狱。

帝林、塔罗沙、希塞、武神等人都要等玉兰大陆上的事情结束了才会走。

"奥利维亚，你小子去了地狱可要小心点，别没多久就被人干掉了。哈哈……"帝林笑着，一拍奥利维亚的肩膀。

奥利维亚眼中发亮："被人干掉？想对付我可没那么简单。"

林雷等人都笑着和奥利维亚说了几句。

"如果运气好，说不定在地狱中我还是会碰到大家的。"奥利维亚洒脱一笑，然后深深地看了一眼林雷。

林雷感觉到了奥利维亚眼神中蕴含的深意。

奥利维亚凝视着林雷，说道："林雷，我在地狱中等你。你可别总是龟缩在这一条小溪里。"

说完，奥利维亚直接腾空飞起。

林雷一怔，迪莉娅、沃顿他们不由得看向林雷。

"小溪？"林雷心里很是复杂。

"林雷！"一个声音突然在林雷的脑海中响起。

林雷一惊，这声音是贝鲁特的。

"林雷，你刚从铜锣山回来不久吧？这两天，你将贝贝带到我这里来。"

"带着贝贝？"林雷有些疑惑。贝鲁特让贝贝过去干什么？

"等你和贝贝过来我再告诉你。记住，尽量快点，可别拖太久了。"贝鲁特笑道。

"那我马上过来。"林雷回应道。

"不急，这一次贝贝过来，要在我这里待一段时间。你和他恐怕较长一段时间内无法见面。"贝鲁特说道。

"嗯？"林雷有些惊讶。

不过贝鲁特没有细说，很快就收回了神识。

第二天下午，天空一片湛蓝，好像被洗干净的湛蓝瓷盘一样，偶尔有几朵白云飘浮在天边。

两个人影正并肩飞在半空，正是林雷和贝贝。他们二人一同离开龙血城堡，直接朝黑暗之森那座金属城堡飞去。

贝贝有些奇怪，不知道贝鲁特爷爷为什么要找他。这一次，他还得和林雷分开很长时间。

黑暗之森绵延数千里，当见到那一座金属城堡时，林雷二人便俯冲而下，黑暗之森蕴含的古老气息扑面而来。

"进来吧！"贝鲁特的声音在林雷的脑海中响起。

林雷和贝贝当即飞入金属城堡内。

"说起来，这座金属城堡我还没进去过呢！"林雷对着贝贝笑道。

贝贝眉开眼笑："老大，这座金属城堡可不一般呢。它不仅非常奇特，还非常有趣！"

林雷被贝贝说得有些好奇了，不禁仔细观察这座金属城堡。

金属城堡内布局非常不错，每一处的金属颜色都可以变化，比如地面都是紫红色的，光亮得可以照人。

一些金属还形成了假山的模样，花园中有着各种各样的花儿。

"这些花总不是金属城堡弄出来的吧？"林雷对贝贝说道。

"这就不是了。"贝贝摇头说道，"不过，这里的所有金属物品都是金属城堡变出来的。老大，这座金属城堡很奇妙，你让它变什么，它就能变出什么。"

林雷和贝贝交谈着，很快就到了客厅。

贝鲁特正捧着一本很厚的书阅读着，头也不抬地说道："进来吧。"

林雷进入客厅，略微看了一眼那本书的页面，心中疑惑，说道："咦？这文字好像和我们玉兰大陆的文字不一样啊。"

"疑惑这文字？"贝鲁特抬头看了林雷一眼，笑道，"这文字存在很久了，我也不知道有多少亿年了。当时，我们玉兰大陆位面还没有人类，那时是地精文明，这便是当时的文字。"

"我们玉兰大陆现在流行的文字，是人类诞生后不久位面监守者有意传下来的，和地狱、天界、冥界、生命神界四大至高位面的文字是一样的。"贝鲁特说道。

林雷点了点头。

"贝鲁特爷爷，你又让我回来，有什么事情吗？"贝贝直接询问道。

"当然有事。"贝鲁特笑了起来，"你成神时领悟到的奥义是我们噬神鼠进入成年期后天生就会的。说起来，你还没有领悟过什么奥义。我这一次……"

话说到一半，贝鲁特吃惊地看向南方："嗯？这家伙……"

"嗡——"

一瞬间，整个玉兰大陆位面，包括玉兰大陆，广阔的北海，北极冰原，无边的南海海域，所有区域内的元素都动荡起来。特别是南海海域内的元素，形成了恐怖的潮汐。

幸亏南海海域极大，当这种可怕的元素潮汐传到玉兰大陆上时，只剩些微元素动荡罢了。

可这种动荡，令所有修炼者震惊。

"这……这到底怎么了？"林雷立即展开神识，使其覆盖整个玉兰大陆，"这元素动荡的范围很大，源头似乎在南方。"

林雷精神力再强，也不可能追溯到这次元素动荡的尽头。

"大手笔啊，大手笔！"贝鲁特却笑了。

第444章
建造陆地

这惊人的元素动荡，就连魔法初学者都能感知到。

上至神级强者，下至魔法学徒，无数人都为这惊人的元素动荡感到震惊。恐怕就是施展一百次禁忌魔法，也不会有如此惊人的效果。

"贝鲁特爷爷，到底怎么回事？"贝贝好奇地询问道。

林雷也看向贝鲁特。

贝鲁特笑呵呵地说道："戈巴达位面监狱的王者青火，也就是雷林，你们都认识吧？这一切就是他搞出来的。他现在准备将他当年的家乡，那已经破碎沉入海底的那块陆地再次建起来。"

"什么？"林雷和贝贝都震惊了。

建造陆地？

"这青火根本就是个疯子。"贝鲁特感叹道，"虽然他是上位神，但是要建造一块陆地，所耗费的神力、精神力都十分大。一块庞大的陆地可不是一个普通的小岛。"

"陆地也能建造？"贝贝不敢相信。

贝鲁特点头说道："青火拥有两大上位神神分身，而且对元素法则的领悟极为厉害。以他的实力，在物质位面建造一块陆地并不是不可能。可是，我还是觉得这家伙太疯狂了。"

"疯狂？"林雷看向南方。

建造陆地，那是何等惊人的场景！恐怕只有青火大人这种级别的强者才有资格做到吧。

南海海域，离玉兰大陆极为遥远的地方。

此时，那无边的海洋就仿佛煮沸了一样，哧哧地冒着热气。

这沸腾区域足有方圆万里，在这沸腾区域的中央，还能清晰地看到炽热岩浆冲天而起的情景。

在岩浆喷发的上空，狂暴的火系元素甚至引起了空间的扭曲，在扭曲的空间中有一个人影。

一袭暗红色长袍的人影如同天神悬浮在海洋上空，正是青火雷林。

距离雷林足有数十里的伯吉斯和白袍中年人彼此对视。

白袍中年人感叹道："大哥，三弟还真是够疯狂的。以那海底火山为中心，一口气引动海底火山爆发，那么大范围的岩浆，真疯狂！

"幸亏三弟对火系元素法则的领悟到了近乎圆满的地步，否则，要做到这一步不会如此轻松。"

雷林之所以出名，就是因为火系元素法则。青火之名，证明了他在火系元素法则的成就。他的火系上位神神分身的实力是远超地系上位神神分身的。

不是他的地系能力弱，而是他的火系能力太强。

此时，海底火山不断喷发岩浆，偶尔也会喷出海面。冒出海面的岩浆只是无尽岩浆中的千万分之一罢了。

海底火山爆发的岩浆，绝大多数都在海中凝固成岩石。

雷林凭借着对岩浆的控制，让海中的大量岩浆聚集在方圆万里范围之内。当海水冷却，岩浆凝固成岩石后，就会令这方圆万里范围内的海水变得很浅。

有的地方岩石已经冒出了海面，大多数地方也只有数百米深罢了。

在这片深海中，现在这个情况就很令人震惊了。对常人来说，这几乎是难以做到的事情，可是雷林做到了。

"接下来的事情就有些麻烦了。"伯吉斯遥看远处的雷林，"要控制大量泥土聚集，形成陆地，三弟的地系元素法则可没火系元素法则厉害。"

白袍中年人点了点头，和伯吉斯一起遥看远处的雷林。

雷林舒了一口气，旋即双手向前伸出——

"嗡——"天地间无尽的地系元素皆受到控制。

海底中方圆数十万里内的岩石、泥土也都受到控制，不断地朝由冷却的岩浆形成的方圆万里的地方聚集过去。

地系元素一下子被抽取得太多，令方圆数十万里的地系元素都没有了。

其他地方的地系元素疯狂冲来，空间因此震荡得扭曲。无尽地系元素冲击，形成了元素潮汐。

海洋动荡，让无数海洋生物受了无妄之灾；海底岩浆爆发，更是让不少生物被活活煮熟。

以现在这种速度，要形成一块陆地，恐怕需要十天半个月。

"太慢了！"雷林眉头一皱，赤红色双眉几乎碰触在一起："看来，没那么简单啊！"

只见雷林的身体一分为二，其中一个穿着金黄色长袍的神分身无声地粉碎开来，消失在天地间。顿时，泥土、岩石剧增。

"我这地系神分身积累了无数年的神力，恐怕这一次就会消耗个精光啊！"雷林穿着暗红色长袍的火系神分身喃喃道。

其实，雷林这次回到玉兰大陆，心里并不好受，因为他的家乡被毁掉了。

于是，雷林打算在自己家乡原来的位置建造一块陆地。

在这里建造陆地的难度会低一点，不过，建造一块陆地和建造元素府邸根本不是一个概念。

奥布莱恩帝国，皇宫中。

阿德金斯看向南方，眉头深锁，旁边的伯纳思恭敬地站着。

"青火大人还真有魄力！"阿德金斯开口说道。

伯纳思低声说道："建造一块陆地，消耗的神力、精神力都很惊人。"

阿德金斯说道："那样做是很惊人，可是建造一块陆地，主要是他那地系神分身起作用。也就是说，他最强的火系神分身不会受到任何影响。"

"青火他太强了！"阿德金斯仰头，沉默了许久。

伯纳思站在旁边，在心中感慨："少爷就是太好强了，不愿屈于人下。在戈巴达位面监狱，少爷就远不如五大王者，如果去了强者更多的至高位面，恐怕也不可能成为巅峰人物。众神墓地的重宝至少能让少爷变得更强。"

伯纳思很清楚，阿德金斯不可能放弃。

阿德金斯陡然转身："伯纳思，我不想等了！"

"阿德金斯大人你……"伯纳思大吃一惊，他知道阿德金斯的意思。

阿德金斯目光冷厉："现在正是好机会，青火正全身心地建造陆地，根本没有精力注意我们。你现在立即去将奥加文他们三个叫过来。"

"是！"伯纳思深吸了一口气，旋即展开神识，向奥加文三人传令。

阿德金斯表面沉静，心中却非常激动。

"决定命运的一天！"阿德金斯在心中暗道。

很快，奥加文、汉布里特、盖滕比都来了。三人恭敬地单膝跪下："阿德金斯大人！"

"你们几个和我一起去一趟黑暗之森。"阿德金斯说道。

奥加文三人互相对视，非常疑惑。他们刚才还为天地间的元素动荡而震惊，现在就被喊过来了，还命令他们一起去黑暗之森。他们只能强忍疑惑，跟随阿德金斯、伯纳思一同朝黑暗之森飞去。

黑暗之森，金属城堡内。

林雷还和贝鲁特在一起。

"你说让贝贝领悟元素法则中的奥义？"林雷惊讶地看着贝鲁特。

贝鲁特刚才说了，要让贝贝在金属城堡中领悟元素法则中的奥义。等贝贝完全领悟了一种，才让贝贝离开金属城堡。

贝贝苦着脸说道："贝鲁特爷爷，领悟奥义就慢慢来嘛。你为什么一定要让我在金属城堡中领悟呢？在这里领悟，我不知道要到什么时候才能成功。"

"你放心吧，只是让你领悟黑暗系元素法则中最简单的奥义。为了方便你领悟，我弄到了一件宝物帮助你。这可是爷爷花了大代价才弄到的。"贝鲁特说道。

林雷一听，不禁大吃一惊。

听起来，似乎有可以帮助修炼的宝物。

"宝物，有多珍贵？"贝贝眼睛发亮。

"别问那么多。"贝鲁特郑重地说道，"你就待在这里好好修炼，别让爷爷失望。"

林雷也在一旁劝说贝贝。

因为对那件宝物很好奇，贝贝最终答应了。毕竟，贝贝知道他的贝鲁特爷爷是多么富有。

连贝鲁特爷爷都说是花了大代价才弄到的，那么这件宝物肯定不一般。

"嗯？"贝鲁特突然眉头皱起。

"哈里！"贝鲁特喝道。

很快，一个人影便出现在客厅中，正是三大紫金色鼠王之一的哈里。

贝鲁特吩咐道："哈里，你在这里管住贝贝，别让他乱跑，我出去一下。"

"是，父亲！"哈里恭敬地回道。

"林雷，你和我一起走吧。"贝鲁特笑道。

林雷点了点头。

和贝贝告别后，林雷便和贝鲁特直接飞出了这座金属城堡，与贝鲁特并肩飞行在空中。

林雷不解："贝鲁特大人突然出来，到底要干什么？他们不就是……"

林雷看到远处飞来了几个人影，为首的赫然是阿德金斯。

"奥加文！"林雷看到了阿德金斯身后的奥加文，"哼，有机会一定要解决他。"

当年，西尼的儿子、妻子，巴鲁克皇宫中几乎所有人都命丧奥加文之手。

这件事，林雷一直记在心里。

"啊，贝鲁特先生！"阿德金斯的脸上立即浮现出笑容，"哦，林雷，你也在啊！"

阿德金斯的笑容很灿烂。

"林雷，你先回去吧。"贝鲁特说道。

林雷躬身，旋即也对阿德金斯略微行礼，然后朝南方飞去。

飞行途中，林雷疑惑地回头看了一眼："贝鲁特大人突然出来，恐怕就是因为阿德金斯他们。到底有什么事情呢？"

黑暗之森上空，一袭黑色长袍的贝鲁特和一袭金色长袍的阿德金斯凌空而立。阿德金斯看起来如同少年，贝鲁特却如同一个老者。老少对立，颇有意思。

"贝鲁特先生，我们还是去你那里再谈吧。"阿德金斯说道。

"不用，在这里就可以。"贝鲁特淡笑着说道。

阿德金斯脸上满是笑容："那也好。"

随即，他展开神之领域，不让后面的奥加文几人听到他们的谈话："贝鲁特先生，你上次不是说要等一千年才开启众神墓地吗？"

"是有这么一回事。"贝鲁特眼底有着一丝笑意。

阿德金斯热情地笑道："贝鲁特先生，我知道你已经连续两次开启过众神墓地了，分别让圣域级强者和神级强者进去，中间只隔了一个月。我想，众神墓地什么时候开启，是由贝鲁特先生决定的吧？"

"对，伟大的主神并没限定开启的时间，开启的时间是我自行决定的。"贝鲁特说道。

阿德金斯的笑容愈加灿烂："那实在太好了！贝鲁特先生，我想，要不我们提前开启众神墓地？"

"提前？"贝鲁特惊讶地看着阿德金斯。

"是的，比如……明天！不知道贝鲁特先生觉得如何？"阿德金斯期待地看着贝鲁特，眼底有一丝渴望。

"哦，这个嘛……"贝鲁特思虑片刻，然后微微点头，"这也不是不可能，明天开启也行。"

第445章
贝鲁特的实力

阿德金斯得到肯定的答复，呼吸都变得急促了，不禁浮想联翩："如果我在众神墓地中得到了主神器，甚至得到传说中的主神神格，那就能成为至高无上的主神，那我阿德金斯……"

阿德金斯想着想着兴奋起来。

贝鲁特忽然眉头一皱，又说道："不行，明天还不能开启。"

"怎么又不行了？"阿德金斯心急。

贝鲁特解释道："阿德金斯，我刚才忘记了，青火如今在重建他的家乡。他的地系神分身在全身心地重建陆地，而他的火系神分身在一旁保护。他现在可分不开身。我看他的建造速度，估计还要几天。要不这样，等过十天，你们一同进去吧！"

阿德金斯在心中暗道："我就是要青火不能进去。如果青火进去了，我凭什么和他争？"

青火的实力，阿德金斯是非常清楚的。

"贝鲁特大人。"阿德金斯诚恳地说道。

他现在都称贝鲁特为"大人"了，可见他对众神墓地中重宝的重视。

"何必让那青火进入众神墓地呢？要不就你我二人进去，你认为怎么样？"阿德金斯说出了自己的目的。

贝鲁特是众神墓地的看守者，若是只有阿德金斯和贝鲁特二人前往，到时候就是阿德金斯一人进入众神墓地。

如此一来，谁能和阿德金斯争夺？

"哦，"贝鲁特恍然大悟，看着阿德金斯，嘴角有一丝笑意，"阿德金斯，原来你是这么想的。"

阿德金斯则是看着贝鲁特。

"阿德金斯，你想得未免太好了吧？"贝鲁特嗤笑一声，"我让你独自进去，你或许能够得到重宝。可是我呢，一点好处都没有，还冒着得罪青火的风险。青火和你阿德金斯，难道你认为我贝鲁特老眼昏花不会选择？"

阿德金斯讨好一笑，连忙说道："贝鲁特大人，你这话就不对了。对，青火是比我厉害，他进去最起码能得到主神器。可是贝鲁特大人你想想，以青火的脾气，如果他得到了主神器，岂能服你？我想，贝鲁特大人没有把握对付拥有主神器的青火吧？"

贝鲁特只是笑了笑。

阿德金斯继续劝说道："而我就不同了。贝鲁特大人，你有什么要求尽管吩咐我就行！"

"哦？"贝鲁特眼睛一亮。

"那众神墓地中的确有主神器。"贝鲁特说道。

阿德金斯顿时眼睛一亮。

贝鲁特继续说道："阿德金斯，我要你向命运至高神发誓，得到的第一件主神器必须送给我。"

阿德金斯微微一怔，而后说道："里面有几件主神器？"

"不止一件。"贝鲁特说道。

"好，不管我能得到几件主神器，第一件主神器绝对会赠予贝鲁特大人。"阿德金斯咬牙说道。

"别急，你现在说没用，等过会儿向命运至高神发誓。"贝鲁特淡笑道。

向命运至高神发誓后，绝对不能违背誓言。

命运至高神实际上就是命运规则，是天地间运行的一种规则。如果违背誓言，命运规则自然会让违背者吃到恶果。

"这是第一件事情，还有第二件事情。"贝鲁特又说道。

"这个贝鲁特还真是够黑心的。"阿德金斯在心中骂道，却也没有其他办法。他只能努力挤出笑脸，说道："贝鲁特大人请说。"

贝鲁特淡笑道："第二件事情，等你从众神墓地出来后，你得让我驱使一百万年。"

阿德金斯一瞪眼。

驱使？

阿德金斯即使在戈巴达位面监狱也没有被人驱使过。

"怎么，不答应？不答应也行，众神墓地的事情就此作罢。"贝鲁特说着便要转身。

阿德金斯一咬牙："我答应，等从众神墓地出来，我阿德金斯定会让贝鲁特大人驱使一百万年。"

贝鲁特微笑着点头。

"贝鲁特大人，你现在应该答应让我进入众神墓地了吧？"阿德金斯心底有了一丝恼意。

"别着急，还有第三个要求。"贝鲁特依旧满脸笑容。

脾气再好的人听到这话也会恼火，更何况是脾气本来就不好的阿德金斯。

他忍不住问道："贝鲁特大人，你到底还有多少要求？"

"这是最后一个要求。"贝鲁特淡笑道，"你不答应，进入众神墓地的事情就算了。"

阿德金斯强忍怒气，低声说道："说！"

"第三个要求很简单。我不想以后有什么麻烦，更不想让青火以后报复我，"贝鲁特还是那一副微笑的模样，"所以就麻烦你去解决他了。"

阿德金斯瞪眼。

解决青火？

"如果我阿德金斯有解决青火的能力，怎么还会在这里和你说这么多？"阿德金斯怒了。

"哦，那就没办法了。"贝鲁特脸一沉，"阿德金斯，那你就请回吧！"

阿德金斯瞬间就明白了，气得脸色发白，指着贝鲁特生气地说道："贝鲁特，你……你在耍我！"

对阿德金斯而言，贝鲁特说的三个要求一个比一个过分。特别是第三个要求，阿德金斯根本做不到。

"哈哈！"贝鲁特笑了起来，看向阿德金斯，"阿德金斯，你到现在才明白？哈哈，我的确在耍你。原本，我想千年以后直接带着青火进入众神墓地，没想到你这么快就来了。也好，看到了你气急败坏的样子，哈哈！"

阿德金斯脸色一变："你就没想过让我进入众神墓地？"

"对。"贝鲁特嘻笑道，"我根本不打算让你进去，只准备让青火进去。"

阿德金斯微微发颤。

本性狂傲、不甘屈于人下的阿德金斯，一直梦想有一天站在巅峰，超越青火等五大王者。可是他明白，以他的资质要做到这一点，只有一个办法，那就是得到主神器，或者得到主神神格。

现在，希望破碎了。

黑暗之森上空，阿德金斯、贝鲁特二人凌空而立，他们二人的谈话被神之领域隔绝开来了。

不远处的伯纳思等四人根本听不到他们的谈话内容，但是看到了阿德金斯越来越愤怒的表情。

"轰——"

一道黑色光芒和一道白色光芒从阿德金斯身上爆发出来，而后朝四周弥散。

黑光覆盖的地方，空间变得扭曲，那些高大的树木都被吞噬了。凡是被白光照耀过的地方，所有物体如积雪融化一样，瞬间消失殆尽。

阿德金斯拥有两大上位神神分身，分别是光明系神分身和黑暗系神分身。

被黑光和白光笼罩着的阿德金斯暴怒至极。

阿德金斯怒指贝鲁特，咆哮道："贝鲁特，你这个依仗主神的小人！我今天卑躬屈膝，一次次给你面子，没想到你这么羞辱我。好，好！你贝鲁特欺软怕硬，怕得罪青火，反而来羞辱我，真是垃圾！"

阿德金斯愤怒得早就撤去了神之领域，他的声音朝四周传去，伯纳思等四人听得一清二楚。

伯纳思大惊："阿德金斯大人，不要！"

"不好！"汉布里特、盖滕比、奥加文三人也是脸色剧变。

在离阿德金斯和贝鲁特数百里处，林雷惊讶得回头看去。

"好强大的黑暗系和光明系能量。"林雷一惊，"如此强大的能量，难道那个阿德金斯和贝鲁特对上了？"

林雷心底满是疑惑。

旋即，林雷悄然折返。

贝鲁特脸一沉，如同覆盖了一层冰霜："欺软怕硬？垃圾？"

"你也就修炼数百万年，即使有主神器，你能用得好吗？"阿德金斯手中出现了一柄半透明的长刀——一件上位神器，他不屑地看着眼前的贝鲁特，"你若没有主神器，便准备受死；如果有，那更好，主神器该换主人了。"

阿德金斯从来没有把贝鲁特放在眼里过。

在阿德金斯看来，修炼数百万年的贝鲁特只是小辈罢了。这样的贝鲁特又能融合元素法则中的几种奥义？

"换主人？"贝鲁特一翻手，手中出现了一根黑色的长棍，他嗤笑道，"主神器在这里，你有本事就来拿吧。"

这根长棍散发出可怕的气息。

阿德金斯眼皮一跳，吃惊地看着贝鲁特手中的那根长棍。

那是一件完好的主神器，不同于林雷的那件。

黑色长棍被贝鲁特握在手中，但是它散发出的气息让远处的伯纳思等四人脸色发白。

阿德金斯眯起眼睛，在心中暗道："这个贝鲁特竟然真的有主神器！那好，我今天大不了损失一个神分身也要将他击败，夺来这件主神器。"

阿德金斯已经打定主意了，行动起来自然快。

伯纳思心底焦急，却已经无法阻止这一场战斗了。

伯纳思等四人只能目视远处，看着空中对立的两大上位神。

突然，黑暗系、光明系能量再次爆发，引起了空间震荡，令伯纳思等四人立即施展神之领域来阻挡。

阿德金斯身体一分为二，光明系神分身持着那柄半透明的长刀，而黑暗系神分身隐藏在黑暗中。

阿德金斯的光明系神分身冲向贝鲁特，面目狰狞，怒吼道："啊——"

那柄半透明的长刀此时如同太阳般刺眼，朝贝鲁特劈去。

同时，隐藏在黑暗中的黑暗系神分身也现身了，一柄黑色匕首悄无声息地刺向贝鲁特。

"哈哈——"贝鲁特大笑着，一挥手中的黑色长棍。

黑色长棍如幻影一般，直接砸在那柄如太阳般耀眼的长刀刀刃上。

"砰！"那柄半透明的长刀竟然直接爆裂开来，而黑色长棍速度不减，砸在了阿德金斯的光明系神分身身上。

阿德金斯的光明系神分身向下坠落，一枚光明属性的神格悬浮在半空。

阿德金斯的黑暗系神分身阴冷一笑："竟然在原地不动，找死！"

在阿德金斯的光明系神分身坠落的刹那，黑暗系神分身手中的黑色匕首刺向贝鲁特的脑袋。

"锵！"黑色匕首刺在贝鲁特的脑袋上，竟然发出了金属撞击的声响。

"怎么可能？"阿德金斯惊愕得睁大眼睛。

上位神器的全力一击，竟然对贝鲁特的脑袋没有任何影响！

难不成贝鲁特脑袋的坚硬程度赶得上上位神器？

这简直就是一件不可能的事情！

此刻，贝鲁特转头，看向惊愕的阿德金斯："怎么？很失望？"

"逃！"阿德金斯脸色剧变，终于知道了贝鲁特的可怕之处。

就是戈巴达位面监狱的五大王者，也不敢用脑袋硬扛上位神器的全力一击。

"嗖——"

黑色棍影疾速袭向阿德金斯的黑暗系神分身。

一瞬间，阿德金斯的黑暗系神分身也开始向下坠落，一枚黑暗属性的神格朝贝鲁特飘来。

如今，贝鲁特的手上有两枚神格。

贝鲁特低头看了一眼，喃喃道："太弱了，太弱了，比当年的紫血恶魔和十二翼上位神天使弱多了。"

贝鲁特只是随意挥了两下棒子，阿德金斯便陨落了。

第446章
乐极生悲

伯纳思、奥加文、汉布里特、盖滕比四人目瞪口呆，刚才的战斗场景他们都看到了。

在贝鲁特面前，阿德金斯毫无反抗之力。

最令人震惊的是，阿德金斯全力一击劈在贝鲁特的脑袋上，贝鲁特竟然没有受到一丝损伤。

"可笑，可笑。"贝鲁特摇头叹息一声，直接朝北方的金属城堡飞去。

其实，贝鲁特早就在准备这一战了。若不是这样，他不会主动离开金属城堡，在半空和阿德金斯战斗。

"咻——"奥加文等人舒了一口气。

幸亏贝鲁特无视他们直接离开了，否则他们四个加起来，根本禁不住贝鲁特的一棍子。

"好可怕！"汉布里特感叹一声。

伯纳思看到下方的两具尸身，痛苦至极，立即朝下方飞去："少爷！"

伯纳思和阿德金斯一起度过的时间极为漫长，两人之间的感情很深。现在，阿德金斯殒命，伯纳思自然悲伤。

奥加文却眼睛一亮。

"空间戒指！"奥加文看到了光明系神分身尸体手指上的一枚空间戒指，

"阿德金斯的空间戒指中可是有一枚上位神神格的。"

奥加文的心开始颤抖起来，他做梦都想成为上位神。

现在，机会来了！

"说不定那枚神格就是光明属性的。"奥加文在心中暗道，偷偷瞥向旁边的盖滕比、汉布里特二人。

没想到，盖滕比、汉布里特二人也是目光闪烁，瞥向周围人。

三人互相看了看，又笑了笑，都明白对方的想法。

阿德金斯麾下四大中位神中，恐怕只有伯纳思对那枚上位神神格没想法，毕竟那枚神格不适合伯纳思炼化。

不过，其他三人都有一些想法。

"汉布里特、盖滕比，你们也想得到那空间戒指中的上位神神格吧。"奥加文直接神识传音。

汉布里特、盖滕比二人眼中都有一丝笑意。

盖滕比也神识传音："不过，我们要先解决这个伯纳思。他的实力最强，不解决他，我们不可能得到空间戒指。"

"好，我们齐心协力，一起对付伯纳思。至于那枚神格，我们拿到后再看属性，谁适合就给谁。"汉布里特神识传音。

奥加文、盖滕比二人立即表示同意。

三人相视一眼，便不约而同地朝下方飞去。

"阿德金斯大人！"盖滕比故意痛苦地喊道。

"伯纳思先生，你别太伤心了。"汉布里特也大声喊道。

此刻，伯纳思沉浸在悲伤中。这么多年来，他和阿德金斯在一起的场景不断地浮现在脑海中。泪水从他的脸颊上滑落，他丝毫不知奥加文三人此时心中所想。

"动手！"奥加文神识传音。

瞬间，奥加文、盖滕比、汉布里特三人手中都出现了各自的武器。同时，他们飞向前方不远处的伯纳思，眼中充满杀机，显然不打算手下留情。

"不好！"伯纳思一惊，感知到了背后的可怕气息，当即化为一道电光朝前方飞去。

可惜，比起已经达到极限速度的奥加文三人，他的速度还是慢了一步。

"你们要干什么！"伯纳思的怒吼声在奥加文三人的脑海中响起。

伯纳思转过身，面对奥加文三人，同时还在退向后方。

"来吧！"奥加文三人吼道。

顿时，青色的剑光、圣洁的光芒，以及蕴含毁灭气息的战刀刀光同时亮起。三大中位神的全力一击，让周围的古老大树和荆棘直接化为粉末，连大地都凹陷下去了。

"浑蛋！"伯纳思是聪明人，瞬间就猜到了三人的目的。

此刻，伯纳思来不及逃脱，一咬牙，手持那柄上位神器哥特斯长矛，直接刺向三人中的最强者盖滕比，打算从盖滕比这里打开一个缺口。

奥加文三人岂会让他逃掉？

"轰！"

三对一！

大地好像波浪一样震荡起来，方圆近千米范围内的巨石、树木以及一些魔兽瞬间化为齑粉。

灰尘飞扬，战斗已经结束了。伯纳思眼神暗淡，轰然倒下，结局和阿德金斯一样。

胸口被刺出一个窟窿的盖滕比同样轰然倒地。

那柄哥特斯长矛不单单能进行物质攻击，还能进行灵魂攻击。

伯纳思虽然因承受了三大中位神的联手一击而殒命，但是也将三人中最强的盖滕比拉了当垫背。

这个伯纳思不愧是原先阿德金斯手下四大中位神中的最强者。

"咻——"奥加文、汉布里特二人舒了一口气。

灰尘弥漫，二人相视一眼，都认为彼此是幸运的。如果伯纳思临死一击对付他们中的任何一个，他们都躲不了。

"汉布里特，这枚戒指中的神格是什么属性的，就把神格给这个属性的人。"奥加文笑道。

"那是当然。"汉布里特笑道，"不过，没得到神格的一方就拥有那柄哥特斯长矛，怎么样？"

"哈哈，我当然同意！"奥加文笑道。

此刻，地上躺着四具尸体，而奥加文和汉布里特在非常开心地谈论着。

"这枚空间戒指，谁去滴血再取出其中的神格？"奥加文看向汉布里特。

汉布里特说道："奥加文，我相信你。你去开启这枚空间戒指吧！"

奥加文点头，笑着朝阿德金斯那具光明系神分身走去。

当奥加文走到汉布里特身前时，汉布里特眼中掠过一丝寒光，在心中暗道："准备去死吧，上位神神格和上位神器都是我的！"

汉布里特陡然一动，朝奥加文施展出了他最强的一击。

在汉布里特动身的那一刻，奥加文身影一闪，手持巨剑朝汉布里特劈去。

两人都不禁微微一怔，惊讶于对方所想竟然和自己一样。

"上位神神格、上位神器，都是我的！"奥加文在心中怒吼着。

奥加文、汉布里特二人在视线相对的一刹那，都看到了对方眼中的杀意——不是你死，就是我亡！

击败对方，夺得所有宝物！

"锵！"

环绕着青光的长剑和散发着耀眼光芒的巨剑相撞。

环绕着青光的长剑一震，空间仿佛被拉开的幕布一样，一道空间裂缝瞬间划过奥加文的身体。

虽然奥加文已经疾速后退了，但是他的身体还是严重受损了。

"哈哈！"奥加文却得意地大笑着。

"砰！"

汉布里特摔落到地上，没了气息。

汉布里特修炼的是风系元素法则，对灵魂攻击的研究不深，他最强的一招便是次元攻击。虽然他之前让奥加文受了重伤，但是奥加文那一剑蕴含的灵魂攻击直接灭掉了他的灵魂。

原先的四大中位神只剩下一个奥加文了！

"终于成功了！"奥加文激动万分，赶紧飞到阿德金斯的尸体前。

在神力的作用下，奥加文受了重伤的身体还在恢复中。

不过，奥加文等不及了，他立马将自己的一滴鲜血滴在那枚空间戒指上。

那枚空间戒指仿佛海绵一样吸入了这滴鲜血。

"一定要是光明属性的，一定要是光明属性的！"奥加文心底念叨着。

奥加文抓着这枚空间戒指，心底忐忑，一咬牙，瞬间就取出了里面的神格。

"这……"奥加文瞪大眼睛看着眼前这枚神格。

这是一枚散发着白色光芒的黑色神格。

"光明属性上位神神格，是光明属性的！"奥加文激动得身体发颤。

"哈哈，是光明属性的，是光明属性的啊！！！"奥加文喜极而泣，"阿德金斯，我忍了你这么久，就是为了这一天啊！这真的是光明属性的！要不了多久，我就是上位神了，我就是上位神了啊！！！"

奥加文心底颤抖。

"等成了上位神，金斯利，我的儿子，父亲一定会为你报仇，一定会！"奥加文目光灼灼。

他在戈巴达位面监狱中就盼着这一天，不知道过去多少年了，他终于得到了一枚上位神神格。

"我奥加文终于要成为上位神了！"奥加文对未来充满期待，脸上也满是笑容。

当神格逐渐融入他的身体时，奥加文脸色一变，转头看去——

一双毫无感情的暗金色眼睛正盯着他。

一柄耀眼的紫血神剑和一柄散发着青光的黑钰重剑正对着他。

"林雷！"奥加文一惊。

现在，奥加文已经经历过两次生死战斗了，精神力消耗了九成，上位神神格还没炼化……

林雷和他的距离太近了，以他还没有复原的身体，速度根本达不到最快，完全来不及逃脱。

此时，林雷已经同时劈出紫血神剑和黑钰重剑。

"哼，找死！"奥加文在心中冷笑。

逃不掉？

不过，他为什么要逃？

对方只是一个下位神罢了。

奥加文手中散发耀眼光芒的巨剑带着最后一股精神力，直接劈向林雷的紫血神剑。

以奥加文的眼力，他看出了紫血神剑的不凡。

"锵！"紫血神剑和巨剑相撞。

奥加文疾速后退，想要躲开黑钰重剑的一击。

然而，黑钰重剑上的一缕土黄色剑影如闪电般蹿入了奥加文的体内。

这是林雷的最强一击，是融合了大地脉动和土之元素两大奥义的最强一击——虚无剑波！

"不——"奥加文的眼睛一下子瞪得滚圆，眼中满是难以置信。

不过，他来不及后悔就轰然倒地了。

刚才，他还激动得发颤，还在想象着美好的未来，没想到，这一切瞬间就破灭了。

原本，奥加文可以成为上位神的，可以逍遥自在的，可以成为一方高手的，可惜……

"论灵魂攻击，你还不如当初在铜锣山刺杀我的那个中位神。"林雷看着奥加文的尸体。

"争夺上位神神格？"林雷环顾周围几大中位神的尸体，开始收拾神器、神格、空间戒指。

第447章
一人进入

黑暗之森内，一片土地经过大战后变得光秃秃的。

林雷正搜集着战利品，脸上露出了笑容："这么多宝物，没想到，他们几个竟然打了起来。我运气真好！"

很快，宝物全部搜集完毕。

"两件上位神器，一枚上位神神格，还有四枚中位神神格以及五枚空间戒指。"林雷十分激动。

四枚中位神神格啊！

加上之前得到的两枚，林雷已经拥有六枚中位神神格了。

"这两件上位神器……"林雷打量着眼前的两件神器，一件是哥特斯长矛，另外一件则是一把黑色匕首。

之前，贝鲁特击败阿德金斯，只收了两枚神格就离开了。

阿德金斯拥有的两件上位神器，其中一件已经碎裂了，另外一件黑色匕首摔落在远处。林雷自然是收起了那柄黑色匕首。

林雷将神格、上位神器都收入空间戒指中，手中还有五枚空间戒指。

"也不知道这四个中位神的空间戒指中有些什么，等回到龙血城堡再仔细查查。阿德金斯的那枚空间戒指里面除了上位神神格，或许还有其他宝贝。"林雷在心中暗想。

"幸亏感受到了能量动静立即赶过来，否则大好机会就溜过去了。"林雷暗自庆幸。

这一次，他得到了不少神格、神器，还为卡萨报仇了。

"我当时还在黑暗之森，自然来得及赶过来。如果是黑暗之森外的神级强者，飞过来恐怕要近一个小时。"林雷相信短时间内应该没人能够赶过来，毕竟刚才战斗持续的时间很短。

林雷环顾一下周围："不过，还是赶紧离开好。"

林雷当即腾空而起，欲朝南方飞去。

"林雷，别急着走。"一个声音在林雷的脑海中响起，同时，一个黑色人影出现在了林雷的面前。

黑色长发、黑色胡须，正是轻易解决了阿德金斯的贝鲁特。

"贝鲁特大人。"林雷松了一口气。

贝鲁特看向林雷，眼中蕴含一丝笑意："林雷，你这次收获不错啊！"

"我是运气好，感受到了那强大的能量动静，就想赶回来看看。不过，我飞行速度不够快，我赶到这里的时候，阿德金斯已经殒命了，只看到他们四个自相残杀的场景。"林雷老实说道。

贝鲁特点了点头。

林雷得到的这些东西，贝鲁特根本没放在眼里。

"林雷，有一件事情我得告诉你。"贝鲁特直入主题。

"贝鲁特大人请说。"林雷恭敬地说道。

贝鲁特淡然笑道："当年，我不是对玉兰大陆位面所有的神级强者传音过，说千年之后开启众神墓地吗？"

"对。"林雷有些疑惑，"贝鲁特大人，难道你要改变主意？"

林雷觉得贝鲁特话中有话，不禁如此猜测。

如果贝鲁特有这样的打算也很正常。如今在玉兰大陆位面上，除了贝鲁特，实力强大的上位神只剩下青火雷林了。

"不，"贝鲁特摇头说道，"众神墓地依旧千年后开启。不过，我和青火已经商量过了，半月后，我会让青火独自进入众神墓地。"

"只有他一人？"林雷很吃惊。

贝鲁特点了点头。

"贝鲁特大人，玉兰大陆位面还有其他神级强者的。"林雷连忙说道。

林雷觉得贝鲁特这样做对其他神级强者不公平，毕竟其他神级强者也在玉兰大陆位面，至少该给他们一个机会。

贝鲁特摇头说道："不必多虑。众神墓地中的重宝，只有达到上位神巅峰的强者才能得到，一般的下位神、中位神进入，最多得到一枚神格罢了。"

林雷心中一动："这重宝恐怕就是主神器了。"

贝鲁特继续说道："所以，林雷，你帮我通知一下塔罗沙他们，告诉他们这件事情。他们是走是留就随他们了。"

贝鲁特与塔罗沙之间还是有点交情的，毕竟塔罗沙当过众神墓地前十一层的管理者。

"这话我一定带到。"林雷应道。

随后，贝鲁特飞向金属城堡，林雷则快速飞向龙血城堡。

林雷回到龙血城堡后，先对五枚空间戒指滴血，使其认主，然后将里面的物品好好检查了一番。这一检查，他还真发现了一些不错的物品。

在奥加文的空间戒指中，有一枚火属性的下位神神格；在盖滕比的空间戒指中，有一枚地属性的下位神神格，同时还有好几件神器。

现在，林雷有六枚中位神神格、两枚下位神神格，下位神器、中位神器数件，以及两件上位神器。

林雷在清理这些东西时，将身旁的迪莉娅吓了一跳。

在林雷的详细叙说下，迪莉娅才松了一口气。

"那奥加文终于死了！"迪莉娅长叹道。

"是啊！西尼知道这个消息后，心里应该会好受点。"林雷也感叹道。

不过，林雷一直觉得造成戈巴达位面监狱一群强者降临的事情，是他、奥利维亚、德斯黎三个人闯的祸。

迪莉娅感觉这个话题有点压抑，赶紧转移话题："林雷，过去的玉兰大陆没多少神级强者，神格也很稀少。没想到，你现在得到了这么多枚神格。"

"这么多枚神格？"林雷却清楚，每一枚神格都是他经历了一场战斗才得到的。其间，总会有人在世上彻底消失。

"神格也不是那么好得的。"林雷感叹道。

迪莉娅一听，便明白了林雷心中所想。

"我忽然有些明白了。"迪莉娅眼中有一丝亮光，"原先，玉兰大陆的神级强者少，神格自然难以得到。可是现在，神级强者多了，实力弱的就会被击败，实力强的就能得到神格。就好像一些富有的人会越发富有，而一些贫穷的人会越发贫穷，甚至连自己的本钱都会被掠夺。"

要得到神格，对强大的贝鲁特、雷林而言，那是轻而易举的事情。

可对普通的下位神而言，要得到神格没有那么容易，他们甚至会被击败，连自己的神格也会被掠夺。

林雷本来属于"普通的下位神"，不过他拥有一件残破的灵魂防御主神器。

这件残破的灵魂防御主神器令林雷不再普通，令他能站稳脚跟，令他不会被人轻易击败！

"嗯……林雷，现在这些神格有地属性的，也有火属性的；有下位神神格，还有中位神神格，那不是可以让两个人成为中位神吗？"迪莉娅忽然说道。

林雷心中一动："火属性？"

当初安拉斯陨落，林雷就得到了一枚火属性中位神神格；现在，奥加文的空间戒指内有一枚火属性下位神神格。

"沃顿！"林雷忽然神识传音，"沃顿，到我的庭院来。"

沃顿喜欢修炼火系元素法则，奈何沃顿的资质一般。按照沃顿的修炼速度，恐怕要修炼数千年乃至更长时间才能达到神域境界。

片刻后，沃顿推开庭院院门，笑着走进来："哥，你找我？"

林雷笑着看向自己的弟弟："沃顿，火系元素法则，你修炼得怎么样了？"

沃顿苦着脸说道："哥，你是知道我的修炼速度的，我现在才有点头绪。按照这种速度，我不知道什么时候才能达到圣域级极限，更别提神域境界了。"

林雷笑了。

"沃顿，你看这是什么。"林雷一翻手，把两枚火属性神格放在石桌上。

沃顿看着眼前两枚散发着红光的黑色神格，眼睛一下子瞪得滚圆，而后吃惊地看着林雷，结结巴巴地说道："哥，你……你这是……"

"这是两枚火属性神格，一枚是下位神神格，一枚是中位神神格。你先炼化这一枚，等炼化完毕后，再炼化这枚中位神神格。等全部炼化成功，你就是中位神了。"林雷慢慢说道。

沃顿有些蒙，喃喃道："中……中位神？"

林雷和迪莉娅相视一笑。

"咻——"沃顿舒了一口气，终于让脑子恢复正常运转，他看着林雷，"哥，这么多年来，我一直梦想着能成神。没想到，你给了我成为中位神的机会。这……这真是……哥，你这样，我会被吓坏的！"

"你这小子！"林雷笑道，"记住，先炼化下位神神格。"

"我现在就开始炼化！"沃顿按捺不住激动之情，当即滴血将那枚下位神神格收入体内，而后又将那枚中位神神格收入空间戒指，还故意感叹道，"唉，哥，你还是不够厉害啊！如果你弄到一枚火属性上位神神格，让我连续炼化，那以后我不就是上位神了吗？"

林雷看着沃顿嬉笑的样子，知道沃顿现在的心情非常好。

"还上位神神格，你快去命人准备今天的晚宴，今天晚上我还有重要事情宣布。"林雷笑道。

沃顿立即大声应道："绝对没问题！"

在龙血城堡中，神级强者们只是偶尔聚聚餐。

今天晚上，林雷主动邀请了塔罗沙、帝林等人，林雷还是记得贝鲁特对他的嘱咐的。

晚宴上，众人谈笑吃喝着。

"各位！"林雷突然大声说道，整个大厅顿时安静下来。

塔罗沙、帝林、武神、大圣司等人都疑惑地看向林雷。

"有一件事情我得告诉大家，贝鲁特大人最近会带着青火大人去众神墓地。"林雷开口说道。

"要提前开启众神墓地了？"塔罗沙惊喜地说道。

林雷摇头说道："算不上，因为这一次只让青火大人一个人进去。"

塔罗沙、帝林等人都一愣。他们还留在玉兰大陆，其实是为了看看众神墓地中的重宝到底是什么，不过是抱着看戏的想法罢了。

"贝鲁特大人都不让我们进去，那青火大人是否得到重宝，我们也不可能知道。"塔罗沙摇头一叹，旋即瞥向旁边的帝林，"帝林，你是怎么想的？阿德金斯陨落了，贝鲁特大人只让青火大人进入众神墓地。这玉兰大陆也没什么意思了，我准备最近几天离开玉兰大陆位面去至高位面之一的地狱，你呢？"

"我？"帝林迟疑片刻，旋即说道，"那我和你一起去地狱吧！"

第448章
分别

希塞将杯中的酒一口气喝个干净："去地狱？阿德金斯和他手下的几个中位神都陨落了，现在贝鲁特大人只让青火大人进入众神墓地，那我也和你们一起去。"

武神和大圣司没有出声，可是大家都知道，武神是要跟随塔罗沙的。

"林雷，你呢？"希塞看向林雷，"你也和我们一起去吧！你在这玉兰大陆也没什么乐趣啊。"

"我？"林雷看了旁边的迪莉娅一眼，旋即对希塞笑道，"我不急，你们一个个可都修炼数千年了，我如今修炼还不足百年。更何况，贝贝现在还在黑暗之森。"

"真可惜！"希塞感叹一声。

塔罗沙、帝林、武神、希塞开始谈论起来，谈论未来在地狱中可能发生的事情。

林雷看着他们，他得承认，他心底是羡慕的。

"地狱……"

对地狱，林雷心中也有无边的想象。

晚宴后的第三天。

清晨，塔罗沙等人准备离开玉兰大陆位面，一大群人聚集在龙血城堡，其中有法恩、迪克西等人，他们都是来送他们的老师的。

"帝林，你连你的两个儿子也带着？"希塞笑着说道。

帝林点头说道："那是当然！"

在踏入众神墓地前，帝林就向林雷索要了一枚下位神神格，给了他其中一个儿子。后来，帝林从众神墓地中出来，那个儿子已经是中位神了。

之后，戈巴达位面监狱许多神级强者降临玉兰大陆，帝林击败了一个欲夺他地盘的下位神，将其神格给了他的另一个儿子。

"老师……"迪克西等人不舍得大圣司凯瑟琳。

"好好修炼。"大圣司温和地说道，"你们现在都达到圣域境界了，等达到神域境界，如果不想待在玉兰大陆了就去至高位面吧，那里才是神级强者应该去的地方。"

"老师，你去哪里？"迪克西追问道。

"我？我和他们不一样，我准备去生命神界。"大圣司淡然说道。

"好了，大家一起出发吧！"塔罗沙环顾周围，然后说道。

旋即，在林雷等人的注视下，一群神级强者飞离了龙血城堡，朝北极冰原疾速飞去，很快便消失在了天际。

"大家都离开了……"林雷低声说道。

迪莉娅瞥了林雷一眼。

不久，青火独自进入众神墓地的消息很快就传遍了整个玉兰大陆。这是林雷在得到贝鲁特的授意后，特意传出去的。

不仅如此，阿德金斯和他麾下四大中位神已经陨落的消息也快速传了出去，这对玉兰大陆上的神级强者产生了很大的影响。除了少数神级强者外，大部分神级强者开始陆续离开玉兰大陆位面前往至高位面。

十六年一晃而过，沃顿炼化了火属性下位神神格，终于成了下位神。

之后四年，迪莉娅炼化了风属性中位神神格，成了中位神。

玉兰历10092年深秋，枯黄的落叶打着转儿缓缓落下。

突然，整个天地一颤，一股特殊的波动传来。

林雷对这种波动非常熟悉，那正是天地法则降临时才有的波动，唯有独力成神才会令天地法则降临。

他站在树下转头看向北方，眉头一皱："又有人独力成神了？"

"林雷，到我这里来。"贝鲁特的声音突然在林雷的脑海中响起。

林雷虽然心底疑惑，但还是立即飞离龙血城堡朝黑暗之森飞去。

林雷刚跨入金属城堡内便听到一个声音——

"老大！"

贝贝的声音很大。

林雷抬头一看，有些惊愕："贝贝，你……"他吃惊地发现自己竟然无法感知贝贝的气息。

林雷想起刚才那股波动，瞬间就明白了："贝贝，刚才难道是你？"

"对啊！"贝贝得意地叉腰，"老大，我花了二十年，终于领悟了黑暗系元素法则中的奥义。我领悟了其中两种元素奥义，所以现在是中位神了。"

"嗯，蛮厉害嘛！"林雷开心地说道。

在不同的元素法则中，风系元素法则蕴含九种奥义，领悟其中三种就能成为中位神；或者领悟其中两种奥义并且将它们融合，这样也能成为中位神。而地、火、水、黑暗这几种元素法则，蕴含六种奥义，只需要领悟其中两种就能成为中位神。

"林雷，进来吧。"一个声音从不远处的客厅中传来。

林雷当即和贝贝一起进入客厅。

贝鲁特抚须，笑着看向贝贝："我提供了那么多条件让你领悟黑暗系元素法则中最简单的奥义，你就花费了二十年。如果让林雷领悟，恐怕一年就够了，你还骄傲？"

"他是我老大嘛，我老大当然比我厉害！"贝贝丝毫不在意。

贝鲁特只能摇头笑了笑，旋即看向林雷："林雷啊，你先坐下。"

林雷坐到一旁。

贝鲁特感叹道："林雷，你如今修炼得怎么样了？什么时候能到中位神？"

"我自己也没把握。不过，地系元素法则中的大地脉动和土之元素两种奥义，我已经融合了一大半，估计再过几十年就能够完全融合两种奥义。"林雷并没有隐瞒。

贝鲁特赞叹道："一边领悟一边融合？不冒进，不错不错，你还真是够聪明的。"

"这是雷林先生指导我的。"林雷说道。

"嗯。"贝鲁特感慨道，"有一些事情我也该告诉你了。林雷，你过去是否疑惑过四大终极战士家族为什么会突然消失？"

林雷眼睛一亮。

"答案很简单，四大终极战士家族是被地狱中的强者带入地狱的。"贝鲁特笑道，"准确地说，你们四大终极战士家族属于地狱中的四神兽家族。"

林雷心中一震："四神兽家族？"

"四神兽家族是你们四大终极战士家族的根！"贝鲁特感叹道，"每一个家族子弟如果想要脱胎换骨，还是要回到你们四神兽家族，经过宗祠洗礼。"

"脱胎换骨？宗祠洗礼？"林雷心底愈加疑惑了。

贝鲁特点头说道："林雷，难道你没发现你们四大终极战士家族的一般子弟对元素法则的领悟不太行？比如你的历代祖先，很难领悟到元素法则。即使他们能有所领悟，领悟速度也很慢。"

林雷连忙点头，他的弟弟沃顿就领悟得很慢。

"领悟速度这么慢，不及比较厉害的人类，是因为没经过宗祠洗礼。"贝鲁特感叹道，"四神兽家族的宗祠洗礼是非常神秘的，在地狱中极为出名。"

贝鲁特看了林雷一眼。

在贝鲁特看来，林雷的修炼速度已经很惊人了，一旦经过宗祠洗礼，林雷绝对是一个逆天的存在。

"林雷，你想回四神兽家族，想见你的历代先辈们吗？"贝鲁特眼中含着一丝笑意。

林雷犹豫不决，一旦离开玉兰大陆位面，回来就难了，而且，林雷得问问迪莉娅。

"有什么好犹豫的？"贝鲁特沉声说道，"这里只有一个玉兰大陆，你这么厉害的一个人甘愿一直待在一个物质位面？那强者如云的地狱才是真正适合你的地方！"

林雷心底一震。

"老大，地狱很有趣的。爷爷这座金属城堡就是在地狱购买的呢！"贝贝连忙说道。

好奇心十足的贝贝对至高位面之一的地狱非常期待。

"四神兽家族就在地狱血峰大陆的幽蓝府。"贝鲁特直接说道，"你是否去，自己抉择吧。"

林雷当即行礼："是，贝鲁特大人！"

"贝贝，我们走吧。"林雷看向贝贝。

"哦。"贝贝点头。

林雷看到贝贝的表情，心底暗叹一声。贝贝和他一起长大，他们体内都有着热血，都喜欢挑战，都喜欢冒险。林雷知道贝贝很想去地狱，可是林雷要去地狱，必须得先说服迪莉娅。

龙血城堡内。

迪莉娅看了旁边的林雷一眼，知道林雷在想什么。

特别是最近三天，林雷眼中偶尔会露出一丝向往，偶尔会露出一丝迷茫。

"林雷。"迪莉娅一咬牙，心中已经做出了决定。

"嗯？"林雷疑惑地看向迪莉娅。

迪莉娅看着林雷，故意低叹，说道："林雷，你不觉得现在玉兰大陆的生活太平淡了吗？"

"对啊！"林雷顿时眼睛一亮，兴奋地说道，"迪莉娅，我也这么觉得！你说我们是不是……"

林雷话说到一半，停下来看着迪莉娅，脸上浮现出一丝笑容，郑重地说道："迪莉娅，谢谢！"

林雷已经明白迪莉娅的意思了。

迪莉娅是要成全他。

"其实，这二十年的平静生活，我非常满足。"迪莉娅轻声说道。

迪莉娅感叹道："林雷，我认识的你充满斗志、不断奋斗。我喜欢这样的你。在没有挑战的玉兰大陆，你的斗志会被渐渐磨平，而且在我心底深处，也渴望有挑战的生活呢！"

"现在，我已经是中位神了。"迪莉娅看着林雷，"至少我逃命的本领不错，我不会成为你的累赘！"

林雷笑了，一把将迪莉娅搂入怀中："迪莉娅，那我们就一起闯地狱吧！"

"一起闯地狱！"迪莉娅也轻声道。

"还有我，我也和你们一起！"贝贝立即从旁边蹿了出来，大声叫道，"我也要去地狱，我也要去！"

林雷和迪莉娅相视一眼，笑了起来。

三天后。

深秋的早晨很是寒冷。

这一天，龙血城堡的很多人都聚集在练武场的空地上，他们都是来送林雷、迪莉娅、贝贝的。

林雷看着眼前的一群人：有从小教导自己的希尔曼叔叔，有自己的亲人沃顿、泰勒、莎莎、阿诺，有当初和自己一起战斗的巴克五兄弟、赛斯勒，有一直跟随他的詹尼、丽贝卡姐妹，有自己的魔兽黑鲁，还有自己的朋友德斯黎……

"哥！"沃顿眼中满是不舍。

"沃顿，这里的一切就交给你了。"林雷拍了拍沃顿的肩膀，"我相信你能行的。如果遇到大问题，你可以去黑暗之森。我已经拜托过贝鲁特大人了，他到时候会帮忙的。"

"嗯，我知道。"沃顿连忙点头。

之前，林雷将那枚地属性下位神神格给了沃顿。这枚神格给谁，沃顿处理就行。林雷还将一枚地属性中位神神格给了巴克，毕竟巴克已经是地系下位神了。那枚风属性中位神神格，林雷则是给了黑鲁。

"主人。"黑鲁不舍地看着林雷，对林雷充满了感激。

林雷让他有机会成为下位神，如今又给了他一枚风属性中位神神格。

"父亲！"泰勒、莎莎他们都看着林雷。

林雷宠溺地摸了摸自己儿子、女儿的脑袋。

"哈哈，说不定以后我们还是能回来的！"林雷努力笑着，旋即转身，"我们走吧。"

林雷、迪莉娅以及贝贝直接飞了起来，然后消失在北方天际。

沃顿、黑鲁、巴克等人眼中都有了泪水。

林雷此次离开玉兰大陆位面，什么时候回来呢？

"哥！"沃顿十分感激自己的哥哥。

龙血战士家族完全是靠林雷再次兴盛起来的，沃顿自然会好好守护。

虽然林雷离开了，但是凭借沃顿、黑鲁、巴克这未来的三位中位神，以及贝鲁特的照顾，巴鲁克家族将坚不可摧。

第449章
镜月崖

四大至高位面之———地狱。

宛如镰刀的紫色冷月悬挂在夜空中，月光迷蒙，笼罩着下方的无边世界。

"轰隆隆——"海浪一次次拍击着那足有万米高的断崖。

无论这星辰雾海的海水如何冲击，这断崖依旧和亿万年前一样屹立在那里。

这断崖直上直下，犹如被刀切过，表面光滑如同镜面，在地狱中被称为"镜月崖"。

在镜月崖最高处，有一座由紫色矿石建造而成的古朴城堡。古朴城堡仿佛亘古以来就存在一般，内部隐隐闪着梦幻的光芒。

紫色城堡中央，空旷的地面由土黄色的石质物质铺就，极为平整。

在这个空地上，有两个并列着的足有百平方米大小的巨型魔法阵，这魔法阵比玉兰大陆位面北极冰原的传送魔法阵不知道要复杂多少倍。

在这两个巨型魔法阵旁边，有两个壮汉守着。

这二人里面穿着紫色劲装，外面披着绣有金边的紫色长袍，额头上有特殊的紫色印记。

"三哥还真是够认真的，不浪费任何可以修炼的时间。"有着一头黑色短发的壮汉笑道。

旁边的银发男子也笑道："三哥这么修炼，估计过不了多久就能担任队长之职了。"

说着，这二人看向不远处。

一个和他们同样装束的光头青年正盘膝坐在地面上。

"嗡——"

空地上，其中一个巨型魔法阵再次散发出迷蒙的光芒，旋即三个人影在魔法阵中央出现。

待那迷蒙的光芒消失，三个身影才清晰地显现出来。站在中间的是身穿天蓝色长袍的青年，两旁分别是一个金色长发美女和一个戴着草帽的古灵精怪的清秀少年。

这三人都很新奇地看着四周。

"哦！"黑发壮汉哈哈一笑，"难得啊，这次来到地狱的三个人竟然都达到神域境界了，其中两个还是中位神。他们三个还算是比较聪明的，没有在圣域境界时候来，哈哈……"

"才圣域境界就来地狱，那是愚蠢。"银发男子嗤笑道。

盘膝修炼的光头青年站了起来。这光头青年有一双银色眼眸，直接走过来，淡然说道："欢迎你们来到强者的世界——地狱！"

沙哑的声音在这空地上响起。

被传送来的三人正是林雷、迪莉娅和贝贝。

"好强！"林雷见到这三人，忍不住警惕起来，"这三人的实力都超过了我，估计是中位神，也可能是上位神。"

贝贝惊喜地大喊道："紫袍帅哥，这里就是地狱吗？这里的元素气息好浓厚啊，强者也很多。那边那个有六个角的生物，我还是第一次见呢！"

在这个空旷的场地上，除了那三个紫袍人外，还有数十个长相各异的生物。其中，只有少部分是人类的模样，大多数是各种奇异的模样。

许多生物是林雷他们从来没见过的。

光头青年用银色眼眸注视着贝贝，呵斥道："闭嘴！"

贝贝感到愕然。

"我的话只说一遍，你们都听清楚了，否则，你们没命了就怪不得别人。"光头青年沙哑的声音没有起伏。

贝贝不忿想反击，林雷却把右手搭在了贝贝的肩上，用力压制住了贝贝。

同时，林雷灵魂传音："贝贝，这里可是地狱。我们人生地不熟的，别惹祸。贝鲁特大人实力再强，也不可能管到地狱的。"

贝贝只好老实下来，灵魂传音："老大，我知道了。"

"你们三个来自物质位面，你们现在要做的事情就是先待在那边！"光头青年指向一处空地，那里正默默地站着数十个生物。

林雷看了过去。

"这数十个生物中，只有五个达到了神域境界，其他的只是圣域境界。"林雷一眼就辨别出来了。

光头青年继续冷冷地说道："你们三个要做的就是乖乖地站在那里，不允许发出任何声音、不允许乱跑，必须听从我们的命令。如果违背了，那你们的生命也就到此为止了。"

黑发壮汉哈哈笑道："我三哥的话你们可要认真听，否则，哈哈！"

光头青年瞥了一眼黑发壮汉，后者嬉笑两下便安静下来。

光头青年继续说道："该告诉你们的，我们会告诉你们的。你们不需要开口询问，等到明天天亮，我们会将你们送走！"

说完，光头青年便回到角落又盘膝闭眼坐下了。

另外两个紫袍男子相视而笑。

林雷心中一动："明天天亮将我们送走？送去哪里？"

"林雷，我们刚刚来到地狱，最好先弄清楚情况，听那三个紫袍人的话。"迪莉娅的声音在林雷的脑海中响起。

她握着林雷的手，林雷回头对她一笑。旋即，两人一起带着贝贝走向空地。

林雷和迪莉娅好奇地看了看旁边的那些生物。

"这些都是从其他物质位面过来的，不少族类是我们玉兰大陆没有的。"迪莉娅和林雷神识传音。

　　林雷微微点头，神识传音："咦？迪莉娅，你看最边上的那个。"

　　在这数十个生物中，靠后的那个人全身覆盖鳞甲，额头上也有龙角，看起来和龙血战士极为相像。

　　"老大，那个人和你龙血战士的形态好像。"贝贝灵魂传音，"那是不是传说中的龙人？"

　　"可能是吧。"林雷觉得很新奇。

　　仅仅在这片空地上，林雷就见到了不同族类的生物。不管是哪个族类，一旦达到神域境界就能变成人形。

　　"林雷，按照刚才那个光头青年所说，天亮就会将我们送走。我估计他们每天都会送人离开。"迪莉娅很快就猜出了大概情况，神识传音，"这物质位面还真是够多的，仅仅一天就有这么多人来到地狱。"

　　林雷点头。在玉兰大陆位面，正常情况下，每隔百年才会有一个修炼者前往至高位面。

　　不过，物质位面实在太多了，以至于修炼者也很多。从整体来看，即使每天只有部分修炼者前往地狱，修炼者的数量也是很多的。

　　"亿万年来，这地狱中到底累积了多少强者？"林雷瞥了一眼那三个紫袍人。他感觉到这三个紫袍人的制式服装散发出特殊的气息，令他忌惮。

　　那不是普通的服装，也不是简简单单用神力变成的服装。

　　"还有那个印记……"林雷注意到了三个紫袍人眉心部位的紫色印记。

　　过了好一会儿，那巨型传送魔法阵再次亮起迷蒙的光芒。

　　这一次，有两个庞然大物出现在魔法阵中。他们足有十米高，全身有着毛茸茸的金色毛发，类似猿猴。他们的头部、颈部竟然有着黑色的鳞甲。

　　"喂，变小点！"那个黑发壮汉不满地呵斥道。

　　那两个足有三层楼高的庞然大物在原来的物质位面显然是巅峰强者。如今被骂，其中一个一时脑子发热，竟然不满地怒吼起来，甚至把自己的尾巴抽向黑发壮汉。

"找死！"黑发壮汉一瞪眼，手中突然出现了一根黑色杵杖。那黑色杵杖倏地变长，足有数十米长的黑色幻影猛然砸下。一股毁灭气息弥漫开来，令那两个怪物一惊。

噗的一声，那个怒吼的怪物瞬间就没了生机。

另外一个怪物立即将自己变小，变得只有两米高，惊恐地说道："大人……大人饶命！"

"地狱不是你们原来的那个物质位面，真是找死。"黑发壮汉说道，"听好了，你现在要做的就是站到那边。你不要问任何问题，该告诉你的会告诉你；不该告诉你的，你问就是找死。简单地说，不允许发出任何声音，听我们的命令就行！"

黑发壮汉手一翻，那根黑色杵杖便消失了："好了，乖乖站到边上去！"

"老六，地面弄干净。"盘膝坐着的光头青年开口说道。

"嗯……"黑发壮汉皱着眉看了一眼地上那具尸体，转头看向活着的怪物，"你，快过来！"

那个怪物一颤，立即指着自己，眼中满是疑惑。

他不敢吭声。

"对，就是叫你。"黑发壮汉点头，指着地面，"你现在赶紧将地面弄干净，如果没弄干净就去陪你那个兄弟吧。"

那个怪物吓得直点头，迅速跑过去清理。

一旁的林雷、迪莉娅、贝贝看得心底震惊。

"老大，他们还真是说杀就杀，毫不犹豫啊！"贝贝灵魂传音。

林雷看了一眼那个黑发壮汉，灵魂传音："确实。每天都有那么多人来地狱，他们会在乎这几个人？还有，那个黑发壮汉的实力很强！"

迪莉娅、贝贝也赞同。

他们都感觉到了，那三个紫袍人至少是中位神。

"从那招来看，黑发壮汉修炼的是毁灭规则。他的一招蕴含了物质攻击和灵魂攻击，他至少融合了两种奥义！"林雷为黑发壮汉的实力而震惊。

不过林雷看得出来，那三个紫袍人中，实力最强的是那个光头青年。

"这地狱的引力比玉兰大陆物质位面的引力大得多。"林雷仔细感受着地狱的引力，思考着，"当初在众神墓地的时候，受那里引力的影响，感觉神识展开受限。现在在地狱，又有这种感觉了，而且这种受限的感觉比当时更明显。"

其实，对神级强者而言，引力变大对他们的影响不大。

不过，林雷初到地狱，还没有习惯这里的引力。

随着时间流逝，一个个人类、兽人、魔兽等被相继传送到地狱。待一轮红日跃出海平线，日光照耀在镜月崖这座城堡上时，从物质位面来到地狱的生物已经上百个了。

忽然，脚步声响起。不远处的院门口，一个又一个紫袍人谈笑着走了进来。

"三哥，让你们守夜，辛苦了啊！"一些紫袍人笑呵呵地走过来打招呼。

只是一会儿，便有数百个紫袍人出现。每一个紫袍人的实力都是林雷无法感知到的。特别是其中几个，单单气势就令林雷惊惧，犹如阿德金斯一般令人感到畏惧。

第450章
墨石

镜月崖，紫色城堡中央。

空地上瞬间聚集了数百个紫袍人，令刚刚来到地狱的上百个生物感到心悸。

"强者怎么这么多？一个个最起码是中位神。看似是首领的那几个，很可能是上位神。"贝贝一双眼睛滴溜溜直转，同林雷灵魂传音。

林雷也灵魂传音："贝贝，别管那么多了，慢慢等。现在天都亮了，他们该送我们走了。"

林雷很清楚，对方实力太过强大。

特别是每一个紫袍人身上制式服装传出的特殊气息，令林雷莫名惊惧。

"安静！"一个浑厚的声音响起。

之前还在议论纷纷的紫袍人，此刻全都闭嘴不敢吭声了。同时，这数百个紫袍人有序地站到一起，令其中六个紫袍人变得很显眼。

"这六个人应该是首领。"林雷心想。

这六个紫袍人给他的感觉，就像他见到阿德金斯、萨狄斯塔、雷林时的感觉一样。

这六个紫袍人中，有四个男性、两个女性。

"这次从物质位面上来的，实力还可以，中位神都有两个。"一个身材高挑、齐肩短发的女人瞥了林雷这一群人一眼，旋即看向旁边的五个同伴，笑道，

"这次，应该是我送了吧？"

"阿米莉亚，没人跟你抢！"一个略胖的紫袍男人大笑着说道。

阿米莉亚展颜一笑，而后大声说道："镜月二队的人，准备出发！"

"是，队长！"那数百人中有部分人大声应道。

阿米莉亚转头看向远处的院门，只见一个一身金衣的壮汉从院门口走了出来，很快就来到了阿米莉亚的面前。

金衣壮汉直接单膝跪下，恭敬地说道："主人！"

"准备出发吧。"阿米莉亚说道。

"是，主人！"金衣壮汉瓮声瓮气地说道。

旋即，金衣壮汉直接腾空而起，飞到紫色城堡的上空。只见一道金光亮起，金衣壮汉直接变成了一条足有百米长的金色巨龙。这条金色巨龙盘旋在紫色城堡的上空，在阳光的照耀下，金色龙鳞散发着耀眼的光芒。

片刻后，金色巨龙的腹部竟然出现了一个足有十米宽的入口。

包括林雷在内的一群强者都惊到了。

林雷更是仔细地看了看，思索着："那个金衣壮汉很明显只是达到了圣域境界，怎么一下子就变成了金色巨龙，还在腹部弄出了个入口？"

林雷心底满是疑惑。

"将这些从物质位面来的都弄进去。"阿米莉亚说道。

顿时，四十九个紫袍人从一群紫袍人中走了出来，走向林雷他们。

其中为首的大胡子壮汉大声说道："你们都一个个乖乖地进去，否则我们就不客气了。"

话音刚落，上百个强者直接飞向金色巨龙腹部，自然包括林雷他们三人。

一进入金色巨龙腹部，林雷他们就大吃一惊。

原来，金色巨龙腹部内如同布置好的府邸一样。不单单有椅子、桌子，甚至还有一些装饰用的假山、金属花朵等。

真是奇妙无比。

"啊！"不少强者惊叹不已。

"老大，这是金属生命，"贝贝与林雷灵魂传音，"和贝鲁特爷爷的金属城堡一样。金属生命可以变幻成各种模样。不过，金属生命变形时大小是有限制的。贝鲁特爷爷的那个金属城堡可比这个厉害。"

林雷不禁佩服起贝鲁特来。

他今日才明白贝鲁特居住的那座金属城堡竟然如此了得。论大小，这金色巨龙可比金属城堡小得多。

"一个个别傻站着，坐好！"阿米莉亚喝道。

话音刚落，每个小队中的紫袍人就行动起来了。

"你们两个坐在这边，还有，你们三个坐到那边去。快点！慢了，就把你们踢出去！"

这些紫袍人可不懂得礼貌。

很快，林雷他们这来自物质位面的一百多号人就都坐好了。

"队长，这批人我们送去哪里？"一个消瘦青年询问道。

阿米莉亚瞥了他一眼，淡然说道："这一次就去烨暮府吧！"

旋即，金色巨龙立即行动起来，以极为惊人的速度背对海洋飞行着。

哧哧声响起，金色巨龙腹部两侧的金色光芒散开，使得金色巨龙腹部两侧变得透明，坐在里面的一群人完全可以透过这透明金属看到外面。

"好奇特！"林雷在心中赞道。

贝贝和迪莉娅也透过透明金属看向外界。

"嗯？"林雷有些惊讶，向旁边的贝贝、迪莉娅神识传音，"这个金属生命的速度好快。"

林雷看着外面景物的倒退速度，就知道这个金属生命的移动速度有多快了。

这是在至高位面之一的地狱，不是在普通的物质位面。

这里的引力比物质位面的引力大了百倍，就算在全力之下，林雷也不可能飞这么快。

要知道这只是圣域级金属生命啊！

"你给这些新到地狱的讲述一下地狱的大概情况。"阿米莉亚对旁边的一个消瘦青年说道。

"是，队长！"这个消瘦青年立即站了起来，看着林雷他们，"你们都是从物质位面来到地狱的，我现在就大概和你们叙说一下。作为四大至高位面之一的地狱，这里自然是强者如云。你们才来到地狱，最好加入一个部落或者家族。

"地狱中，主要有五块广袤的陆地，分别是紫荆大陆、喀洛沙大陆、穆亚大陆、血峰大陆和碧浮大陆。"

听到这里，林雷、贝贝、迪莉娅心中一动。

他们这次的目的地就是血峰大陆的幽蓝府！

"五块陆地中，北方的紫荆大陆和西方的喀洛沙大陆与位面边缘连接。也就是说，紫荆大陆北方尽头是位面边缘，喀洛沙大陆西方尽头也是位面边缘。

"除了这五块陆地外，其他区域便是海域了。五块陆地几乎连成一个环，环内便是浩瀚的星辰雾海。星辰雾海范围极广，远超五块陆地。星辰雾海算是内海，而外海就是五块陆地的外围区域，主要是在五块陆地形成环状的南方、东方，外海被称为'混乱之海'。混乱之海的范围最大。"

这个消瘦青年说到这里，淡然一笑："当然，这些对你们意义不大。任何一块陆地的范围都非常惊人，许多强者一辈子只待在一块陆地。我们所在的陆地叫紫荆大陆！"

紫荆大陆？

林雷心一沉。

地狱中任何一块陆地的面积都比玉兰大陆位面的陆地面积要大很多。

"老大，怎么办？我们怎么去血峰大陆？"贝贝不禁灵魂传音。

"我们来这地狱除了回宗族看看，最重要的是要闯一闯。好好闯荡一番，再去宗族也不迟。"林雷灵魂传音。

他虽然这么说，但是也感到一丝无奈。

消瘦青年继续说道："在地狱中，有五块陆地、两大海洋，分别被伟大的七位君主控制。他们被地狱中的人称为'地狱七君主'！"

地狱七君主。

林雷他们都记住了这个骇人的称呼。

"听他所说，那七位君主分别掌管五块陆地、两大海洋。到底是什么人物这么了得？"林雷在心中暗道。

消瘦青年眼中有一丝崇敬："伟大的地狱七君主，也是修炼毁灭规则的七位伟大的主神！"

"七位主神？"林雷暗惊，那可是巅峰存在。

"当然，伟大的主神是不屑于管理俗事的。平时，各处的事情都由各位府主管理。你们这次去的区域便是烨暮府！烨暮府方圆十亿里，是一个中等的府！"

此话一出，林雷目瞪口呆。

方圆十亿里？

他的家乡玉兰大陆，左右直线距离也就两三万里罢了。他在玉兰大陆不停地飞行，一天二十四小时就能飞行数十万里。

可是在地狱，引力那么大，飞行速度肯定会变慢。单单一个烨暮府，恐怕就要飞很久。

更何况这是在地狱，能安心飞行吗？

"路途艰险啊！"林雷在心中感慨。

突然，轰鸣声从远处传来。

所有人都透过两侧的透明金属朝外面看去。

远处，两方人马在半空战斗。

雷电闪烁，狂风呼啸，上百个神级强者战斗的场面的确惊人。

"滚开！"阿米莉亚呵斥道，声音通过金色巨龙直接传了出去。

上百个正疯狂战斗的神级强者一看到那条金色巨龙，特别是金色巨龙头部的图案——一朵紫荆花，就开始慌乱起来。

"是紫荆军！"

"快逃命！"

这上百个神级强者顾不上什么仇恨，纷纷朝四面八方逃窜。一眨眼的工夫，他们便消失不见了。

路途中，林雷他们碰上过数百场战斗，可是再厉害的强者，只要见到这条金色巨龙飞来，就吓得四处逃窜。

金色巨龙飞了很久，足足有一年的时间。

以金色巨龙的惊人速度都直线飞行了一年，这距离是有多远？

"到烨暮府境内了！"阿米莉亚站了起来，伸了个懒腰，笑道，"幸亏这烨暮府离我们镜月崖比较近。上一次去北边的雪湖府，飞行了十几年。"

那个消瘦青年站了起来，说道："达到神域境界的九个站起来。"

林雷等九人立即站了起来。

消瘦青年一翻手，手中出现了九块手指头大小的黑色石头："这墨石可是好东西，你们每个人一块，收好了，只有达到神域境界的修炼者才会有。"

旋即，他把墨石分给了这九个人。

"墨石？"林雷惊异地看着手中的这块墨石。

这块墨石边长一厘米，呈正方体状。

它看起来很普通，林雷却从中感知到一股让人心颤的特殊气息。

片刻后，金色巨龙腹部出现了一个大口子，十几个来自物质位面的强者被抛了出去。

林雷、迪莉娅、贝贝还在金色巨龙腹内，不禁露出吃惊的表情。

那个消瘦青年笑道："别急，等会儿就到你们了。"

金色巨龙还在飞行，过了一会儿又抛出了十几个强者。

第四批就轮到林雷他们了。

他们身下的座位消失，上方出现一股强气流，直接将他们抛了出去。

林雷、迪莉娅、贝贝迅速控制好身体飞行着，然后朝下方仔细看去。

"老天，那是什么？"贝贝惊叹道。

下方是一条山脉，山脉中竟然有大量百米长的黑龙，估计有数千条。

林雷的视线中，全是这些黑龙。

这时候，一个人影从下面疾速飞上来。

这是一个银发老者，他笑道："三位，你们是刚刚到地狱的吧。欢迎你们来到黑龙部落！如果想要加入我们黑龙部落，请每人交出一块墨石，我们会负责保护你们的。如果不愿意，你们就自己闯地狱吧！"

林雷、迪莉娅、贝贝满脸错愕。

第451章
黑龙部落

"你……你能说明白点吗？"林雷一头雾水。

他们才从那个金属生命体内出来就遇到了这个银发老者，银发老者一开口就向他们索要墨石。

林雷虽然没搞懂墨石到底是什么玩意儿，但是能够感知到墨石中蕴含的特殊气息。墨石绝非一般物品，他岂能随便给别人？

"哈哈……"这个银发老者笑容满面，"你们三个刚到地狱，恐怕有许多事情都不了解。那好，我就说清楚一点。"

银发老者环顾四方，说道："这地狱是四大至高位面之一，是毁灭至高神创造的位面。战斗在地狱中很常见！"说着，银发老者双眸隐隐发红。

林雷三人心底一惊。

银发老者扫了林雷三人一眼，万分肯定地说道："你们三个虽然达到了神域境界，但是在地狱人生地不熟。我敢说，若是你们在地狱中盲目地闯，绝对活不过三日！"

"绝对活不过三日？"林雷、迪莉娅、贝贝一惊。

"老头，你在糊弄我们？"贝贝瞪眼说道。

这个银发老者也不生气，说道："你们刚才是在那艘紫荆军金属飞船上，那紫荆军的各位大人应该告诉了你们一些事情。幸亏你们达到了神域境界，他们给了你们墨石，不然我可懒得理会你们。"

林雷脑中顿时浮现出一幅画面。

在金属生命体内的时候，一个消瘦青年曾经说过："……作为四大至高位面之一的地狱，这里自然是强者如云。你们才来到地狱，最好加入一个部落或者家族。"

林雷当时没太在意这句话，现在有些明白了。

要想在地狱生存下去，新来者就得加入部落或者家族。

"林雷，地狱竟然那么危险。"迪莉娅看向林雷，神识传音。

林雷当即神识传音，安慰道："我们才来地狱，不管怎么样，凡事还是小心一点。待我先问问他一些事情。"

林雷看向这个银发老者，笑道："我叫林雷，不知道你是？"

"帕费特！"银发老者微笑道。

林雷点头笑道："帕费特先生，我想问问这墨石到底是什么玩意儿。我们刚来地狱，很多事情都一窍不通。"

"哈哈……"帕费特笑道，"这点可以理解。这墨石，准确地说，就是地狱中的货币！"

"货币？"林雷、贝贝、迪莉娅有些惊讶。

没想到，地狱中的货币是这种特殊的墨石。

"这玩意儿凭什么当货币？"林雷不解地问道。

这东西能当货币，最起码得有一定价值。

帕费特摇头说道："这墨石本身到底有什么特殊性，我也不清楚。不过我知道一点，在地狱中没有可以开采墨石的地方，只有地狱七君主能够创造出来。单凭这一点，墨石就能当货币。"

林雷微微点头。

墨石竟然是地狱七君主创造出来的。只是墨石本身有什么特殊用途呢？难道只是创造出来给别人看的吗？

林雷总觉得墨石本身有某种特殊价值。

"墨石能购买什么？"林雷追问道。

帕费特呵呵笑道："墨石能购买的东西多了，比如神器、神格、神晶等；还有一些奇特的物品，比如紫晶、大型傀儡等。总之，墨石的用途非常大，就是传说中的主神器也能购买，只是那数目太大了。"

林雷逐渐意识到了墨石的重要性。

"能告诉我，一枚下位神神格价值多少吗？"林雷询问道。

"一枚下位神神格，价值一百块墨石。一件下位神器，一般价值十块墨石。"帕费特非常热心地说道，"在地狱中，神级强者遍地都是，所以下位神神格并不贵。"

"不过，中位神神格就价值一万块墨石了。上位神神格，更是价值一千万块墨石！"帕费特感叹道，"千万块啊，我要是有一枚上位神神格，在这地狱中也能成为上等人物了。"

林雷、贝贝、迪莉娅互相看了看，笑了。

"老大，亏你还将这墨石当宝贝。"贝贝神识传音。

"我只是感觉墨石本身有些特殊，没想到这一块墨石也算不上什么。"现在听帕费特这么一说，林雷自然不会在乎这一块墨石。

林雷有不少下位神器、中位神器，还有两件上位神器，甚至有一枚上位神神格。

这时候，林雷、迪莉娅、贝贝都不介意加入这黑龙部落了，不就每人交一块墨石吗？

"如果加入了你们部落，以后要离开呢？"林雷询问道。

"离开？当然可以随时离开。"帕费特笑道，"只是只有白痴才会独自离开。没有自保能力，在危机遍地的地狱闯荡，根本就是送死，连一般的中位神都不敢乱闯。"

林雷三人相视一眼。

"那好，我们加入。"林雷取出了那块墨石。

贝贝和迪莉娅也取出了各自的墨石。

当帕费特伸手要取墨石时，林雷猛地收回手，说道："不急，等进入你们黑龙部落再给你。"

帕费特一怔，旋即哈哈笑道："你们担心我是骗子？"

"好，那你们跟我来。"帕费特当即朝下方飞去。

林雷、迪莉娅、贝贝也跟着朝下方飞去。

因为引力，林雷明显感觉自己的飞行速度比在玉兰大陆位面要慢。

在朝下方飞行的途中，贝贝好奇地问道："老头，你刚才说到紫荆军，那些送我们来的紫荆军到底是什么人物？为什么我们在途中遇到的不少正在战斗的强者见到紫荆军会吓得立即逃窜？"

"哦，我差点忘记告诉你们了。"帕费特说道，"地狱中有五块陆地，我们所在的紫荆大陆的主人正是伟大的毁灭主神，地狱七君主之一，我们称之为'紫荆君主'。"

林雷三人倒是知道这一点。

地狱中五块陆地、两大海洋，分别由七位君主掌控。七位君主都是修炼毁灭规则的主神。

"紫荆军便是伟大的主神麾下的军队，也是整个紫荆大陆最强大的军队。他们完全听从主神紫荆君主的命令。在紫荆大陆，没人敢惹紫荆军！"帕费特眼中充满向往。

林雷他们却吓了一跳。

紫荆军竟然是主神麾下的军队！

怪不得途中没有强者敢惹他们。

"紫荆军的一支小队或许不算可怕，可是惹了紫荆军的一支小队，恐怕就会面临紫荆军一支大队的报复。即使是强大的烨暮府的府主大人，若是对付一支大队，恐怕也会面临紫荆军军团的报复。因此在紫荆大陆，没人敢惹紫荆军！"

帕费特看着林雷三人："你们可要记住了，在紫荆大陆，千万不能得罪紫荆军。得罪了他们，那可就惨喽！"

"他们这么厉害，又没人敢惹，帕费特先生为什么不加入紫荆军呢？我看紫荆军中有许多中位神，你不也是中位神吗？"林雷问道。

"你以为我不想？"帕费特摇头叹息，"加入紫荆军的条件极为苛刻。首先，必须是独力成神，靠炼化神格成神的直接剔除。这点就令紫荆大陆九成以上的人没有了希望。其次，至少是中位神，而且还要经过比试。紫荆军每一次招收的人员都极少，能够在比试中获得胜利的，起码都是有一些特殊能力的。"

林雷不得不惊叹紫荆军的招收标准之高。

独力成神，最低中位神，比赛筛选……

无数年了，紫荆军中的强者到底有多少，让人难以想象。

怪不得在紫荆大陆中，没多少人敢惹紫荆军。

片刻后，林雷他们落到了地面。

"嗷——"

"嗷——"

阵阵龙吟声从眼前的庞大山脉中传来。

无数条超过百米长的黑龙蜿蜒盘旋在山脉各处。如果仔细看，会发现每一条黑龙身上都有人，要么站着要么坐着。

"这就是我们黑龙部落！"帕费特很是自豪，"走，跟我到里面去。"

说着，帕费特朝前方大步前进。

虽然山路崎岖，但是林雷他们都轻松地前进着。

"咦？"贝贝忽然惊呼道，"老大，那好像是黑钰！"

林雷转头一看。

不远处的确有一座由黑钰石形成的小山丘。

如此多的黑钰石，令林雷感到诧异。

帕费特见林雷他们惊讶地看着远方的黑钰石，不由得笑道："那是黑钰，在地狱中是很普通的一种矿石，随处可见。你看，那边那种青色矿石，是青魔石，其坚硬程度和黑钰石不相上下，但是在韧性上比黑钰石高上一筹。这些玩意儿在地狱随处可见。在地狱中，神器是很不值钱的。打造出一件神器，让一个下位神滋养万年，就能得到一件下位神器。一件下位神器只值十块墨石罢了。"

林雷、迪莉娅、贝贝听了保持沉默。

的确，神器只有经过神的滋养，威力才会变大。才打造出来的神器，连下位神器都算不上。

"帕费特，你又带来了三个人。哈哈，我们部落的人口又要增加了！"远处传来一个声音。

一条黑色巨龙飞了过来，从黑色巨龙背上飞下一个人。他戴着青色头巾，显得很是壮硕。

帕费特笑道："他们是才到地狱的。"

"嘿！"贝贝眨巴着眼睛说道，"这里的人都达到了神域境界，怎么还养那些黑龙？那些黑龙只达到圣域境界而已。"

那飞下来的壮汉笑道："你可不能小瞧它们。在龙族中，这种黑龙是非常特殊的，被称为'加勒德黑龙'。加勒德黑龙的龙涎可是非常值钱的，养一条加勒德黑龙，一万年下来，足以赚取数千块墨石。你们是运气好，能加入我们黑龙部落。若是加入其他部落，可没这么大好处。"

帕费特说道："那是。如果是别的神级强者想要加入我们部落，我们还不愿意接收呢。你们是紫荆军送出来的，很明显是刚从物质位面来的，不会是敌方部落的奸细！"

林雷三人只能无奈一笑。

原来人家接受他们，是认为他们三人很清白啊！

"哈哈，来新成员了啊！"又有人发现了他们，在黑龙背上发出爽朗的笑声，"来到我们黑龙部落，以后就是自己人了啊。哈哈，帕费特，你赶快帮忙给他们选一个住处啊。"

林雷看着远处这些黑龙背上的人，心底感到一阵暖意。

看起来，这黑龙部落的人都还不错。

第452章
帝翼城

每一条黑龙的背上都有一个人，绝大多数是男人。

"神级强者中，男人还是占了大多数。"林雷在心中暗道。

不管是在玉兰大陆上还是在地狱紫荆军中，抑或是在黑龙部落中，男女比例都说明了一个问题——女人少，男人多。

"林雷，别傻站着了，快点跟我来。"帕费特飞向山脉深处。

林雷、迪莉娅、贝贝立即跟在后面。

他们沿着连绵起伏的山脉不断向深处飞行。

山脉中，随处可见一座座府邸，每一座都各显奇妙。

对神级强者而言，建造一座房屋是一件非常简单的事情。

片刻后，帕费特领着林雷他们三人降落在一座高山的半山腰上。这半山腰上的空地非常大，长宽足有百米，可以用来建造一座大型府邸。

"你们以后就居住在这里，至于住处，就不需要我帮忙建造了吧？"帕费特笑道。

"哈哈……"林雷笑了起来，旋即猛地一蹬地面。

砰的一声，地面一震，一股奇特的波动传开来。

一块块巨石竟然飘浮起来，按照一定的顺序连接起来，土黄色的地系元素光芒闪烁着。

帕费特惊讶地看着这一幕场景。

很快，一栋带有院落的两层小楼就建造好了。

"这地狱中的石块还真是够重的。"林雷感叹一声。

这些石块本身就很重，再加上至高位面地狱中的强大引力，每一块石头就变得更重了。

"这么轻松，这么协调，林雷，你的土之元素奥义已经大成了吗？"帕费特惊讶地问道。

"还没有。"林雷摇头说道。

帕费特不满地说道："林雷，你就别隐瞒了，能够如此轻松用这些巨石建造出一座府邸，那不是一般人可以做到的。特别是你刚才在移动那些巨石时，动作竟然那般顺畅。我虽然不是修炼地系元素法则的，但还是见过不少修炼地系元素法则的人的。"

林雷一笑，不再多说。

林雷的土之元素奥义确实没有修炼至大成，只是因为融合了部分大地脉动奥义，威力就大了些，才会让帕费特觉得林雷的土之元素奥义修炼至大成了。

"在黑龙部落，你们就安心地住着，我不打扰你们了。如果你们有什么事情，可以问我，也可以问其他人。"帕费特说道。

"谢谢帕费特先生了。"林雷微笑道。

待帕费特离开，林雷、迪莉娅、贝贝这才进入住处。

"看来，桌子、凳子也要自己动手做了。"林雷感慨道。

于是，林雷三人开始动手做起来。

林雷控制一块巨石朝他飞来，用手掌施展出次元斩，将巨石劈出一个非常光滑的平面。

贝贝手中出现了一柄黑色匕首，极为锋利。

很快，贝贝就做好了一张石桌。

三人又一起动手，三条石凳也很快就做好了。

"幸亏我过去习惯在空间戒指中存放一些美酒等东西，否则到了这里，一点吃的喝的都没有。"林雷翻手取出了一瓶美酒。

贝贝立即欢呼："老大，你还带着这个！"

半山腰上，山风很大。

"地狱，陌生的地方。"林雷喝着美酒，感慨道。

仅仅初入地狱，他见到的绝大多数人都是神级强者。

紫荆军中最弱的都是中位神，而这黑龙部落中的人也几乎都是神级强者。

地狱是一个神级强者的世界。

"老大，血峰大陆和我们相距太遥远了，怎么办？"贝贝有些担忧，"那个帕费特还说如果我们出去乱闯，活不过三日。"

迪莉娅眉头紧锁，说道："还是别急，先在地狱站稳脚跟再说。"

林雷点头："这地狱可不是玉兰大陆，不是我们想去哪里就能去哪里的地方。不说其他的，我们就连地狱大概的一些地理信息都不清楚……"

砰砰的敲门声忽然响起。

"我去开门。"贝贝直接跳起，旋即轻松地拉开了那扇很重的石门。

石门外站着一个清秀的金发青年，他笑着打招呼："你们好，我是居住在你们旁边不远处的奎特。"

"我叫林雷，快请进！"林雷起身说道。

林雷一眼就辨别出来，奎特是一个下位神。

"我是和我大哥居住在一起的，就在你们北边，也在这半山腰上。听说，你们才来地狱不久。"奎特很是热情。

"请坐，这是我们家乡的美酒，你尝尝。"林雷说道。

"酒？"奎特眼睛一亮，坐在原先贝贝坐过的凳子上，忙不迭地喝了一杯，然后舒服得眯起了眼睛，"这酒真不错，虽然它远不如帝翼城中卖的那种美酒，但是我能喝到就很不错了。"

"帝翼城？"林雷有些疑惑。

奎特说道："对，你们才到地狱，许多事情都不知道。在我们烨暮府境内，一共有十座城池，散落在烨暮府境内各处。其中，帝翼城是离我们最近的一座城池，大概距离这里一千多万里吧。"

林雷他们三人吓了一跳。

一千多万里，还是最近的一座城池？

"不过，进入帝翼城得缴纳一块墨石。"奎特低声骂道，"还真是贪婪！"

随即，奎特叹息道："不过要购买一些东西，或者卖掉龙涎、神器等，还是进入帝翼城交易比较好！"

"只能在帝翼城交易吗？"迪莉娅有些不相信，"这大笔交易在帝翼城进行还能理解，那小笔交易呢？"

在迪莉娅看来，这和玉兰大陆位面中的一些店铺是一个道理。

在城池中，有大的商品店铺，而在一些小镇中，有一些小的杂货店。

"小笔交易，一般去部落族长那里就行了。不过，一件下位神器在帝翼城能卖七块墨石，可是在族长那里，族长只会花费五块墨石购买。"奎特有些不满。

林雷他们三人却能理解，毕竟这里距离帝翼城有一千多万里。

"不对，我听帕费特说，一件下位神器价值十块墨石。"贝贝说道。

林雷也回忆起来了。

奎特满不在乎地说道："他说一件下位神器价值十块墨石，那是帝翼城的商品价，是卖神器的价格。从我们手中购买，自然只要七块墨石了。"

"奎特，我想问问，如果要去另外一个大陆，该如何去？"林雷问道。

奎特一瞪眼："去另外一个大陆？老天，紫荆大陆大得很。整个地狱一共有一百零八个府，我们紫荆大陆就有近二十个府，每一个府的范围都极大，去另外一个大陆太难了。"

林雷心想："一个大陆近二十个府，看来这一府府主的地位是极高的！"

在地狱中，一府府主的地位仅次于地狱七大君主。

"嗯，这酒的确不错。"奎特又喝了一杯，站了起来，笑道，"你们刚来这里，我就不打扰了，以后有什么事情尽管找我。对了，林雷，你旁边这位美女，你可要小心点啊！地狱中女人太少，我估计会有人来追求你旁边的这位美女。"

林雷、迪莉娅不禁感到错愕。

"谁敢？"贝贝不满地吼道。

"哈哈，我只是说一声，那先走了啊！"奎特笑了两声，然后离开了。

林雷、迪莉娅二人相视一眼，笑了起来。

迪莉娅轻声说道："林雷，以后可有人追求你妻子了，你该怎么办啊？"

"能怎么办？来一个打一个。"林雷翻手取出黑钰重剑，故意挥舞了两下。

地狱中，男人多女人少，时间长了，确实会发生男人抢夺女人的事情。

林雷他们加入黑龙部落后不久，还真的有人来讨好迪莉娅。

不过，那人被迪莉娅呵斥了，被林雷的三大分身踩躏了，更是被贝贝一脚踢飞了。

之后，黑龙部落中没人再敢打迪莉娅的主意了。

林雷他们在黑龙部落待了两个月，渐渐适应这里了。

"两个男人争夺一个女人，那两个男人是下位神，都不懂得灵魂攻击，只会物质攻击。"林雷仰头看着黑龙部落上空正在互斗的两个壮硕身影。

不单单是林雷他们三人在观战，此刻观看这场战斗的足有数千人，差不多有黑龙部落居民的四分之一了。

"这两人怎么回事？为什么非要战斗？不询问一下那个叫卡特琳的女子的意见？"迪莉娅有些疑惑。

唰啦一声，一个戴着草帽的身影一下从远处飞来，贝贝笑道："老大，我已经知道他们战斗的内幕了。"

"说说。"林雷好奇地说道。

"那个金头发的壮汉叫坎迪塔，坎迪塔和卡特琳都是从同一个物质位面来的，二人感情不错，不过还不是夫妻。"贝贝一擦鼻子仰头说道，"那个黑发壮汉，他的名字叫金普顿，本体是加勒德黑龙。"

林雷有些惊讶："你说那个金普顿是他们放养的那种加勒德黑龙？"

黑龙部落以放养加勒德黑龙来赚取墨石，这一点林雷他们是知晓的。

黑龙部落有规定，如果加勒德黑龙能达到神域境界变为人形，就可以加入黑龙部落，成为黑龙部落一员。因为这个规定，令加勒德黑龙一族有了一丝希望。

"对。"贝贝连忙点头说道，"那个卡特琳当年来到这里，放养了一条加勒德黑龙。时间长了，这条加勒德黑龙竟然达到了神域境界，就是这个金普顿。"

林雷好奇起来。

"可能放养时间长了，卡特琳又对金普顿很好，这条黑龙便喜欢上了卡特琳。金普顿化为人形后就开始追求卡特琳。"贝贝捂嘴笑了起来，"于是，坎迪塔不满了。他喜欢的女人怎么能和一条黑龙在一起呢？即使这条黑龙能变成人形。因此，这两个人斗起来了。只是他们都是下位神，领悟的奥义也很普通，每次战斗的时间长。他们这样战斗可不是一次两次了。"

对此，林雷无话可说。

就在这个时候，一个黑袍人影从远处飞来。

那两个正在战斗的下位神瞥见这来人吓了一大跳，疾速飞向下方。

下方有人注意到了黑袍人胸前的勋章，惊呼道："啊，他是使徒！"

黑龙部落原本仰头观望的人都吓得脸色一变，立即飞往各处。

"使徒？"林雷疑惑地抬头看去。

第453章
使徒勋章

    黑龙部落所在的山脉，其中最高的山峰如同利剑一般刺破苍穹。在这座山峰的山顶坐落着一座古老的黑色城堡，由黑钰石建造而成。传说，这座黑色城堡的主人非常喜欢黑钰石。

    那被称为使徒的黑袍人冷冷地俯视着惊慌的黑龙部落居民，然后朝那座黑色城堡飞去。

    黑色城堡城门大开，有人恭敬地将这使徒引了进去。

    黑龙部落的居民见到这一幕场景，不由得议论起来。

    "使徒竟然去见族长？不是来对付族长的吧？"

    "你本体是六耳驴，成神了还是笨。你不想想，如果那使徒是来对付族长的，族长还会派人打开城堡大门让使徒进去吗？我看，族长肯定是有重要的事情才会邀请使徒过来的。"

    半山腰上，林雷、迪莉娅、贝贝坐在石凳上。

    林雷听着那些议论，皱起眉头，仰头朝最高山峰峰顶的那座黑色城堡看去。那座黑色城堡周围还有数十条黑色巨龙盘旋着。

    "这座黑色城堡的主人是黑龙部落的族长斯特顿，是黑龙部落最强大的存在！"林雷在心中暗道。

两个月时间，林雷对黑龙部落已经有了一些认识。

虽然黑龙部落只是地狱无数部落中一个不起眼的小部落，但就是这么一个小部落，也有着森严的等级制度。

在这里，等级最低的是林雷他们这种下位神。这类人没有收入，也没有什么背景。

等级中等的是能放养加勒德黑龙的神级强者。毕竟整个黑龙部落的黑龙也就那么多，只有一小部分能放养。虽然他们每次放养得到的一大半钱财要上缴给族长，但是放养加勒德黑龙是赚取财富最快的一种办法。

等级上等的是族内的军队。

这是完全由中位神组成的军队，并且是经过族长斯特顿训练过的军队。每隔万年，族长就会赐予他们一笔财富。

"那使徒的实力好强！"贝贝赞叹道。

"部落族长的实力也不会弱。"林雷若有所思地说道。

迪莉娅看了林雷一眼，说道："别说地狱，就是这紫荆大陆中的烨暮府，这种占领一条山脉的部落都不计其数。"

一想到这方圆十亿里的烨暮府，就完全可以想象到底有多少黑龙部落这种小势力了。

在地狱中，像黑龙部落这样的小势力太多了。

"这么一个黑龙部落就有那么多中位神，黑龙部落的族长应该是上位神。"林雷思索着。

在地狱中，下位神只能算是普通居民，恐怕十个神级强者中才会有一个中位神，上万个神级强者中才会有一个上位神。这个概率看起来很低，但是结合地狱那庞大的人口基数，这上位神的数量就不会少。

"这才是地狱，强者如云的地狱！"林雷心中一阵战栗。

"老大，"贝贝嘴里叼着一根草，随意地说道，"贝鲁特爷爷说过，在地狱这种地方，靠炼化神格成神的是不可能地位高的。只有独力成神，并且融合了元素法则中奥义的神才会实力强、地位高！"

林雷在心中赞同。

"林雷，我不会拖你后腿的。"旁边的迪莉娅忽然说道。

林雷转头看向迪莉娅，明白迪莉娅心中的想法，毕竟迪莉娅是那种很好强的女人。

林雷笑着将迪莉娅拥在怀里："迪莉娅，你拖我后腿？说起来，现在我们三人中，我是下位神，应该是我拖你们后腿啊！"

迪莉娅心底一暖。她明白拥有灵魂防御主神器的林雷，绝对是三人中潜力最大的一个。林雷一旦爆发，若遇到那种刚好不擅长灵魂攻击的敌人，足以将对方克制得死死的！

"光天化日啊，你们两个……啊，我看不下去了！"贝贝怪叫着并且捂住了眼睛。

"小鬼！"迪莉娅笑骂一声。

这时候，银发老者帕费特从远处飞过来，看到林雷三人，便朗声笑道："林雷，在我们黑龙部落感觉怎么样？"

"还不错。"林雷立即起身，微笑道，"至少我们没有遇到什么危险。"

帕费特感慨道："对啊，如果你们几个在外面，你们可知道……在这地狱中，那种半途劫杀的强盗团伙太多了。一般的中位神、下位神是不敢独自行走地狱的。"

"中位神也不行？"贝贝一瞪眼。

帕费特坐在旁边的一条石凳上，点头说道："对，中位神也不行。地狱中的强盗团伙一般都是由中位神、下位神组成的。你说，一群强盗中有中位神、下位神，还对付不了你一个中位神？人家有人数优势！"

"那为什么上位神不做强盗？"贝贝问道。

"哈哈。"帕费特笑道，"上位神在地狱中也算是上等人物了，他们哪里还需要做强盗？不管是滋养一件上位神器还是炼化神晶，抑或是加入大家族成为中坚力量，他们都足以过得很逍遥了。"

林雷微微点头。

这和玉兰大陆的情况一样。真正的强者，如一些九级强者，是不屑去当强盗的。不过在玉兰大陆中，一些著名的强盗团伙中还是有一些强者的。

"当然，地狱中也有少数极为厉害的强盗团伙，这种强盗团伙才会有上位神。不过，即使是他们，一般也不会对上位神动手。谁知道对方上位神的实力如何？毕竟上位神和上位神之间的差距也是很大的。"帕费特感慨道。

林雷极为赞同。

如萨狄斯塔，被雷林一招击败。

如阿德金斯，被贝鲁特两招灭了两大上位神神分身。

"在地狱中，虽然强盗很多，但是他们不敢惹三股势力，第一股势力就是紫荆军！"帕费特热心地向林雷三人灌输地狱的一些常识。

林雷他们三人听得很认真，毕竟他们计划前往血峰大陆，只是现在实力还不够强大，需要隐忍。

"紫荆军，明白。"林雷他们三人点头。

那可是主神麾下的军队，最强大的军队，谁敢惹？

"第二股势力是府兵！"帕费特说道。

"府兵？"林雷他们三人都疑惑了。

"老头，那府兵是什么玩意儿？"贝贝不解地问道。

帕费特说道："整个地狱一共有一百零八府，我们紫荆大陆近二十个府。每一府都有自己的军队。如我们烨暮府，就有烨暮军，这一府的军队就被称为府兵。在一府范围内，他们不惹人就是好的了，谁敢惹他们？被他们盯上了，就是上位神也要倒霉。"

林雷他们三人恍然大悟。

"紫荆军和府兵都好理解，那是大军队，那你说的强盗不敢惹的第三股势力是什么呢？"林雷追问道。

帕费特眼中有一丝向往："那就是使徒！"

"使徒？"林雷、迪莉娅、贝贝心底一惊，同时也有些疑惑。

"帕费特先生，这使徒是什么？"迪莉娅开口问道。

林雷也极为好奇。

刚才，一个黑袍人飞入族长的黑钰石城堡，黑龙部落的居民称那黑袍人为"使徒"。

"使徒是一种称号！"帕费特说道，"他们是地狱中最强大、最不怕危险的一群强者！只要能够成为使徒中的一员，就能肆意闯荡地狱。在地狱中，没有几个强盗团伙会对使徒下手。"

林雷心中一动，思忖道："我要去血峰大陆，路途极为遥远。如果能够成为使徒，那路途中的麻烦事情就会少得多。"

贝贝和迪莉娅也同样想到了这一点。

"老头，那怎么才能成为使徒？"贝贝问道。

帕费特说道："成为使徒也不算太难。去任何一座城池，比如离我们最近的帝翼城。去了帝翼城，到时候花费一万块墨石申请一个考核任务。一旦考核任务过关，你就是使徒了！嗯，那时候你只是一星使徒。"

"一万块墨石只申请一个任务？"贝贝一瞪眼。

林雷也觉得太夸张了。

这一万块墨石可不是那么好赚的啊！

"你刚才说一星使徒？"林雷追问道。

帕费特点头说道："使徒是分级别的，从普通的一星使徒到最可怕的七星使徒。这跟他们完成的任务等级有关，能够完成七星级任务的就是七星使徒。"

"不过，即使是最简单的考核，一般也要中位神才有可能做到。"帕费特感慨道，"那还只是有可能而已！"

"使徒们做的事情，那都是最危险的。最重要的是，使徒的等级从表面上看不出来。一星使徒和七星使徒，从表面上看是没有区别的。"帕费特说道。

"看表面？看什么表面？"林雷问道。

帕费特笑着指向那座最高山峰顶端的黑色城堡："你们刚才没注意到使徒衣服胸口位置的那枚使徒勋章吗？那是在完成考核任务后才有的。每一个使徒都有一枚这样的使徒勋章。

"不管是普通的一星使徒还是最可怕的七星使徒，他们的使徒勋章从表面上看都是一样的，只有经过特殊方法才能判断其等级。"

贝贝皱着眉问道："哦？那使徒的实力怎么样？"

"这个我不太清楚。一般最弱的使徒也是中位神，稍微不错的使徒就是上位神。"帕费特说道，"因此，强盗不敢惹使徒，毕竟大多数使徒都是上位神。如果遇到一位六星使徒，或者最可怕的七星使徒，就是最强大的强盗团伙也要完蛋。"

林雷感到震惊。

一大半使徒都是上位神，境界最低的都是中位神？

看来，使徒的素质丝毫不比紫荆军低啊。

贝贝眼睛发亮，问道："你说一大半使徒都是上位神，那么最厉害的七星使徒有多厉害？"

"七星使徒可以说是地狱中的巅峰强者了！"帕费特眼中有一丝崇敬，"一般的上位神在他们面前根本没有反抗能力。一旦达到七星使徒等级，就会有独特的名号。比如我们紫荆大陆，单单我知晓的就有银月恶魔、紫血恶魔！"

第454章
眼红

"这么厉害？"

林雷他们都为七星使徒的实力而惊诧，开始盘算起使徒考核的事情来。

"按照这种说法，七星使徒的实力在上位神中应该是巅峰了。不知道雷林有没有七星使徒的实力。"林雷在心中暗道。

"哎呀，我来找你们怎么提到使徒了？"帕费特说道，"林雷，我今天来找你们三个，是有一件事情要问你们。"

"哦，帕费特先生请说。"林雷开口说道。

"问我们三个？"贝贝摸着下巴，看向帕费特。

帕费特微笑道："准确地说，是问你们两个。"说着，他指了一下贝贝、迪莉娅。

"哦？"迪莉娅也有些疑惑。

"老头，到底什么事情？快说。"贝贝催促道。

帕费特说道："在我们黑龙部落，凡是达到中位神境界的，绝大多数会成为部落护卫军队中的一员。你们两个都达到了中位神境界，不知道有没有兴趣加入部落的军队呢？只要加入军队，每一万年，族长大人可是会赐予财富的，这可比放养加勒德黑龙要舒服得多。放养那黑龙，总要跟着黑龙，很累的。"

"这？"贝贝有些迟疑，看向林雷。

迪莉娅却笑着开口说道："帕费特先生，我们刚刚来到黑龙部落，对许多事情还不熟悉，不急着加入部落中的军队。"

"你们若是干别的，可不像干这个来钱快啊。"帕费特说道，"我劝你们再想想。"

"帕费特先生，等以后再说吧。"林雷开口说道。

他可早就计划好了，找到机会就去血峰大陆。他们怎么能一直待在黑龙部落呢？

对于强大的神而言，一万年的确不算长，可他等不了那么久。

"我只是来说说。"帕费特也不在意。

"帕费特先生。"林雷连忙追问道，"我想问问，部落中什么时候会有人去帝翼城？"

林雷已经思考过了，相比较而言，帝翼城中的消息肯定更多，他或许在那里能找到去血峰大陆的办法。

"去帝翼城？"帕费特一怔，而后说道，"哦，我们部落会不定期组织大家一起乘坐金属生命去帝翼城。短的隔几年就会组织大家去一次，长的隔数千年才会组织大家去一次。"

林雷心底一惊。

几千年？他要等那么久？

帕费特忽然笑道："对了，我想起来了，半年后，部落里就会组织大家去帝翼城。"

"不过，部落组织大家去的时候，去的居民每人要缴纳五块墨石。"帕费特提醒林雷他们三人。他看出来了，林雷他们三人对帝翼城非常向往。

其实，每一个刚来地狱的人对地狱中的大城池都很向往。

"谢谢帕费特先生。"林雷心中欢喜，毕竟只用等半年而已。

待帕费特离开，林雷他们三人便在庭院中开心地喝着美酒，小小庆祝一番。

在地狱中，美酒可是非常难得的。虽然帝翼城中有更好的酒，但是价格太贵了，好酒的价值足以赶上一枚中位神神格了。

"乘坐金属生命去帝翼城，每个人还要缴纳五块墨石，"贝贝骂道，"真是黑啊！"

"我们三个就要十五块墨石。"迪莉娅看向林雷，"看来，我们要卖掉一些神器了。"

林雷不仅有下位神器、中位神器、上位神器，还有一枚上位神神格。单单是那枚上位神神格，就足以令林雷在地狱中成为一个富豪。不过，林雷他们三个知道，财富不能外露。

在黑龙部落，如果别人知道了他们有上位神神格，恐怕他们就过不上安稳日子了。

"这样，我还有四件下位神器，我们先去族长的城堡卖掉这四件下位神器吧！"林雷做出决定，"虽然会吃亏，但是也没办法。"

一件下位神器，在部落只能卖五块墨石；如果在帝翼城，能以七块墨石的价格被收购；若是在帝翼城卖给别人，更是能得到十块墨石。即使下位神器是最便宜、不值钱的，也是有价值的。

说做就做。

喝完美酒后，林雷他们三人直接飞往那座黑色城堡。

在这座黑色城堡的城楼上，站着十几个中位神。那十几人俯视着林雷三人，没有说什么。

黑龙部落也就近两万人，大家都是相互认识的。

"林雷，你们来了？"从城堡侧门走出一人，正是帕费特。

"帕费特先生，我们是来卖几件下位神器的。"林雷说道。

帕费特点头："哦，那你们跟我来吧。"说着，帕费特在前面带路。

他们沿着城堡侧门进入城堡内部。

城堡内竟然还有一座小型城堡。

"内城是大人们的住处，外城是部落战士们的住处。"帕费特讲述道，"你们以后要卖什么，直接从侧门进来，到那个店铺就可以了。部落居民一般可以随意进入外城，那些守卫不会阻拦。"

黑色城堡内，部落战士随处可见。

"果然，都是中位神！"贝贝赞叹一声。

林雷扫了一眼远处的一些人，知道他们都是黑龙部落的战士。当其他部落入侵时，这些战士就会去抵御。

"进去吧！"帕费特指着一家店铺说道。

林雷他们三人进入店铺，里面只有一个黑发中年人盘膝坐在地面上。

当林雷他们三人进来的时候，黑发中年人睁开双眸，冰冷的目光扫过来，淡漠地说道："干什么的？"

林雷一怔，这是店铺服务人员的态度吗？

"他们是来卖神器的。"帕费特走进来说道。

"哦，神器拿出来。"黑发中年人说道。

林雷一翻手，手中多了四件下位神器。这四件下位神器他都没有用过。

黑发中年人扫了一眼，冷冷地说道："四件下位神器，都是攻击性的神器，并无特殊之处。每件五块墨石，一共二十块墨石。"

黑发中年人一翻手，手中出现了两根十厘米长的墨石长条："墨石拿去，神器放下来。"

"嗯？"林雷有些惊讶，竟然还有长条状的墨石。

不过论大小，一根长条状的墨石的确抵得上十块墨石。

林雷虽然感到惊讶，但还是将四件神器放在地上，然后接住黑发中年人抛过来的两根墨石长条。

换取了墨石后，林雷他们继续在黑龙部落中过着平静的生活，平常就是安静地修炼。他们都在等，等半年后出发前往帝翼城。

在黑龙部落连绵的山脉内，数千条黑龙时而飞出、时而飞入，居民们都过着平静的生活。

然而，在离黑龙部落千里之处，一只犹如大山般大小的黑色猛虎和另外一只差不多大小的金色恶狼并肩飞行着，朝黑龙部落飞来。

这两只怪物体形巨大，而且飞行速度极为惊人。

飞行途中，轰隆隆的气爆声不断响起，千里距离很快就过去了。

半山腰上，一座庭院内。

林雷正盘膝安静地领悟大地脉动和土之元素这两大奥义。此刻，他的本尊和地系神分身都在修炼地系元素法则，他希望尽快融合这两大元素奥义。

"敌袭！"

"敌袭！"

刺耳的声音瞬间响彻黑龙部落，让处于修炼中的林雷吓了一跳。

"怎么了？"迪莉娅从屋内走了出来。

这时候，贝贝从外面飞入庭院，显得非常激动："老大，外面来了两只庞大的怪物，从那两只怪物体内飞出了大量神级强者，足有好几千人呢！"

"敌袭？"林雷眉头一皱，"应该是部落的敌人。"

林雷心底有些担忧，他根本不清楚那些敌人的底细。他最担心的是敌人为了神格，在击败黑龙部落后会进行屠戮，那样就十分危险了。

"我们出去看看！"林雷当即说道，"如果情况不妙，我们就离开。"林雷知道自己的能力，不想冒险。

旋即，林雷他们三人飞了出去。

等飞出了府邸，他们就发现山脉半空都是人影，黑龙部落的居民几乎都飞了出来。

此刻，黑龙部落的军队已经现身，在和对方对峙。

林雷他们三人飞了过来，融入了人群中。

"林雷，你们来了。"林雷的邻居奎特看到林雷他们三人，立即飞过来打招呼。

"这就是我们黑龙部落的军队，看起来很厉害啊！"林雷赞叹道。

前方，一千余人穿着统一的黑色战袍，整齐地站在一起。这些战士都是中位神，散发的气息令林雷感到心惊。

奎特自豪地说道："那是！你看那边，就那个，金色短发的，那是我哥！"

"雷切尔，没想到你竟然和恶狼联手了。我斯特顿待你也不薄啊！"黑龙部落军队的中央，一个足有两米高的壮硕汉子大声吼道，"你难道不知道克劳特曼的品行？只要你今天不出手，我不介意赠送你一百万块墨石，如何？"

贝贝眉毛一扬："族长斯特顿？"

林雷立即看了过去。

斯特顿极为壮硕，如同一座山立在半空，好像无人能撼动他。

"哈哈，笑话！克劳特曼的品行总比你好点。更何况，你只给我一百万块墨石。如果你将加勒德黑龙送我一半，那还差不多。"对面大军中，一个足有三米高、脸上还有着绒毛的虎头大汉丝毫不给黑龙部落族长斯特顿面子。

另外一个穿着金色长袍的消瘦男子笑道："斯特顿，你独占数千条加勒德黑龙，难道不觉得自己的心太黑了？如果你愿意将数千条加勒德黑龙分成三份，我们三家各一份，那我今天和雷切尔立即带着人马离开，你说如何？"

"哼！"冷哼声响起，斯特顿目光冷厉，"这加勒德黑龙可是我当年拼了性命才得到的，凭什么给你们？"

混在黑龙部落人群中的林雷心底一惊："听起来，对方是两个部落联盟，那可麻烦了。"

"哈哈……"雷切尔大笑道，"克劳特曼，我们不要和斯特顿说废话了，直接解决他，然后平分加勒德黑龙群。"

克劳特曼冷笑道："雷切尔大哥说得对。"

"哼！"斯特顿面目狰狞，神识传音，"第一大队，集体性灵魂攻击！"

一瞬间，黑龙部落军队中近八百名战士同时挥舞起手中的兵器，无数幻影飞了出去。

"冲！"敌方两大首领立即下令。

敌方上千名战士也同时施展了灵魂攻击。

大量幻影顿时出现在空中，或是在半空撞击，或是直接朝对方扑去。

"老天！如果数万人同时来一次灵魂攻击，恐怕上位神也要完蛋吧！"林雷看得目瞪口呆。

第455章
部落混战

隔着数里，黑龙部落的战士和敌方两大部落联军开始交战了。

以灵魂攻击的速度，大量幻影一眨眼的工夫就越过了数里距离。

林雷等黑龙部落的普通居民，可以清晰地看到半空大量半透明的各种幻影袭向对方。

两方战士欲躲避这些幻影，可这些幻影铺天盖地的，有不少倒霉的中位神战士被击中了。一旦被击中，即使不殒命，灵魂也会受到影响。

"砰！"

"砰！"

两方阵营中都有战士从半空坠落。

"森米！"

"三哥！"

悲愤的喊声不断在两方阵营中响起。

"这完全是由中位神组成的军队之间的战斗，"林雷在军队后面看得极为震惊，"一瞬间就有数十个中位神殒命了。集体性战斗还真是可怕！"

旁边的贝贝低声说道："如果数十万神级大军来一次联手攻击，就是上位神也要完蛋吧。"

迪莉娅的脸色都变了。

这种战斗在玉兰大陆上怎么可能看得到？

在地狱，这只是部落间的战斗罢了。

林雷回忆起众神墓地中的一幕场景。

那是在众神墓地第十一层，他们一行人遇到了百万深渊刀魔。当时，百万深渊刀魔在空中只是一个俯冲，然后同时挥刀，那百万道刀气让林雷一行人差点全部完蛋。

忽然，好几道幻影向林雷他们一大群人袭来。

"快散开！"林雷立即神识传音。

不单单是他们，黑龙部落的大多数居民开始闪避。

一些幻影被己方中位神战士避开后，竟然飞向了林雷他们这一群人。

这可都是中位神施展灵魂攻击出现的幻影啊！

后方的部落居民大多数是下位神，一旦被幻影击中，十有八九会殒命。

"我们还是别在军队的后面待着。"贝贝苦着脸说道，"那样，我们容易受到影响。"

林雷则感慨道："这场战斗愈加惨烈了！"

"物质攻击！"斯特顿怒吼道。他极为恼怒于两大部落联手攻击他。

在斯特顿的命令下，黑龙部落军队的其他战士开始施展物质攻击。

战斗在升级！

嗖的一声，青色的剑气瞬间划破长空。剑气所过之处，空间都产生了波纹。

这地狱可比普通物质位面要稳定得多。在玉兰大陆，林雷能轻易划破空间，可是在地狱，林雷能够让空间产生波纹就很不错了。

"嗷——"

一只只颜色各异的元素巨兽出现在半空，互相撕咬起来。

"轰——"

一道道雷电划破长空，袭向对方。

半空，两方战士都疯狂地攻击对方。

只是一轮物质攻击，就有数十枚中位神神格从半空坠落。

"情况不妙！"林雷眉头一皱，"黑龙部落战士数量不到两千，而对方战士数量有三千。"

面对这种攻击方式，黑龙部落一方很吃亏。

"哈哈，斯特顿，今天你必死无疑！"克劳特曼尖声吼道。

雷切尔也咆哮道："兄弟们，给我冲！"

斯特顿面目狰狞。

"黑龙部落所有子民，战斗！"斯特顿怒吼道。

原先还在部落军队身后的近两万居民几乎同时取出了自己的武器，都施展出自己的最强攻击。

天空中，一道道虚幻剑影、一只只元素巨兽瞬间袭向敌方。

"打败他们！"黑龙部落的居民个个义愤填膺。

林雷、迪莉娅、贝贝都十分错愕。

"林雷，你们快攻击！"

一声怒喝响起，林雷一怔。

林雷转头看过去，原本面容清秀的奎特此刻面目狰狞，如同愤怒的狮子。

奎特对林雷他们三个吼道："要到关键时刻了。军队要是完蛋了，我们也要完蛋。那些人不会让我们活下来的，冲啊！"

贝贝第一个反应过来，立即大声吼道："冲！"他手中那柄黑色匕首划出一道道黑色光芒袭向对方。

这柄黑色匕首是贝鲁特特地送给贝贝的。

"冲！"林雷和迪莉娅也取出了各自的武器。

林雷挥舞黑钰重剑，只见数道土黄色巨剑幻影飞出……

此时，所有人都在为生存而拼命！

"冲过去，占领黑龙部落！"敌方首领之一雷切尔咆哮着。

"冲过去！"斯特顿也吼道。

两方人马瞬间划破长空，在半空厮杀起来，甚至有数百个中位神直接冲到了对方的下位神人群中。

下位神和中位神之间的差距很大，因此黑龙部落的普通居民只能飞速后退，进行一些远程攻击。

"斯特顿在干什么！"林雷心底十分不满，"黑龙部落的战士数量明显不如对方多，他还不顾一切地厮杀。这个时候，他应该直接出手灭掉对方的首领，这是唯一的办法！"

己方人马不如敌方人马，解决对方首领是快速结束战斗的办法。

可是，林雷不是斯特顿，不会知道斯特顿是如何想的。

林雷旁边的奎特看到远处一个高大人影从半空坠落，眼睛一下子就红了，凄厉地喊道："哥——"

他的大哥一直照顾着他，可是今天，他的大哥死了！

"冲！"奎特脑子发热，竟然冲向敌人阵营。

"奎特！"林雷神识传音。

这一声令奎特清醒过来。

"快退回来！你若死了，可一点价值就没有了！"林雷急切地喊道。

这时候，一大群人在战斗，林雷根本什么都做不了，只能尽全力保住他们三人的性命。

林雷他们的位置靠后，敌方的中位神战士还没有冲到他们这里来。

"哈哈——"大笑声突然响起。

离林雷大概数十米处，黑龙部落的六个下位神的身体瞬间爆裂，六枚下位神神格被人直接抓走了。

原来，敌方的三个中位神战士瞬间解决了那六个下位神。显然，他们已经注意到林雷这几个人了。

"还有中位神啊，贪生怕死没加入军队？"其中一个面目狰狞的光头猖狂地喊道，"兄弟们，解决他们。"

"解决他们！"

敌方的三个中位神战士仿佛饿狼一样冲向林雷他们几个。

"迪莉娅，保护好自己！"林雷神识传音。

"找死！"贝贝怒喝着第一个冲过去。

"哼！"那个阴险的光头却直接朝林雷冲来，显然没把林雷这个下位神放在眼里。

"小子，死吧！"光头手中那柄有着黄色斑点的长枪朝林雷刺来。

林雷反手将黑钰重剑刺了过去。

黄色斑点长枪即将碰上黑钰重剑，黑钰重剑却诡异地一晃，没有抵挡这柄长枪。

"嗯？"光头惊异得瞪眼。

嗡的一声，林雷左手中突然出现了紫血神剑。

紫血神剑的剑身挡住了那柄黄色斑点长枪的枪尖。

"哼！"光头在心底冷笑，"小子，我的绝招可是灵魂攻击！"

一道虚幻枪影直接朝林雷的脑海冲去。

当光头施展招数的时候，林雷的黑钰重剑也落在了光头的身上。

"你就是擅长灵魂攻击又怎么样？一个下位神的精神力可是十分弱的。"光头根本不担心。

然而瞬间，他脸色剧变。

林雷的虚无剑波已经刺穿了他的灵魂防御。

光头惊愕地看向林雷："啊，你——"

旋即，光头目光暗淡。

"虚无剑波的威力早就是二十几年前的三倍了！"林雷目光冷厉。

当初在铜锣山，林雷开始融合大地脉动和土之元素两大奥义时，虚无剑波的威力就增加了好几倍。二十几年过去了，大地脉动和土之元素两大奥义已经融合了一大半，虚无剑波的威力已经是过去的三倍了。

这个光头怎么抵挡得了？

至于光头的那一招，凡是擅长灵魂攻击的，遇到林雷就是倒霉。

林雷担心迪莉娅，连忙转头看过去。

只见八个迪莉娅出现在半空，而要追杀迪莉娅的那两个中位神的速度竟然变得很慢。

贝贝直接冲到其中一个中位神的面前，下手毫不留情。

"啊！"这个中位神身中一刀，不甘地看了迪莉娅一眼。

他从来没有想过，身为风系中位神的迪莉娅竟然领悟了风系元素法则中最诡异的风之空间奥义！

另一个中位神自然也被贝贝解决了。

此时，敌方的三个中位神都已殒命。

林雷将那个光头的神器、神格、空间戒指都收了。

八个迪莉娅合为一体，飞了过来，对着林雷笑道："林雷，我和贝贝合作得怎么样？"

贝贝惊喜地说道："老大，迪莉娅刚才那招很厉害啊！那两个中位神都中招了，速度大减，我便趁机将他们解决了，实在太轻松了。"

林雷却惊讶地看向迪莉娅。

"林雷，当初我不是说过吗？我炼化的那枚风属性下位神神格蕴含的奥义类似于真空束缚术，后来我明白了，它叫风之空间奥义。"迪莉娅解释道。

林雷点了点头。

"我发现尼夫的中位神神格中蕴含的三种奥义，还不如风之空间奥义实用呢！"迪莉娅感叹道。

林雷松了一口气。

风系元素法则中，的确有和空间相关的奥义。

"这风之空间奥义应该很厉害，贝鲁特当年送的这一枚神格，恐怕是经过他精挑细选的。"林雷在心里感激贝鲁特。

放眼四周，战斗还在继续，周围不断有人从空中落下。

林雷忽然有一种感触，部落间的战斗就是地狱生活的一个缩影。在部落中生存都会面临如此危险，更何况是在整个地狱呢？

"一定要在地狱中活下去！"林雷看着迪莉娅、贝贝，在心中暗道。

第456章

适者生存

斯特顿凌空而立，冷冷地看着这一切。他如同浪潮中的礁石稳稳地屹立在空中，似乎无人能撼动他。

"差不多了吧！"斯特顿声音低沉地说道。

"动手！"一个沙哑的声音突然响起。

黑龙部落的军队中忽然蹿出三个黑袍人，他们和斯特顿几乎同时朝敌方的两大首领冲过去。

雷切尔和克劳特曼却笑了。

"斯特顿果然藏了一手，只是没想到竟然有三个。"克劳特曼低声说道。

"幸亏我们也有准备。"雷切尔沉声道。

克劳特曼眯起眼睛，目光冷厉，低喝一声："上！"

声音一出，他手下人马中有两个灰袍人冲了出来。

这两个灰袍人和两大首领同时朝对方冲去。

己方，三个黑袍人和斯特顿。

敌方，两个灰袍人和克劳特曼、雷切尔。

四对四！

两方各四人，都是上位神，而且还都是独力成神的，每一个都有着特殊的本领。

"你们竟然也请了使徒！"斯特顿沉声说道。

"你还真是够富裕的，请了三位使徒。"克劳特曼嗤笑一声。

话音刚落，双方不再说废话，直接搏杀起来。

"轰——"

空间一阵巨响，可怕的冲击波朝四周扩散开去。

"什么？"不少人都惊愕地看了过去。

一对一，四组人就这么在天空中打了起来，可怕的空间震荡不断朝四周传递。

空中战况激烈。

或是身体瞬间消失，或是身体变为元素巨兽，或是身体变成剑形……

四组上位神之间的战斗极为惨烈，根本没人敢靠近，连刚才还拼命厮杀的两方中位神战士都很有默契地收手了。

"还真是够现实的。"林雷看着这一切，感慨道。

刚才，双方首领看着战士拼命厮杀；而现在，双方战士看着首领拼命厮杀。

迪莉娅淡笑道："很正常，没人想死！现在，两方首领厮杀，哪一方首领最后活着，那么这一方就获得了最后的胜利。其实，对于战士而言，谁当首领没多大区别。"

林雷看着空中那四组上位神厮杀，不得不承认上位神的实力远超中位神。

"上位神至少已经完全领悟了一种元素法则的所有奥义，"林雷在心中暗道，"只是在奥义的融合程度上有所差别。"

实力弱的上位神没有融合过元素奥义。

实力强的上位神或许融合了两种元素奥义，甚至融合了三种元素奥义。

林雷仰头观战，突然轻声说道："有两个殒命了。"

原本八个上位神厮杀，现在已经有两个殒命了，分别是克劳特曼和一个黑袍人。

刚才，克劳特曼就是和那个黑袍人厮杀。

克劳特曼拼着重伤解决了那个黑袍人。

然而就在这个时候，斯特顿竟然化出一个分身，出手解决了受了重伤的克劳特曼。

克劳特曼虽然也有分身，但是他的分身只达到中位神境界，很快就被斯特顿灭掉了。

"斯特顿！"雷切尔脸色一变，"没想到你的风系神分身竟然达到上位神境界了。"

"哼！"斯特顿嗤笑一声，"刚才是克劳特曼，下一个就是你了。"

"是吗？"雷切尔目光冷厉。

瞬间，他的身体中飞出一个身影，直接扑向他的对手黑袍人。现在，相当于两个雷切尔联手围攻黑袍人。

"上位神神分身！"那个黑袍人立即后退。

斯特顿脸色一变，看着雷切尔："雷切尔，你藏得还真是够深的！"

"比你还是差些。"雷切尔的黑暗系神分身说道。

远处，人群中的林雷见到这一幕，不得不惊叹道："那个看似鲁莽的雷切尔，阴险程度堪比斯特顿。"

林雷明白，斯特顿、雷切尔让手下厮杀，或许是有阴谋。

就在这时——

"伯蒂大人，你还要等到什么时候？"斯特顿神识传音。

半空，突然聚集的黑色光芒化为一个银发银袍老者。

这个银袍老者手中持着一根黑色的长鞭，倏地朝雷切尔和那两个灰袍人冲过去。

长鞭挥舞，空间扭曲。

其中一个灰袍人冷哼一声，手中的长枪猛地变长。长枪所过之处，出现朵朵黑色火焰。

长鞭和长枪碰触。

"哼！"银袍老者嗤笑一声。

"啊——"那个灰袍人竟然全身抽搐起来，发出惊恐的惨叫声，而后不再动弹，直接从半空坠落。

这一幕让所有围观的人都惊呆了。

那个灰袍人的实力，大家刚才都看到了，他绝对是一个比较强大的上位神。可是在这个银袍老者的面前，他被一招解决了。

"是绿蛇城堡的伯蒂！"雷切尔脸色剧变，看了一眼斯特顿，觉得难以置信，"斯特顿，你……"

他没想到黑龙部落的族长斯特顿竟然投靠了绿蛇城堡。

"伯蒂？"幸存的灰袍人也是大吃一惊。

在烨暮府中，伯蒂算是比较厉害的一个强者了，至少不是他们所能抵挡的。

"逃！"

毫不犹豫，雷切尔和灰袍人瞬间化为幻影，朝远处飞奔而去。

如果一个上位神想要逃跑，其他上位神一般是很难拦住的。

这个银袍老者淡笑一声，瞥向旁边的斯特顿。

斯特顿的脸上立即露出笑容。

"这里你处理吧，我回去了。"伯蒂淡然说道，而后整个人化为大量黑光，消失在所有人的眼前。

斯特顿环顾周围，朗声说道："金狼部落和雷虎部落的各位战士，你们现在可以选择加入我们黑龙部落。当然，你们也可以反抗，反抗的后果……"斯特顿冷笑一声。

两大部落的中位神战士们相互对视。

现在，克劳特曼死了，金狼部落算是完蛋了，而雷虎部落实力大减。

"当然，你们的亲人朋友也可以加入我们黑龙部落。"斯特顿大声说道，"在我们黑龙部落，你们一定会比在原先的部落生活得更加富裕、更加安全。如果愿意加入黑龙部落，那就收起你们的武器吧。"

那些中位神战士互相对视，金狼部落的一些中位神战士收起了武器，他们的首领都死了，自然会投降。毕竟没有部落庇护，他们将会活得很艰辛。

接着，其他人也陆续加入了黑龙部落。

对他们而言，谁当首领没多大区别。

"是他杀了我哥！"奎特盯着远处一人低声说道。

那些投降的战士和黑龙部落很多幸存的人都有仇怨，只是斯特顿在黑龙部落威慑力大，没人敢说什么。不过可以预见，以后黑龙部落内部的争斗不会少。

斯特顿看见了部落居民眼中的仇恨，只是低笑一声。

在这地狱，本来就是适者生存！

转眼间便过去了半年。

半年前的那一场大战，反而令黑龙部落的人口大大增加，特别是在金狼部落的大多数居民都加入进来后。

如今，黑龙部落的人口近三万，中位神战士更是近三千。

斯特顿本想去灭了雷虎部落，可是后来发现雷虎部落已经迁移，离开了原先的所在地。

显然，雷切尔早就预料到斯特顿会报复，自知敌不过，便带着一些人马离开了。

林雷的住处。

"奎特，你如果要报仇，只能选择隐忍。你现在的实力远不如对方。他现在也不知道有你这么个对手。你可以安心修炼下去，终有一天，你会有机会报仇的。"林雷劝说道。

奎特一直想为自己的大哥报仇，可对手毕竟是一个中位神，奎特和对方的差距太大了。

"林雷，我知道。"奎特沉着脸点了点头。

"轰！"

外面传来一声巨响。

林雷叹息道："看来，外面又有战斗了。"

旁边的迪莉娅也叹息道："半年前那一场大战，黑龙部落有数千人殒命，他们活着的朋友、兄弟当然会报仇。幸好当时混战，绝大多数人都不知道谁是凶手，否则，部落内部会更乱。"

林雷也点头赞同。

"管他乱不乱，"贝贝冷笑一声，"反正不来惹我们就好。"

"奎特，你如果不介意，我帮你报仇。"贝贝豪爽地说道。

"不用。"奎特目光冷厉，"总有一天，我会亲手报仇的。林雷、贝贝，我不打扰你们，先回去了。"

经过那场大战，奎特不像当初那样嘻嘻哈哈了。

奎特离开后不久，有人来了，正是老熟人帕费特。

"林雷，你们不是说要去帝翼城吗？明天，我们黑龙部落就会派一批人马乘坐金属生命出发，你们如果要去，一人准备五块墨石。"帕费特笑着提醒道。

"真的？"贝贝第一个站了起来。

林雷和迪莉娅也是大喜。

这一天，他们已经等了很久。

"帕费特先生，真的谢谢你了！"林雷此刻激动万分，终于要离开这个黑龙部落了。

帕费特笑道："林雷，上一次你们不愿加入军队，我就知道你们不想待在黑龙部落。其实，离开也好。"

帕费特又嘱咐道："不过林雷，帝翼城不是一般人能待的，你要做好心理准备。"

"嗯，我明白！"林雷现在心情大好。

第二天清晨。

林雷、迪莉娅、贝贝去和黑龙部落中认识的一些朋友告别。

"奎特，千万别急。"林雷嘱咐道。

奎特笑着答应，然后提醒林雷："林雷，地狱广袤无垠，黑龙部落只是小地方，帝翼城是烨暮府十座城池之一，那里才是大城！你要在帝翼城立足，那可不是一件容易的事情。"

林雷笑了笑。

"放心吧，这点小事难不住我们！"贝贝一摸鼻子，得意地笑道。

"金属生命到了。"迪莉娅忽然开口说道。

林雷仰头看去，只见金属生命化为的黑色巨龙悬浮在斯特顿的黑色城堡上空。

黑龙部落各处陆续有一些人朝金属生命飞去。

和朋友们告别后，林雷、迪莉娅、贝贝也朝金属生命飞去。

"黑龙部落，再见了。"林雷俯视着黑龙出没的这一条山脉。

这是林雷来到地狱后第一个待过的地方，以后他们恐怕不会再来这黑龙部落了。

第457章
处处艰险

由金属生命变成的黑色巨龙盘旋在山脉上空，黑龙部落中欲前往帝翼城的人都一个个飞了过来，一个壮硕的年轻人站在金属生命腹部开启的通道门口。

"一个个来，想去帝翼城的，每人五块墨石！"这个壮硕的年轻人大声喝道。

欲前往帝翼城的有上百人，林雷他们三人自然也在其中。

一人五块墨石，他们三个就要十五块墨石。当初卖掉四件下位神器得到的二十块墨石，一下子就没了一大半。

"还真是贵！"贝贝嘀咕道。

"你没听帕费特说吗？"林雷低声说道，"部落居民一人花费五块墨石就可以乘坐金属生命外出。其他部落居民，根本没资格进入这金属生命。"

很快就轮到林雷他们三人了。

"我们三人的。"林雷取出了两根墨石长条。

每根墨石长条相当于十块墨石。

那个壮硕的年轻人接过后，又给了林雷五块小墨石，不耐烦地说道："快点，下一个。"

林雷他们三人立即进入金属生命内部。

金属生命内部空间极大，被分隔成前舱和后舱。凡是像林雷这种缴纳五块墨石进来的，一律进入后舱。后舱内也有由金属生命自动形成的座位。

这座位是四个人一排，林雷三人自然选择了同一排。

"我坐里面。"贝贝直接坐在最里边，透过一旁的透明金属看向外面。

迪莉娅和林雷坐在靠外边的座位。

"终于要离开黑龙部落了。"林雷和迪莉娅相视一笑，双手相握。

随着一个个部落居民进入，后舱中的座位有些不够了。一个头发弯曲的碧发青年笑着和林雷打了个招呼，坐在了林雷的旁边。

"你们好，我叫戴博拉！"碧发青年对着旁边的林雷友好地打招呼。

"我叫林雷。"林雷也友好地点头。

在地狱中，身份如何，主要看实力高低。

戴博拉虽然只是一个下位神，但是能感知到那个女人（迪莉娅）和那个少年（贝贝）比他强，也能感知到林雷是一个下位神。

"林雷，你去帝翼城干什么？"戴博拉好奇地询问道。

"我？我第一次来地狱，从来没去过帝翼城，想去那里看看。你呢？"林雷淡笑着问道。

戴博拉压低声音说道："我想去卖一件神器。在部落中卖太吃亏了，所以决定去帝翼城将它卖掉。说来也是我运气好，半年前那次大战，我碰巧捡到了一件中位神器。"

那次大战令众多中位神陨落。

当时，林雷他们三人更是解决了三个中位神，得到了他们的神格、神器、空间戒指。大战时，部落居民得到的一些普通财物是不需要上缴给族长的。谁得到归谁，这是族内规矩。

"你运气是不错。"林雷淡笑着称赞。

"轰隆隆——"狂暴的气流被劈开。

金属生命瞬间化为一道幻影消失在山脉上空。

"开始了。"林雷在心底暗道。

"从这里到帝翼城要半个月左右，这半个月可就无聊了。"林雷身旁的戴博拉嘀咕道。

"半个月？"林雷心中一动。

他回忆起奎特说过的话，离黑龙部落最近的城池帝翼城距离黑龙部落也有一千多万里。既然半个月就能到，那么这个金属生命一天行驶的距离差不多是一百万里。

"声音小点！"忽然，一声呵斥从前面传来。

林雷他们都抬头看过去。

在后舱和前舱连接处的通道口，一个金发老者在几个中位神战士的跟随下进入后舱。

"埃德蒙大人也来了！"戴博拉低声惊呼。

"埃德蒙是谁？"林雷压低声音问道。

戴博拉解释道："埃德蒙大人是族长斯特顿大人的大管家。没想到，埃德蒙大人这次也去帝翼城。能够让埃德蒙大人出马，看来这次部落去帝翼城是有大生意。"戴博拉对黑龙部落的了解远超林雷三人。

林雷则惊异地瞥向远处的埃德蒙。

大管家？

"这个埃德蒙应该是上位神。"贝贝的声音在林雷的脑海中响起。

林雷暗自点头。

埃德蒙目光冷厉，环顾后舱中众人，淡然说道："这里有没有第一次去帝翼城的？如果有，先站起来！"

顿时，后舱内有两个人站了起来，林雷、迪莉娅、贝贝相视一眼，也站了起来。

埃德蒙扫了一眼，淡然地点了点头："一共五个。"旋即，他便朝离他最近的林雷他们三人走过去。

当看到戴博拉时，埃德蒙笑道："戴博拉，你这小家伙这次也去？那你就告诉他们三个去帝翼城需要注意的一些事情。我不想因为他们三个导致部落惹上大麻烦。"

"是，大人！你尽管放心，我一定将所有需要注意的事情都告诉他们。"戴博拉连忙说道。

埃德蒙淡然点头："如果出了问题，我就找你。你们三个坐下吧！"

说完，埃德蒙又朝后面走去，同样命令旁边的人将需要注意的一些事情告诉最先站起来的那二人。

做完这一切后，埃德蒙便带着自己的人离开了后舱，回到了前舱。

前舱中是族长斯特顿的直系人马。

"去帝翼城需要注意的一些事情？"林雷看向戴博拉。

戴博拉笑着点头说道："是有些事情需要注意。首先，进入地狱中任何一个城池都需要缴纳入城费。入城费每人一块墨石。"

"好贪！"林雷在心底暗道。

戴博拉继续说道："进入城池后，你们最好一直跟着部落的人马，不要乱跑。因为办完所有事情后，大家都会在当天离开帝翼城回自己的部落。"

"当天回？"林雷有些惊讶。

不过在林雷看来，这跟他没关系，因为他不打算再回黑龙部落了。

"对，当天回。不单单是帝翼城，地狱所有的城池都有宵禁。在夜间十二点到早晨五点这段时间内，城内大小街道上不允许有人。一旦被抓住，如果是帝翼城居民那还好，惩罚一番就放回去了。如果不是帝翼城居民，那么你将永远回不到自己的部落了。"戴博拉郑重地说道。

林雷心头一惊。

"你的意思是夜间在外面被抓住那就完了？"林雷吃惊地看着戴博拉。

戴博拉严肃地点头，说道："是的，所以我们一般都是当天就回黑龙部落，绝对不会在帝翼城过夜。更何况，帝翼城中的一些酒店住一次就要上百块墨石，谁舍得？"

"上百块墨石？"旁边的贝贝伸过头来讶异地说道。

"嗯！"戴博拉肯定地点头。

林雷他们三人都很震惊，这帝翼城的消费未免太高了吧！怪不得奎特对他们说在帝翼城中立足是很难的。

"这条黑龙快停下！既然经过了我们佩特迩山，那就把钱财留下来吧！"一个声音瞬间响彻金属生命内部。

不管是前舱内还是后舱内，所有人都大吃一惊，然后瞬间就明白了——他们遇到劫匪了。

"这就遇到强盗团伙了？"林雷十分震惊。

要知道，前往帝翼城可是需要半个月左右的。如果按照这种情况，路途中会遇到多少劫匪？

林雷看了看迪莉娅、贝贝，在心中暗道："难怪当初帕费特说我们三个如果闯荡地狱，活不过三日。这地狱中的强盗团伙实在太多了。"

佩特迩山上空，金属生命就这么悬浮着。

林雷他们透过一旁的透明金属看到外面飘浮着一大群人。

为首的人穿着深青色的长袍，青色的头发随意地披着，额头上有一根独角。

"独角……"

林雷明白，其他族类的审美有时候和人类不一样。他们即使化为人形，也会保留一些自认为美的东西，比如独角。这个强盗首领恐怕就是这样。

这群人近八十个，他们刚才施展出元素巨兽，阻挡了这个金属生命。

戴博拉笑道："林雷，你放心，不会有问题的。"

"哼！你们什么时候占据佩特迩山的，难道连我们黑龙部落都不知道？"埃德蒙的声音响起。同时，埃德蒙和两个黑袍人飞出了金属生命。

林雷看到那两个黑袍人，顿时大吃一惊："那是半年前那场大战中帮助斯特顿大人的黑袍人。"

当时一共有三个黑袍人，其中一个殒命了，还有两个活着。

这群拦路的神级强者看到出来的三个人，顿时吓了一跳。这三个人的实力，他们都看不穿。很明显，这三个人都是上位神。

特别是那两个黑袍人，胸口还有使徒勋章。

"是使徒！"那些强盗大惊。

他们碰到铁板了！

三个上位神，其中两个还是使徒，足以灭掉他们所有人。

"三位大人，真的抱歉，我们……我们……我们弄错了！"独角青发壮汉惊恐地说道。

"哼，滚蛋，消失在我的眼前！"埃德蒙呵斥一声。

"是、是！"独角青发壮汉大喜，立即带着手下们俯冲下去，瞬间消失在佩特迩山深处。

这一幕场景令林雷在心中暗叹，强盗团伙的能力还真是弱。不过，那也是对上位神而言的。如果是林雷他们三人遇到强盗团伙就麻烦了，毕竟人家是一群神级强者，中位神就有三四十个。

金属生命继续前进。

"地狱还真是危险啊！"林雷感叹一声。

"对，我们也只有跟着部落的人马才有机会进入帝翼城。"戴博拉感叹一声，"不过林雷，在地狱中还是有安全的地方的。在那里，没有危险，没有人敢动手，你可以过上非常安全的生活！"

"哦？"林雷大吃一惊。

在地狱的这段时间，他所见到的都是残酷的争斗。他感觉地狱任何一个地方都有厮杀掠夺，并且危机重重。

然而，戴博拉说地狱还有安全的地方。

"对，地狱中，每一府都有十座城池，这城池内是最安全的。"戴博拉郑重地说道，"林雷，这是我必须提醒你的一点。在帝翼城内，绝对不能动手。一旦被抓住，那后果比违反宵禁被抓住还严重。否则，不但你会完蛋，我们部落恐怕都会有麻烦！"

"不能动手？"林雷反而松了一口气。

既然如此，那么帝翼城中的人也不能动手。

看来，帝翼城还真算是一个安全的地方。

"可惜，烨暮府方圆十亿里，只有十座城池，每一座城方圆近千里，城池太小了，而且帝翼城的住宿费用也太高了。"戴博拉摇头感叹道。

第458章
三座城堡

林雷听后，略微计算一下，心头一颤。

论面积，方圆十亿里可是方圆千里的一百万倍！

即使十座城池加起来，也只是烨暮府的十万分之一！

十万分之一啊，这个数字实在是太夸张了。

"能够在帝翼城立足的，算是地狱中的精英了！"林雷在心中暗道。

戴博拉感叹着："如果我这辈子能够熬到成为帝翼城居民，那我就心满意足了。可惜，那太难了。"

戴博拉对自己没有足够的信心。

在地狱中能成为一座城池的居民，那是非常值得骄傲的。

林雷在地狱生活的时间不算长，对此感受还不是太深。

路途中，林雷他们遇到强盗团伙的次数并不多。

因为凡是长期扎根在某处的强盗势力，对一些部落都是知晓的。比如，黑龙部落的金属生命形态就是一条黑色巨龙。

即使如此，他们还是会遇到一些初来乍到的强盗团伙。

面对这些强盗团伙，埃德蒙和两个使徒也懒得降下身份动手，只是出面震慑一番。

在离开黑龙部落的第十六天上午，金属生命后舱中的人几乎都激动起来了。

他们透过那透明金属，看到了外面那一座由紫色矿石建造而成的庞大城池。

紫色的城池——帝翼城，是一座散发出华贵、古老气息的城池，是烨暮府方圆十亿里内十大城池之一。

"这就是帝翼城？"贝贝眼睛发亮。

林雷和迪莉娅也激动地看着这一座大型城池。

占地方圆千里的城池，在玉兰大陆中是看不到的。特别是地狱中建造城池用的矿石，那都是和黑钰石一个级别的。

"终于到了！"林雷在心中暗道。

旋即，金属生命中的人都依次飞了出来，黑龙部落的一群人聚集在半空。

埃德蒙环顾众人，朗声说道："大家记住，我们部落的金属生命会在血阳降落、紫月升起的时候返回黑龙部落。至于聚集的地点，就是这里。如果到时候还有人没来，我们也不会等。"

大家都明白这个道理。

"好了，大家准备依次去缴纳入城费吧。"埃德蒙说着便带人马率先朝帝翼城城门飞去。

林雷、迪莉娅、贝贝是第一次见到地狱中的大型城池，都觉得非常新鲜，一边跟随着部落居民们飞去，一边看着这大气磅礴的紫色古老城池。

"人好多！"贝贝盯着周围惊叹道。

想要进入帝翼城的人太多了，他们来自四面八方，在城外排起了长队。

这个时候，没人敢乱闯，包括埃德蒙。大家都非常规矩地一个个排队缴纳入城费。

"嗯？"贝贝忽然盯着城门，惊讶地说道，"那两个黑袍人没缴纳入城费就进去了。"

"是使徒！"林雷也发现了。

跟随他们一群人一起来的两个使徒，没有排队缴纳入城费，而是直接进入了帝翼城。

帝翼城城门口的府兵们也没有阻拦他们。

"紫荆军、府兵还有使徒，这三类人进入城池是不需要缴纳入城费的，"林雷身后的戴博拉解释道，"他们都是拥有一些特权的。因此，想当紫荆军、府兵、使徒的人很多。但是，不管是紫荆军、府兵还是使徒，其考核筛选制度都很严格。"

很快就排到林雷他们三人了。

缴纳完墨石，林雷他们就进入了帝翼城。

半年前的那场大战，被林雷他们解决的三个中位神的空间戒指中，有近千块墨石。因此，他们还是缴得起入城费的。

在戒指中，除了墨石，还有一种林雷他们不认识的湛蓝色石头。

这种石头的体积和一块墨石相当，不过它蕴含的特殊气息要比墨石浓厚得多。

当时，林雷猜测这种湛蓝色的石头应该是一种货币，但他没有急着询问别人，毕竟，这种湛蓝色的石头也就数十块。

帝翼城城内。

戴博拉和林雷他们三人一同走在宽敞的街道上，环顾着周围的大型建筑。

一股古老华美的气息扑面而来，每一座建筑都堪称雕刻作品。

"这些建筑虽然还不到宗师作品级别，但是有自己的特色。"林雷对此当然有发言权。

在对元素法则有更进一步的研究后，特别是随着对地系元素法则的不断深入了解，在雕刻方面，林雷的平刀流算是大成了。

"这些建筑都好奇特，看起来很舒服。"贝贝感慨道。

"那是当然。"林雷感叹道，"没想到，这里的大型建筑都雕刻得那般仔细认真，想必这些建筑都非常昂贵。"

戴博拉愤愤地说道："昂贵？那是非常昂贵！帝翼城寸土寸金，这些建筑的价格自然惊人。而且，这些建筑由一些专业神级高手建造，每一栋建筑的价值，我都不知道要用多少块墨石来计算！"

林雷瞥了一眼旁边的戴博拉，明白这些建筑的价格已经高到让戴博拉无法承受，只能愤恨地说几句话的地步了。

之后，他们继续前进，林雷他们三人也见识到了帝翼城的繁华。

"这帝翼城不知道存在多少亿年了。"戴博拉向林雷他们三人介绍，"这些建筑都没损坏过，不过在上面能看到岁月留下的一些小痕迹，还能让人感受到一股古老的气息。"

林雷微微点头。

他的确感受到了那股古老的气息，帝翼城存在的岁月绝对让人心颤。

"或许只有地狱中的那些矿石才能让一个城池存在这么久。"林雷在心底暗道。

用来制造神器的矿石，还可以用来建造城池，其坚硬程度自然可以令其安然度过漫长岁月。

"这里也有服装店？"迪莉娅突然惊喜地说道，眼睛一亮，看向一家完全由乳白色矿石建造而成的华美店铺。

林雷一眼就看出来了，这家店铺完全是由一块巨型的乳白色矿石镂空雕刻而成的。

以地狱中矿石的坚硬程度而言，完全可以想象建造这样一栋建筑所要花费的代价。

"好漂亮的衣服！"迪莉娅看着那透明玻璃内的一些衣服，心动了。

戴博拉笑了笑："在帝翼城消费，价格可是很惊人的。我们这些生活在部落中的普通神级强者根本消费不起，比如那一套衣服——"

戴博拉指着展览的一套紫色套装，说道："它的服装材料很可能来自其他大陆，如血峰大陆；甚至可能来自其他至高位面，如生命神界、冥界、天界。"

林雷听得目瞪口呆。

一套衣服的材料来自其他位面？

"按照材料的珍贵程度，普通服装要上百块墨石；材料珍贵一点，那便是上千块墨石。

"如果这材料源自其他位面且极为珍稀，那么这一套衣服可能价值数百万块墨石！"

迪莉娅不禁大吃一惊，林雷也感到心颤。

这哪是衣服？一套衣服的价格都赶得上一枚上位神神格了！这的确不是一般人所能消费得起的。

"当然，衣服本身也有一些特殊效果，比如在防御上，绝对赶得上一般神器。"戴博拉笑道，"价值数百万块墨石的服装，我也就听别人说过，根本没见到过。"

林雷他们三人跟着部落的大批人马一起前进。

大部分的人目标一样，来这里是为了卖东西，毕竟他们都是从穷部落来的。

难不成来帝翼城消费？他们根本没那本钱。

一路前进，在戴博拉的介绍下，林雷他们三人见识了地狱中各种享乐的地方。

在这里，制造美酒，有时会请一些研究了制酒技术上亿年的大师，他们会用一些秘方和一些珍贵材料制酒。

为了获得一些珍贵材料，他们或许要去一些危险的地方。

其实，在黑龙部落，加勒德黑龙的龙涎经过提炼后，就是一种珍贵原料，能用来做食物。

这里的食物，其美味程度远超物质位面。

在地狱中，吃一顿由顶级大师准备的美食那就是一种享受。

可是，那价格也很贵，即使普通的美食也要上百块墨石。

要知道，一枚下位神神格只值一百块墨石。

在帝翼城中，精英人物享受的地方，那消费就足以吓退绝大多数人。

林雷他们三人跟着部落的一群人来到了帝翼城最繁华喧闹的地方。

"那三座城堡！"林雷眼中尽是震惊。

在林雷的左侧远处，有一座通体由黑色沙子凝聚而成的巨大城堡。

神级强者们视力极好，自然能看清这一座城堡是由无数黑沙聚集形成的。

最诡异的是，大量黑沙还在缓缓移动。

在林雷的右侧远处，有一座通体由紫色矿石建造而成的古老城堡，城堡顶端有一朵雕刻精美的花朵。

那花朵林雷很熟悉，正是紫荆军的标志——紫荆花！

在林雷的正前方——

有一座足有百米高的紫色古老城堡，只是那紫色已经紫得发黑了。

那座城堡外壁上有一个巨型雕刻，是一张脸！脸很模糊，可是脸上那只红色独眼非常醒目。

"那是黑沙城堡。"戴博拉指着左侧那座古老城堡，"在那里，什么交易都能进行，而且大多是进行大笔交易。只是那里太过黑暗，势力复杂，像我们这种小人物最好别去那种地方。"

戴博拉又指向右侧那座城堡："那是紫荆城堡，是最正规的交易场所。他们收购我们的物品，其价格一律是他们卖价的七成。在那里卖东西，虽然可能会吃点小亏，但是不会有麻烦。"

"那座城堡呢？"林雷指向正前方那座有只红色独眼的建筑。

不知道为何，虽然那张巨型雕刻的脸已经模糊了，但是那只红色独眼令林雷心惊肉跳。

"那是使徒城堡。"戴博拉说道，"如果想当使徒，可以去那里缴纳费用参加考核。使徒们一般都是去使徒城堡的。好了，林雷，我们去紫荆城堡吧。卖东西还是去那里好，黑沙城堡很复杂。你看，埃德蒙去紫荆城堡了。"

林雷初次来到帝翼城，自然不愿意去那黑沙城堡，毕竟连上位神埃德蒙为了安全都去了紫荆城堡。

　　"我们走。"林雷带着贝贝、迪莉娅，跟随其他人，一同朝那座紫荆城堡走去。

第三层大厅

紫荆城堡，人山人海。

紫荆城堡的正门足有百米宽，熙熙攘攘的人群拥入其中，完全可以想象紫荆城堡的生意有多么好。

林雷等人在人群中远远看向紫荆城堡。

"嗯，紫荆军。"林雷一眼就看到了。

在紫荆城堡正门旁边，有十几个内穿紫色劲装，外披紫色长袍，额头眉心部位有着特殊紫色印记的战士——紫荆军！

旁边的戴博拉笑道："紫荆城堡遍布整个紫荆大陆，背后的主人就是伟大的主神紫荆君主，这里自然会有紫荆军守护。其实，紫荆军在这里也只是做做样子罢了。毕竟是在帝翼城内部，谁敢捣乱？除非是不想活了。"

"咦？那个叫埃德蒙的大管家，他们那些人怎么朝后面走了？"贝贝发现埃德蒙带领一群人朝紫荆城堡的后面走去，并没有进入正门。

林雷也注意到了。

进入紫荆城堡正门的人多，朝紫荆城堡后面走去的人也多。

"林雷，这紫荆城堡分为前门、后门，从前门进去的都是去紫荆城堡购买物品的。至于从后门进入的，都是将自己的物品卖给紫荆城堡的。"戴博拉笑着解释道。

林雷恍然大悟。

这紫荆城堡不但卖商品还收购物品。

"我们快走吧！"戴博拉催促道。

林雷牵着迪莉娅与贝贝，跟随人流朝紫荆城堡的后面走去。走了数里路，林雷他们终于见到了紫荆城堡的后门。

果然，这后门也足有百米宽，人群也是熙熙攘攘的。

迪莉娅笑道："来卖东西的大多数是帝翼城外的一些部落、家族，人还真是够多的。这紫荆城堡收购东西七成，卖东西十成，转手就是三成差价，简直是吞金窟啊！"

"这生意也轮不到别人来做。"林雷笑呵呵地说道，毕竟紫荆城堡背后的人可是伟大的主神。

片刻后，林雷他们三人随着黑龙部落的其他人一起进入了紫荆城堡。黑龙部落这一群人有近两百人，在紫荆城堡内却只是占了极小的一部分。

"这地方好大！"林雷惊呼道。

进入紫荆城堡第一层，林雷他们就发现这里长宽都有一两千米。一两千米，这可是一个非常夸张的数字。即使是上万人进入这里，也不会觉得拥挤。

"来卖物品的神级强者还真多！"贝贝显得很兴奋。

"第一层大厅主要用来收购下位神神格、下位神器等价值在一百块墨石以下的物品。"戴博拉非常熟练地向林雷三人介绍道，"第二层大厅主要用来收购中位神神格、中位神器等价值在一万块墨石左右的物品。比如我，这次是来卖中位神器的，所以我会去第二层大厅。至于第三层大厅，主要用来收购上位神神格、上位神器等价值在百万块墨石甚至价值更高的物品。"

林雷他们三人跟着黑龙部落的部分人群，沿着楼梯进入第二层大厅。

黑龙部落的大部分人停留在第一层大厅。显然，这些人是来卖价值较低的物品的。

"林雷，你看。这大厅的边上有很多柜台，柜台内坐着很多人，他们就是紫荆城堡的收购人员。哈哈，你们自己看，我先去卖东西了。"戴博拉向林雷他们三人打了个招呼，直接朝第二层大厅的柜台跑去。

戴博拉离开后，林雷他们三人互相看了看。

"我们去第三层大厅！"林雷开口说道。

林雷他们三人身上还是有好几件宝贝的，两件上位神器以及一枚上位神神格，这都是极为昂贵的物品。

第一层大厅到第二层大厅的楼梯很宽，可是第二层大厅到第三层大厅的楼梯就窄了很多。不仅如此，连那大厅的门也比第二层大厅的门小了整整一号，里面的人更是少了很多。

显然，卖珍贵物品的人不可能像第一层、第二层那般多。

"埃德蒙！"林雷看到埃德蒙带着三个手下走到了第三层大厅的门口。

第三层大厅的门口有穿着紫色长袍的工作人员，他们似乎在和埃德蒙交谈，埃德蒙更是取出了一枚神格。

"埃德蒙取出神格干什么？"林雷有些疑惑。

随后，那些紫袍人员就放行了。埃德蒙便带着三个手下进入了第三层大厅。

当林雷他们三人走到第三层大厅门口时，一个紫袍人员伸手拦住了他们。

"嗯？"林雷三人疑惑地看着这人。

"你们是来卖什么的？拿出来看看。"一个紫袍人员开口说道。

见到林雷他们三人疑惑的表情，这个紫袍人员淡笑道："你们是第一次来吧？第三层大厅和下面两层大厅不同，每一个进来的人必须出示一些物品，否则是不允许进来的。"

林雷回忆起刚才埃德蒙的行为，恍然大悟。

就在这时候，两个青年直接从林雷的旁边走过，根本没理会紫袍人员，直接进入了大厅。

"他们为什么不出示物品？"贝贝不解地问道。

那个紫袍人员脾气不错，淡笑道："你们没注意到吗？他们胸口位置有使徒勋章。他们是使徒，我们相信他们。人家来，肯定带有足够价值的物品，不需要检查。"

林雷在心中暗叹："这使徒，入城费不需要缴纳，进入紫荆城堡第三层大厅也不需要检查，地位明显不同啊！"

林雷想着，一翻手，手中出现了一柄黑色匕首。这一柄黑色匕首是当初阿德金斯的黑暗系上位神神分身陨落后留下的上位神器。

"进去吧。"紫袍人员点了点头。

"那都是收购物品的！"贝贝跑在最前面兴奋地喊道。

林雷和迪莉娅也朝大厅边上的柜台走去。

这时候——

"埃德蒙大人，你看！"埃德蒙的一个手下注意到了林雷他们三人，"埃德蒙大人，那三人不是我们部落的吗？他们竟然来了第三层！"

埃德蒙看着远处的林雷他们三人。

此次，黑龙部落来帝翼城的人中，只有五个人是第一次来。埃德蒙还都一一见过，自然记得林雷他们三人。

"没想到，他们三个身怀重宝。"埃德蒙眼睛眯了起来，眼中闪过一丝阴冷，"看来，我们部落的监管还是不够啊！"

在地狱中，财富达到一定程度后就容易受到别人觊觎。

有人花费上亿年积累的上百万块墨石，恐怕会被一些强者直接掠夺。

埃德蒙他们做这种事情也不是一次两次了。

"大人放心，我们现在既然知道了，那他们三个就逃不出大人的手掌心。到时候出了帝翼城，我们再动手不迟。"旁边一个中位神阴险地说道。

埃德蒙点了点头。

能来第三层大厅，林雷他们身上的宝物至少值百万块墨石。如此一笔财富，即使是身为上位神的埃德蒙也会动心。

第三层大厅边上有一排柜台，每一个柜台内都坐着紫袍人员，林雷他们走到了一个银发紫袍老者面前。

银发紫袍老者抬头淡笑道："卖什么？拿出来吧。"

林雷他们三人相视一眼。随即，林雷翻手取出一柄黑色匕首递给银发紫袍老者："就是这件上位神器。"

林雷他们三人虽然还有一柄哥特斯长矛以及一枚上位神神格，但毕竟是第一次进入帝翼城，许多事情还没搞清楚，因此他们并不急着卖出所有物品。如果真的急用，他们以后再卖也不迟。

而且，在帝翼城内收购物品的，不单单有紫荆城堡，还有黑沙城堡。不过黑沙城堡内部势力复杂，林雷还没弄清楚内部的情况，也不急着过去。

"这柄匕首是很不错，"银发紫袍老者点头赞道，"的确是一件上位神器。他的前任主人应该是一个修炼黑暗系元素法则的上位神，用这柄匕首解决过不少强者，杀戮气息很浓。这柄匕首，七十五万块墨石，我们收了，你可愿意卖？"银发紫袍老者说道。

林雷点了点头："行。"

林雷原本以为这柄匕首能卖七十万块墨石就不错了，现在竟然卖到了七十五万块墨石，他已经很满意了。林雷也明白，这柄匕首或许是一件比较优秀的上位神器，或许他还吃了点亏。

不过，林雷不在乎那一点小钱。

"这是一百块湛石，相当于十万块墨石。二十万，三十万……"说着，银发紫袍老者将一大块湛蓝色石头拿了出来。

林雷一听就明白了。

他们三人当初解决那三个中位神，得到了一些湛蓝色石头。当时，林雷就猜测那湛蓝色石头是一种货币，因为它蕴含的特殊气息要比墨石浓得多。

一单位湛石，应该是边长一厘米的正方体。

这个银发紫袍老者拿出来的是长、宽十厘米，厚度一厘米的湛石石板。这一块湛石石板抵得上一百单位湛石，也就是十万块墨石。

七块湛石石板，五根湛石长条。

"七十五万，你们收下。"银发紫袍老者将它们递给了林雷。

"敢问这湛石和墨石除了购买东西，还有什么用处呢？"林雷总感觉湛石、墨石蕴含的特殊气息应该有特殊用途。

银发紫袍老者眼睛一亮，瞥了林雷一眼，淡笑道："你们知道也无用，就不必问了。"

林雷心底好奇，不过别人不想说他就没追问了。

"从大厅的侧门通道进去，可以到另外一边。你们如果想买什么东西，可以去那边。"银发紫袍老者说道。

"我们去看看。"迪莉娅好奇得很。

"也不知道地狱中到底有些什么。"贝贝也很期待。

林雷笑着点头。

于是，三人顺着第三层大厅的侧门通道，朝紫荆城堡第三层的另外一个大厅走去。

远处——

"嗯？他们去另外一个大厅了？"埃德蒙眉头一皱。

他当即对手下吩咐道："你去正门的门口等着。还有你，你去后门的门口等着，给我看住他们三个人。"

"是，大人。"

两个中位神立即离开了。

第460章
瞬间炼化

通过侧门通道，林雷他们来到了摆卖大量商品的第三层大厅。这一边大厅的人明显更多，三五成群的，走在各个柜台前，仔细地看一件件商品。

"老大，你看。"贝贝指着那楼梯口，"这边大厅的楼梯门口没有人，不像收购大厅那边，还有紫袍人员检查。"

迪莉娅笑道："贝贝，那边是收购，当然要有人检查。虽然这边摆着大量商品，但是依我看，那么多人看商品，真正买的人应该不会太多。"

第三层大厅柜台后方的墙壁上还有字。

林雷看着那些字有些惊讶："攻击武器、防御武器、药品、修炼辅助物品、神格……"

很明显，第三层大厅边上的不同柜台卖着不同的物品。

"林雷，你看，那里是卖房子的。"迪莉娅指着大厅一处角落说道。

"总是听说在帝翼城很难立足，我们去看看这里的房子到底有多贵。"林雷十分好奇，带着贝贝、迪莉娅走了过去。

这边围观的有许多神级强者。

"大家运气好，现在整个帝翼城没有主人的房子还有三套！大家抓紧时间，错过可就没机会了！"柜台内，一个紫袍青年兴奋地说道。

"整个帝翼城的空房子只有三套？"林雷有些不敢相信。

旁边的一个看客看了林雷一眼，说道："这位兄弟，这帝翼城的房子早在上亿年前就卖光了。现在卖的房子，都是原主人去世了的。没有主人的空房子归紫荆城堡，由他们卖出。帝翼城有数千万居民，过上一段时间，说不定就会有人去世。这样，不就有房子可以买了？所以，我们不需要急着买，而且现在这价格太贵了，等到有便宜的房子再说。"

林雷一听，明白了。

这帝翼城的房子，那得原主人去世，才会多出一栋无主的房子。这无主的房子归紫荆城堡，由紫荆城堡卖掉。

"也对，虽然帝翼城禁止争斗，但是帝翼城有数千万居民，他们不可能永远待在城内。比如一些使徒，他们会出去执行任务，如果陨落，这房子就归紫荆城堡了。"

不过，林雷有些疑惑：紫荆城堡如何知道某栋房子是无主的？

"或许是通过一些手段吧。"林雷暗自猜测。

林雷、迪莉娅、贝贝靠近柜台，看向这三套房子的价格。这一看，让林雷三人大吃一惊。

"吃人啊！"贝贝惊呼道，"最便宜的一栋都要六千万块墨石！"

林雷也很震惊。这三套房子，最贵的一套要三亿多块墨石，还有一套要一亿两千万块墨石，最便宜的也要六千万块墨石。

"是啊，太贵了！"一些神级强者愤愤地说道。

"帝翼城最便宜的房子八百万块墨石就能买到。不过，这种便宜房子一旦出现，就会被立即抢购。"旁边一个中位神感叹道，"这六千万的房子，什么时候买得起啊！"

林雷在心中暗自点头。

"想要当帝翼城的居民，真难！"林雷感叹一声。

他原以为自己算是比较有钱的了，可是一看这房子价格，自己那一枚价值七百万块墨石的上位神神格就不算什么了。

林雷他们三人离开了那个柜台，毕竟他们不会购买房子。林雷可是计划要出发去遥远的血峰大陆的，怎么可能在这里定居？

林雷他们三人又走到了另外一个柜台。这边的生意显然很好，旁边围观的人也非常多。

林雷一看，大吃一惊："这是攻击武器？"

若是普通的攻击武器，林雷不会在意，可是他见到了一种特殊的攻击武器——一根箭矢！

如果这是一把神弓，林雷不会惊讶，可这是一根箭矢，林雷不得不惊讶。

"一根箭矢标价五万块墨石。什么？十根起卖？"林雷震惊地说道。

柜台边的紫袍人员见林雷站在柜台前盯着那箭矢摇头，开口说道："这可是屠神矢，一般的中位神被射中一箭，那是必死无疑。即使是上位神，只要被射上十几箭，恐怕也要魂飞魄散！"

"怎么可能？"贝贝瞪大眼睛，"这箭矢只是物质攻击，怎么会那么轻易击败对手？"

"物质攻击？"紫袍人员笑道，"如果是普通的箭矢，怎么可能拿出来卖？这一根箭矢可是沾了修炼死亡规则的上位神研究出来的一些灵魂毒液。这可是专门攻击灵魂的！"

林雷听了心中一动。

灵魂毒液？

"当初在玉兰大陆的时候，我遇到的那个大巫师不是让耶鲁老大来毒杀我吗？"林雷当时喝下的美酒中有魂丝，那魂丝就是用来攻击灵魂的。

林雷早就知道修炼死亡规则的强者中有一些比较擅长灵魂攻击。

不过，那个大巫师只是一个下位神。

现在看来，那魂丝还是修炼死亡规则的上位神研制出来的，威力的确不容小觑。一箭就能让中位神毙命，恐怕是真的；十几箭就让上位神毙命，恐怕也是真的。

"这箭矢虽然威力大，但是也得射到敌人身上才有用。"林雷明白这个道理。无论是中位神还是上位神，总不会待在原地让对手攻击。

不过，若是万人同时射箭，对方就是速度再快也可能会被射中。

林雷、迪莉娅、贝贝继续观看各种商品，发现许多商品的效果十分可怕。

"药品！"林雷走到一个柜台边，更是大吃一惊，"无论灵魂受伤多重，只要没魂飞魄散就能瞬间治好，精神力还能完全恢复！这是修炼生命规则的上位神精心研制的。"

林雷看着存放丹药的水晶瓶旁边的说明，十分心动。

可一看价格，林雷感到心疼。

一颗丹药——一百万块墨石！

"走，别看这些了。"林雷感到心惊。

这里的许多物品好是好，就是价格未免太可怕了。

看了很多商品后，林雷他们三人便离开了第三层大厅，去了第二层大厅。

第二层大厅人很多，商品也繁多，甚至连灵魂金珠都有。

不过，灵魂金珠在地狱中算不上珍贵物品。因为在地狱中，虽然神级强者的数量多，但是圣域级强者的数量更多。

地狱许多本土族类自然成长到成年期就会达到圣域境界。

"一颗灵魂金珠，和我当初得到的那颗差不多大小，这价格，十万块墨石，还蛮贵的。"林雷在心中暗道。

这时候，柜台后的紫袍人员笑着说道："灵魂金珠能够强化灵魂本身，能被轻易吸收，不需要炼化。"

"这里还有一种晶石，就是这种，它叫紫晶。如果将其完全吸收，其效果和那颗灵魂金珠差不多。而且，它只要一万块墨石。"紫袍人员说道。

林雷有些惊讶。

贝贝开口说道："哦？效果差不多，可价格为什么相差那么大？这个太夸张了吧？"

紫袍人员笑着说道："那是因为炼化提纯紫晶十分麻烦。不懂的人吸收紫晶中的灵魂能量，不仅速度慢，还会浪费八成的灵魂能量。因此，它的价格是一万块墨石。"

"炼化提纯难？"林雷心中一动。

修炼死亡规则的神级强者，无论是炼化灵魂还是炼化这种紫晶，都是要花费大量精力的。

可是林雷不同，他有盘龙戒指！

"买一颗试试看，看盘龙戒指是否能够像炼化灵魂一样炼化这种紫晶。"林雷在心中暗道。

于是，林雷花费一万块墨石购买了一颗紫晶。

紫晶是半透明的，里面有模糊的紫色雾气，看起来非常漂亮。林雷翻手就将这颗紫晶收入了盘龙戒指中。

"哧哧——"

一眨眼的工夫，这颗紫晶就变得很小了，同时，大量金色雾气在盘龙戒指内部萦绕着。

紫晶已经完全被炼化了！

林雷眼睛一亮，在心中暗道："那我岂不是可以购买紫晶，将其炼化后卖灵魂金珠？"

一万块墨石买入，八九万块墨石卖出，这一倒手就能获得七八倍的利润啊！

他如今有一百万墨块石，或许倒手几次就会有数千万块墨石了。

"不对，盘龙戒指炼化出来的都是金色雾气。如何让金色雾气凝聚成一颗金珠呢？"林雷还是有不懂之处。

金色雾气其实就是灵魂精华，神力是无法接触的，精神力却可以接触。可是一旦精神力靠近，就会自动吸收这些金色雾气，强大自身灵魂。

"可惜了！虽然有这么一个赚钱手段，但是我不知道如何让金色雾气凝聚成一颗金珠。"林雷暗自叹息。

林雷想过将金色雾气存放在一颗水晶球中。存放有金色雾气的水晶球，还是会有人购买的。或许其价格比灵魂金珠低一些，可还是能赚一笔的。

然而——

"虽然我可以通过盘龙戒指控制金色雾气，但是金色雾气一旦离开盘龙戒指就会逸散，那样我就无法控制它进入水晶球。"林雷也是无奈得很。

林雷根本没办法处理这金色雾气，因为他不懂得死亡规则。毕竟灵魂精华的炼化、提纯、压缩都属于死亡规则的一种神通。

"算了，能够强化自己的灵魂就不错了。"林雷不是太在意。

他来到地狱是为了让自己成长突破的，至于金钱，够用就行了。

"这紫晶，给我来十颗。"林雷开口说道。

灵魂越强大，修炼的速度就会越快，灵魂攻击力也会越强。

林雷在这方面自然不会吝啬钱财。

"紫晶？"紫袍人员很疑惑，"紫晶炼化起来十分麻烦，买一颗就可以了，对方为什么要买十颗呢？"

紫袍人员心想："或许他太穷了，宁愿耗费时间慢慢吸收紫晶，也舍不得买灵魂金珠吧！"

他怎么也想不到林雷有一件主神器，一件能够瞬间炼化紫晶，提取灵魂精华的主神器！

第461章
想动手吗？

　　林雷买了十颗紫晶后便朝另外一个柜台走去。

　　这个柜台占地面积很大，里面也摆放着各种各样的商品。在柜台旁边观看的人也很多，许多人已经付钱购买商品了。

　　这里是卖防御武器的。

　　"林雷，你想要购买防御神器？"迪莉娅疑惑地看向林雷。

　　"我不用。"林雷笑着看向迪莉娅，"迪莉娅，你的防御铠甲只是下位神器，太弱了，买一套防御中位神器吧！"

　　他们既然准备参加使徒考核，就应该努力提高各自的实力。

　　除了本身实力外，神器也是实力的一部分。

　　参加使徒考核，林雷最担心的是迪莉娅。至于贝贝，当初离开玉兰大陆位面，贝鲁特可是给了贝贝不少宝贝的。至于自己，他拥有一件灵魂防御主神器，即使那是一件残破的主神器。

　　"嗯。"迪莉娅并没有拒绝。她明白她的实力强了，林雷才能放心，她才能更好地帮助林雷。

　　"这件防御神器的价格，果然比攻击神器的价格贵好多！"林雷笑着感叹。

　　攻击中位神器也就值一千块墨石左右，而防御中位神器一般要五六千块墨石。不过对林雷他们而言，这根本算不了什么。

紫荆城堡正门，人流不断。

在紫荆城堡台阶旁守着一个人，他时刻注意着正门。

"那三个人还真是慢，不就是买东西吗？"这个中位神低声咒骂着，"他们三个从来没来过帝翼城，恐怕要逛好长时间。他们三个在里面舒服地逛，我却要在这里慢慢等！"

林雷他们三人的确很好奇。

在紫荆城堡中，许多商品令林雷三人大开眼界，他们自然要好好逛逛、长长见识。

在台阶旁守着的这个中位神忽然瞥见远处一道人影，立即走上前，恭敬地说道："埃德蒙大人！"

埃德蒙微微点头，冷冷地说道："他们三个还没有出来？"

"是的，还没有。"这个中位神点头说道。

埃德蒙眉头一皱，转头朝正门看去："他们三个的东西已经卖掉了，我估计他们还是会从正门出来。"

埃德蒙也不急，在外面等着。

"是！埃德蒙大人！"

黑龙部落的一些居民从紫荆城堡中出来后，见到埃德蒙站在那里，大多数便直接聚集在埃德蒙的身后了。

"嗯，来了！"埃德蒙眼睛一亮。

"那金属生命还真是贵！"迪莉娅感叹一声。

林雷点头："最普通的金属生命就要数百万块墨石，厉害一些的就要数千万块墨石，那种巨型的金属生命竟然要上亿块墨石！贝贝，你贝鲁特爷爷还真是够厉害的！"林雷赞叹着朝旁边的贝贝看去。

"那是！"贝贝自豪地扬起脑袋。

贝鲁特的那座金属城堡正是最高等级的金属生命，在紫荆城堡中购买这种金属生命，绝对要上亿块墨石。

林雷他们三人说着便走出了第一层大厅，随着熙熙攘攘的人群朝外面走去。

"林雷。"有人开口喊道。

林雷转过头看去，是戴博拉。

"戴博拉，"林雷笑着开口说道，"东西卖掉了？"

林雷注意到戴博拉周围都是黑龙部落的人。

戴博拉笑了笑："我只是卖了一件中位神器罢了。我听说你去了第三层大厅，你才厉害啊！"

周围黑龙部落的不少居民既羡慕又嫉妒地看向林雷，毕竟在地狱中积累财富太难了。

"嗯。"林雷淡然一笑，留意了一下黑龙部落那些人的表情。

当时，他去第三层大厅卖东西，认为自己不会被他们发现。不过，被发现了又怎么样？毕竟他们三人不打算再回黑龙部落了。

"好了，大家出发吧！"人群最前面的埃德蒙开口说道，带着手下往回走。

埃德蒙根本没看林雷一眼。

黑龙部落一群人走了数十米距离，朝主干道走去，打算按原路走出帝翼城。可是林雷他们三人直接转弯，朝另外一个方向走去。

"林雷，你到哪儿去？"戴博拉吃惊地开口问道。

不少人也同时停下来，转身看了过来。

"哦，我们不回黑龙部落了。"林雷笑着说道。

"不回黑龙部落？"一个温和的声音响起，埃德蒙带着几个手下走了过来。

林雷看来人是埃德蒙，在心底冷笑："这个老家伙！我不回黑龙部落，他这个斯特顿麾下的大管家就立即过来了。他以为我看不穿他的用心？"

这里距离紫荆城堡正门不足百米，人还是非常多的。林雷他们这一群人聚集在这里，根本不显眼。

"埃德蒙大人。"林雷微笑道。

"你叫林雷，对吧？"埃德蒙淡笑道，"你的两个朋友都是中位神，在我们黑龙部落也是精英人员。你们离开黑龙部落，那实在是太可惜了。对了，我看你很顺眼，我手下最近缺一人，你跟着我如何？"

林雷谦逊有礼地回道："谢谢埃德蒙大人厚爱，只是真的不用了。我和我妻子以及兄弟加入黑龙部落，也是因为初入地狱。黑龙部落这段时间对我们很照顾，我很感激。"

看着林雷脸上谦逊的笑容，埃德蒙心中一阵恼怒："这个家伙！"

"那我们就先走了。"林雷微笑道，旋即转身。

唰啦一声，六个中位神突然出现在林雷他们三人的面前。

"想走？"其中一个中位神冷冷地说道。

林雷一怔，目光冷了下来。

"怎么，想动手吗？"贝贝声音高亢，瞬间传遍周围，以至于周围很多人朝这边看过来。

贝贝跳着喊道："紫荆军的各位大人啊，他们要打人啊，要动手啊！"

此处距离紫荆城堡正门不足百米，那些紫荆军战士自然听得到贝贝的声音。虽然他们被派来管理秩序，但是平常没人敢捣乱，他们无聊得很。现在听到有人喊他们，他们自然很感兴趣。

"咦？有事情了？"一个黑发紫袍壮汉连忙说道，"我去看看。"

"兄弟们一起去瞧瞧。"

十几个紫荆军战士好奇地走了过来。

看到紫荆军过来，埃德蒙的脸色瞬间变了。

埃德蒙虽然是上位神，但只是靠炼化神格成为上位神的。在地狱中，比他强的高手太多了。一个部落的管家在部落内部或许能耀武扬威，可在帝翼城什么都不是。

"怎么回事？"十几个紫荆军走过来，为首的黑发紫袍壮汉喝道，"我听说有人动手？在帝翼城谁敢动手？！"

紫荆军走过来呼喝几声，就让埃德蒙等人狂傲不起来了。

"紫荆军的各位大人，这三人是我们黑龙部落的人，我是部落此番出行的领头人。我只是在训斥他们，没有其他事情。"埃德蒙解释道。

黑发紫袍壮汉皱着眉说道："哦，你们部落的？"

"对，他们就是我们黑龙部落的人。"埃德蒙旁边的人连忙说道。

"哼！当初加入黑龙部落时，有人就告诉过我们，我们若是想走随时可以走。你凭什么强行让我们跟你走？"贝贝喝道。

"埃德蒙！"林雷直视他，"我尊重你，才唤你'埃德蒙大人'。可是，你一点也不尊重我们！这是帝翼城，不是黑龙部落。我现在告诉你们，我们三人正式脱离你们黑龙部落！"

埃德蒙的脸色难看至极，可是在紫荆军面前，他不敢嚣张。

"哦，有意思！"一个有着银色独角的帅气银发紫袍青年笑道，"在地狱中，任何人都是自由的，你一个部落不能强迫人家干什么吧？"

埃德蒙等人不敢吭声。

贝贝向紫荆军战士们鞠躬，嬉笑道："谢谢各位大人了，否则这个老头还要胡搅蛮缠呢！"

"放心。"银发紫袍青年淡笑道，"这是帝翼城，帝翼城有帝翼城的规矩。在这里，不管是下位神还是上位神，都不允许动手。若谁敢动手，哈哈，哥几个也无聊得很！"

这些紫荆军看向埃德蒙等人。

埃德蒙额头上冒出冷汗，他怎么敢得罪可怕的紫荆军？

"紫荆军的各位大人，刚才我们只是不舍得他们离开，和他们多说了两句话而已，并没有阻拦他们。他们想离开，我们不会阻止。大家都是知道的，若有人想离开部落，没人会阻拦。"埃德蒙连忙说道。

林雷听了，不得不承认埃德蒙的脸皮真厚。

"哦，原来是这么回事。好了，你们都可以走了。"银发紫袍青年淡笑着说道。

埃德蒙等人松了一口气，连忙行礼离开，走的时候还瞥了林雷一眼。

"示威？"林雷也瞥了埃德蒙一眼。

林雷可从来没有怕过埃德蒙。

"那个老家伙！一想起刚才他在紫荆军面前惊恐的样子，我就想笑。哈哈……"贝贝显得十分高兴。

林雷和迪莉娅见贝贝如此，笑了起来。

"我们现在还是先找住的地方吧。"林雷说道。

迪莉娅眉头蹙起，说道："林雷，你还记得吗？戴博拉说过，在帝翼城中住一夜可是需要数百块墨石的。"

"先去看看再说。"林雷其实心底很疑惑，如果住一夜就这么贵，那价格未免太可怕了。

林雷他们三人来到了离紫荆城堡比较近的一家酒店。

酒店接待处摆放的一些雕刻装饰品，令林雷不得不感叹雕刻水平的高超。

"这里的住宿怎么收费啊？"贝贝问道。

一个有着紫色长发，尖尖耳朵的女子笑道："我们这里，一次住宿要八百块墨石。"

林雷、迪莉娅、贝贝大吃一惊。

"这个一次住宿是指一年之内，这一年之内要八百块墨石。如果你们住了一年零一天，那就需要缴纳一千六百块墨石。"紫色长发女子笑着说道。

林雷三人松了一口气。

和玉兰大陆位面不同，这里住宿不是按照天算的，是按照年算的。

也对，神级强者领悟修炼一次便要数月时间。

"不过，一年八百块墨石，那一万年不就八百万块墨石了吗？这还只是一套房，酒店可是有很多套房子的。"林雷在心中感叹，"这开酒店还真是赚钱！"

在帝翼城的任何一家酒店，每套房子都带有独立的庭院，毕竟神级修炼者喜欢宁静的环境。

"三位，你们要入住吗？"紫色长发女子开口问道，期待地看着林雷他们三人。

第462章
使徒城堡

林雷他们三人虽然不小气，但是也不会浪费钱财。

他们离开了这家酒店，又在帝翼城逛了好一会儿，去看了看其他酒店，最后选定了一家雅致的酒店。

这家酒店住宿一年，只要二百一十块墨石。

于是，林雷缴纳了墨石，领了一块黑色的号码牌，带着迪莉娅和贝贝走向一个庭院。

林雷推开一个庭院的院门，出现在他们面前的是一个雅致的庭院，其中花圃占了庭院的三分之一面积，花圃后面是一栋古朴的两层小楼。

林雷、迪莉娅看了觉得很满意。

"老大，这个庭院还蛮安静的。"贝贝嬉笑道，"老大，我住楼上啊！"

贝贝直接一跃上了二楼。

仅仅片刻，贝贝又飞了下来，撇着嘴说道："这家酒店还真是够吝啬的，除了床和桌子、椅子，就没有其他的了。"

"能有如此环境，已经很不错了。"林雷满意地点头，随后取出两块湛石石板分别给迪莉娅和贝贝，"贝贝、迪莉娅，你们先拿着，如果以后要买什么，你们自己决定吧！"

"嘿嘿！"贝贝眉毛一扬，连忙接过一块湛石石板。

迪莉娅点了点头，接过另外一块。

林雷仰头看天，现在是下午时分，血色太阳还悬挂在高空。

"时间还早，天还没黑。虽然帝翼城有宵禁，但是从夜间十二点开始到早晨五点。我们先出去看看。"林雷想到了使徒城堡，"直接去使徒城堡吧，看看使徒考核到底是怎么回事。"

迪莉娅和贝贝也都期待起来。

不浪费时间，林雷他们三人立即出发前往使徒城堡。

古老的使徒城堡通体紫黑，特别是使徒城堡的标志性巨型雕刻———一张模糊的脸上一只红色独眼，看过一次就会让人无法忘记。

前往使徒城堡的人明显不如前往紫荆城堡和黑沙城堡的人多。

虽然走向使徒城堡的人少，但是他们都十分自信。大多数胸前有使徒勋章，很明显他们是使徒，是地狱中的精英人群。

林雷他们三人踏上阶梯，进入了使徒城堡的第一层大厅。

"好安静。"贝贝轻声说道。

使徒城堡第一层大厅很空旷，里面只有数百人而已。林雷他们一眼就看到了申请参加使徒考核的柜台。

柜台处，一个碧发美女坐着，正在和人谈话，她背后的架子上摆放着一瓶瓶美酒。

"尤娜，来一杯欧雷，红瓶装的！"一个光头黑甲大汉随手将一块湛石放在桌上。

"你没看到我有事情吗？等一下。"碧发美女对光头黑甲大汉说了一句，继续和面前的一个黑发青年谈论着。

"安吉，我怎么说你才能听进去？上一次使徒考核，参加考核的一千人中只有五十三人通过了考核，有二十八人虽然没通过考核但是保住了性命，其余人全部死了！你已经连续两次参加考核了，虽然都没有通过，但是至少保住了性命。前两次可能是你运气好，第三次你还能有这样的运气吗？"碧发美女有些焦急地说道。

安吉声音低沉："尤娜，我知道前两次是运气好，可是我不想放弃。前两次都只差一点，这一次我一定会成功的。"

"你就不能再修炼修炼，等实力提升了再来吗？"尤娜叹息一声，"这使徒考核申请工作由我负责，我不知道见过多少像你一样想要成为使徒的，可是使徒考核的死亡率极高。一千人中一般只有数十人才能成功，活下来的人一般不超过一百个！"

"安吉，你再回去修炼修炼，届时实力提升了再过来，我一定给你报名。"尤娜劝说道。

"实力提升？"安吉摇头说道，"我现在已经是中位神了，领悟了一种元素法则中的三种奥义。我即使再修炼，也很难在短时间内领悟出第四种奥义。更何况，领悟了又能怎样？我的实力不会有很大的提升，除非达到上位神境界！可那太遥远了。难道让我去炼化神格？我不愿意这样做。更何况，我没有足够金钱购买上位神神格。"

安吉看着碧发女子："尤娜，不要阻拦我了。"

"哈哈——"旁边的光头黑甲大汉笑了起来，笑声瞬间响彻整个空旷安静的第一层大厅，以至于许多使徒朝这里看了过来。

光头黑甲大汉朝自己的朋友看去："兄弟们，过来看看！这里有一个小家伙连续两次参加了使徒考核，还保住了小命，运气真是好啊！现在，他还要参加第三次考核呢。哈哈——"

"哦？连续两次保住了小命？"不少人走了过来。

他们的胸前都有使徒勋章。

"侥幸保住了小命还想来？嫌命长了？"

那些使徒肆意谈笑着走了过来。

安吉低着头，眉头皱起，全身微微发颤。

这是羞辱！

"尤娜，"光头黑甲大汉哈哈笑道，"这个小家伙想去送死，你劝说他干吗？就让他去参加考核呗！"

"闭嘴，克朗普顿！"尤娜瞪着光头黑甲大汉，呵斥道。

克朗普顿一怔，旋即大怒："尤娜，你敢这么和我说话？"

"怎么？不行吗？"尤娜微微抬起下巴，冷冷地看着克朗普顿，"克朗普顿，我就是这么对你说话，怎么了？"

"你！"克朗普顿愤怒得一拍桌子，一双通红的眼睛盯着尤娜。

尤娜吓了一跳，可还是鼓起勇气强硬地说道："克朗普顿，你要干什么？这里可是使徒城堡！"

"克朗普顿，"走过来的一些使徒立即开口说道，"别闹事。"

这些被克朗普顿招呼过来的使徒，是克朗普顿的朋友。

"哼！"克朗普顿冷哼一声。

他也知道在帝翼城不能动手，只能发发火罢了。

"尤娜，克朗普顿就这个火爆脾气。对了，来一瓶欧雷，快点！"一个赤红色长发男子将柜台上的那块湛石推给尤娜。

尤娜顺势借台阶下，收了湛石，取出一瓶美酒递给了他们。

这时候，安吉低声说道："尤娜，对不起。"

尤娜看着他，只能摇头一笑。

"我的修炼速度我清楚。"安吉看着尤娜，"领悟一种元素法则中的三种奥义我就花费了十万年。我清楚在未来十万年内，我的实力不可能提升多少。我的钱财只够让我在帝翼城再居住数十年，我快没时间了！"

尤娜看了安吉一眼。

"好吧！"尤娜最后还是答应了。

"请问一下，使徒考核申请有什么要求吗？"一个声音响起，林雷他们三人走到了柜台前。

尤娜看了他一眼，顿时捂住脑袋："老天！一个连续失败两次的中位神来参加考核就已经够疯狂了。现在，不会一个下位神也想来参加使徒考核吧？"

"喂，我老大问你话呢！"贝贝盯着尤娜。

尤娜见到贝贝，吃惊地说道："他是你的老大？"

尤娜看得出来贝贝是中位神，而林雷只是下位神。

"怎么，不行吗？"贝贝反问道。

尤娜一滞。

旁边的迪莉娅笑道："尤娜小姐，对吧？你能告诉我们申请参加使徒考核有哪些条件吗？"

尤娜开口说道："使徒考核申请没有其他条件，只要缴纳一万块墨石就可以参加考核。一旦考核过关，便是一星使徒。虽然使徒考核没明确的要求，但是这位先生，你最好修炼到中位神再来参加考核吧！下位神参加考核，那……那太危险了。"尤娜看着林雷，只能尴尬地笑了笑。

尤娜说的是实话。

这点林雷清楚，因为刚才他听到了尤娜的那番话。

一千人参加考核，成功的只有五十三人，活下来的不超过一百个。这种死亡率的确可怕。参加考核的应该都达到了中位神境界。

这考核的危险程度可想而知。

克朗普顿和自己的朋友们围坐在大厅边上喝酒。此刻，克朗普顿心里愤愤不平。

"哼！"克朗普顿心里满是怒气，偶尔瞪向远处的尤娜。

"嗯？"克朗普顿忽然一怔，"你们看，那个棕发青年是下位神境界吧？我没有看错吧？"

其他几人一怔，而后仔细看了看。

"啊，还真是下位神！"那些人吃惊了。

"你们不会现在就要申请参加使徒考核吧？"尤娜看着林雷三人。

"不急，等过一段时间我们再来。"林雷淡笑道。林雷已经知道了使徒考核的危险性，为了迪莉娅和贝贝，他不能冒险。

现在，他已经把土之元素奥义领悟了大半，即使与地系元素法则中的其他奥义慢慢融合至大成，数十年也就够了。

不急。

正当林雷他们三人准备离开的时候，旁边忽然响起一个极为刺耳声音——

"过一段时间再来？哈哈……"

林雷转头看过去，正是刚才那个克朗普顿。

克朗普顿嗤笑着，睥睨林雷："哈哈，就你一个下位神，也想参加考核？"

克朗普顿的嗓门很大，将大厅中数百人的目光吸引过来了，甚至有不少人朝这边走来。

"下位神参加使徒考核？我没听错吧？"有人还不清楚是怎么回事。

"下位神参加使徒考核？我只是听说过，还从来没有见过。"一个红发男子端着酒杯走过来。

那些人看向林雷。

"就是他吗？他要参加使徒考核？"他们看出这些人中只有林雷是下位神。

"对，就是这小子！"克朗普顿笑着说道。

林雷脸一沉，迪莉娅、贝贝则极为愤怒。

"不单单是这棕发小子，还有那个黑头发的。那个黑头发的连续两次使徒考核失败，不过运气好保住了小命，现在还想参加考核呢！"克朗普顿笑道，"今天的蠢人还不是一般多。就凭他们这种实力也想当使徒？他们以为使徒是什么？真是大笑话！"

安吉气得双拳紧握，看向克朗普顿。

林雷也是脸色阴沉。

"浑蛋！"贝贝咆哮着想冲过去。

林雷却一把将贝贝抓住了："贝贝，别冲动！跟这种垃圾生气，不值得！"

林雷很清楚不能让贝贝动手，在帝翼城动手那就完蛋了。

还在笑着的克朗普顿一顿，然后转头看向林雷。

"克朗普顿，听到了吗？一个下位神说你是垃圾啊！"旁边一些人开始煽风点火。

"你说什么？"克朗普顿脸色阴沉。

"想让我再说一遍？"林雷一副哭笑不得的表情，"没想到还有人要找骂。好吧，我再说一遍，我说你……"林雷的表情冷了下来，他直视克朗普顿，说道，"垃圾！"

"我们走！"林雷牵着贝贝、迪莉娅，没有再看克朗普顿一眼，走向外面。

第463章

帝翼城城主

"站住！"怒喝声响起。

可是林雷他们三人根本没有理睬，继续朝外面走。

"霸道的人什么地方都有，这种人还是少理睬为好。"迪莉娅神识传音给林雷、贝贝。

"我明白。"林雷不想和克朗普顿纠缠下去，也想早些离开使徒城堡。

他想离开，可是有人不想让他离开。

唰啦一声，克朗普顿瞬间出现在林雷他们三人的身前，挡住了道路。

林雷、迪莉娅、贝贝的脸色都有些不好看，特别是贝贝，如果不是林雷灵魂传音制止了他，他早就爆发了。

"克朗普顿，人家说你是垃圾呢，你怎么一点反应都没有？"一些人唯恐天下不乱，在一旁说笑着。

说笑声此起彼伏，令克朗普顿的脸色愈加难看了。

"这些家伙！"在柜台内的尤娜感到情况不妙。

旁边的使徒们或是端着酒杯，或是互相谈笑，在一旁看戏。对他们而言，克朗普顿的地位比较低，因为克朗普顿是靠炼化神格成神的。

虽然克朗普顿是上位神，但他是靠炼化神格成神的，还没有融合元素法则中的奥义，属于实力最低的上位神。

这么多年来他只是三星使徒，而上位神一般是四星使徒。

三星使徒，单单这一点就会让他被取笑。

克朗普顿实力低，自然不敢对自己的朋友嚣张，于是长期压抑的他将愤懑的情绪发泄在一些实力弱小的人身上。

取笑弱者这样的事情，克朗普顿经常干。

"你说我是垃圾?!"

克朗普顿盯着林雷，双眼隐隐发红，发出粗重的呼吸声，仿佛一只暴怒的公牛。

他被朋友们取笑就罢了，可这个下位神竟然敢说他!

"你一个下位神，一个最低贱的家伙，竟然敢骂我!"克朗普顿愤怒得想动手，可是一想到帝翼城的禁令又不得不忍下去。

"好了。"一个坐在不远处的银色长发使徒淡然说道，"克朗普顿，这件事情就算了吧。你也有不对的地方，别再纠缠下去了。"

"我不对?"克朗普顿一瞪眼，先指向林雷，后指向安吉，"你看看他们两个，一个下位神，还有一个连续考了两次都没有通过。这种窝囊废竟然来参加使徒考核，我说他们两个几句不行吗?"

安吉一直忍着，他认为克朗普顿说一句就算了，哪想克朗普顿竟然指着自己说"窝囊废"!

"这是帝翼城，我还怕什么?"安吉心想。

"窝囊废?"安吉抬起头，盯着克朗普顿，"你说我是窝囊废?"

"你不是窝囊废谁是?"克朗普顿丝毫没将安吉放在眼中，眼中尽是不屑。

安吉声音低沉，有些发颤："你说我是窝囊废? 那我问你，如果你连续两次参加使徒考核都失败了，两次都差点死去，你还敢继续参加使徒考核吗? 你敢吗?"

克朗普顿一怔。

他敢吗?

他不敢！

"你那不是勇敢，那是愚蠢！"克朗普顿很不满安吉看向自己的目光，"而这家伙更愚蠢，仅仅是个下位神就想参加使徒考核。"克朗普顿又看向林雷。

"贝贝、迪莉娅，我们走！"

林雷眉头一皱，不想再和这种人纠缠。他知道克朗普顿现在肚里有火，因为不能动手，所以只能动嘴巴。

"我敢打赌，这个家伙如果参加使徒考核，那是必死无疑。"克朗普顿还在说着。

他的一个朋友哼了声，说道："打赌？下位神参加使徒考核当然会死，大家都知道。"

"老大，总有一天我要让那个臭光头好看！"贝贝灵魂传音。

"不用理会他。"林雷冷冷地说道。

忽然，林雷瞪眼，吃惊地看向使徒城堡外，只见天空中几道幻影在远处一闪，瞬间就到了使徒城堡门口。

速度之快令人震惊，最主要的是他们竟然敢飞行！

"在帝翼城内飞行，他们怎么敢？"林雷十分震惊。

在帝翼城待了一段时间，林雷自然知道帝翼城中的人多，上位神也多。可是，没人敢飞行，都是在地面上行走，如今……

飞行的几人落到了城堡门口，进入了使徒城堡大厅。一人走在前面，另外三人则跟在他的身后。

为首的那人有一头微鬈的金色长发，穿着金色的长袍。最诡异的是，他的眉毛是白的，而他的瞳孔是金色的。

白眉金瞳！

他站在那里就给人一种凌厉的感觉。

进入使徒城堡大厅后，这个金发中年人目光一扫。凡是被他目光扫过的人都感到灵魂发颤。他绝对是强者！

克朗普顿是面对林雷、安吉的，自然没有看到来人，还得意扬扬地说道："不仅是这棕发小子，就是安吉再参加使徒考核也必死。"

此时，使徒城堡大厅内已有不少人注意到了来人。

包括尤娜在内的十几个人立即躬身，恭敬地说道："城主大人！"

城主大人？

林雷他们三人大吃一惊。

还在谈笑的克朗普顿听到后也是大吃一惊，连忙转过身看去，看到了一名白眉金瞳的中年男子。

克朗普顿根本不认识对方，但是听到有人喊对方为"城主大人"。

"拜见城主大人！"其他反应过来的人立即躬身。

"拜见城主大人！"克朗普顿这时候也反应过来了，连忙躬身。

这些使徒双眼放光，偷偷瞥向白眉金瞳的中年男子。

眼前人就是传说中的帝翼城城主？

是整个帝翼城的骄傲，七星使徒帝翼大人？

实际上，使徒分为七个级别，最高等级的七星使徒绝对是地狱中的巅峰强者。每一个七星使徒都会有自己特有的称号。

眼前的这个七星使徒，称号便是"帝翼"。

帝翼的名声早就传遍整个地狱了。他或许不如好斗的紫血、银月两大使徒出名，可同是七星使徒，他们的实力不相上下。

"七星使徒！"

安吉也激动地看着眼前的人，他一直梦想着有一天能成为至高的七星使徒。

"好可怕，这个人绝对不比雷林弱！"林雷见到帝翼就有这么一种感觉。

他从来没见过一个人单单用目光就能令人灵魂颤动。如此实力，骇人听闻。

白眉金瞳的帝翼瞥向克朗普顿："你刚才说什么？说别人参加使徒考核必死？"

克朗普顿全身一颤，周围的使徒则都不敢吭声。

克朗普顿惊恐地说道："城主大人，我……我只是说，这个棕发小子和柜台旁边的黑发小子，他们参加考核必死。"

说话的时候，克朗普顿底气不足。

"哦？为什么这么说？"帝翼似乎来了兴趣。

"这……这个棕发小子只是一个下位神，下位神参加使徒考核，当然会死。"克朗普顿从来没觉得七星使徒会如此可怕，对方仅仅注视着他，就让他的心发颤。

同是上位神，差距却如此巨大！

"哦，下位神要参加使徒考核，"帝翼微微点头，"那另外一个呢？"

"这个黑发小子，他已经连续……连续两次参加使徒考核了，而且都失败了。他运气好保住了性命，这一次他竟然还要参加使徒考核……"克朗普顿说着便不再吭声了。

帝翼却欣赏地看了一眼黑发小子安吉，随即注视克朗普顿："你叫什么？"

"克朗普顿。"克朗普顿忐忑地道。

"你现在是上位神吧？不过是靠炼化神格成神的。"帝翼淡笑着道。

"是。"克朗普顿点头。

帝翼继续说道："如果我没感知错，你应该只是三星使徒。"

从表面上看，使徒勋章不管是一星还是七星，常人一般根本看不出来，需要经过特别鉴定才能判断出级别。

帝翼能一眼判断出克朗普顿的级别，这的确很惊人。

"是……是三星使徒。"克朗普顿点头。

"上位神才三星使徒，低了。"帝翼淡然说道。

克朗普顿羞愧不已。上位神是三星使徒，这的确是件丢脸的事情，特别是还被帝翼说了出来。他如何不羞愧？

"这黑发小子已经连续失败两次了都还没有放弃，虽然有些莽撞，但是拼搏精神不错。如果你有这种精神，早就达到四星了。"帝翼淡然说道。

克朗普顿只能应声。

帝翼就是骂他，他也只能受着。

旋即，帝翼走到林雷的面前，淡笑道："你想参加使徒考核？"

林雷没想到帝翼会专门走过来和自己说话。

眼前人可是七星使徒，帝翼城的城主！

"我这一次是来看看，准备再过数十年来参加使徒考核。"林雷恭敬地回答道。

"数十年？"帝翼淡然一笑，说道，"小伙子，这下位神欲参加使徒考核，并不是什么丢脸的事情。当年，我还是下位神的时候，也曾参加过使徒考核。"

周围不少使徒顿时竖起耳朵，他们可从来没听说过这件事情。

林雷吃惊得抬起头来看向帝翼。

"当然，那一次我失败了，还好保住了性命。之后，我达到了中位神境界，再次参加了使徒考核。"帝翼淡笑道，"小伙子，你最好还是达到中位神境界再来参加使徒考核。使徒考核的一星任务，一般中位神都要花费大力气才能完成，下位神完成的概率太低！"

林雷不禁感激眼前的帝翼，至少人家在奉劝自己。

帝翼深深地看了林雷一眼，旋即转身带着自己的三名手下朝楼上走去。

待帝翼离开，使徒大厅第一层开始喧哗起来，所有的使徒都激动万分。

"是帝翼大人啊！我最崇拜的强者！"

不少使徒都极为兴奋地谈论着帝翼的事情，不再说林雷、安吉了，本来林雷和安吉的事情就只是小事罢了。

使徒城堡顶楼。

"今天还真有意思，那个棕发小子身上竟然有一丝四神兽家族的气息。"帝翼感叹一声。

"四神兽家族？大人，他们不是在血峰大陆的幽蓝府吗？怎么会出现在我们这里？"帝翼的一名手下开口说道。

帝翼淡笑道："四神兽家族本来就很兴盛，家族子弟数目极多，在我们这里出现一个也不算什么。"

帝翼只是感到有趣罢了，毕竟一个幽蓝府四神兽家族的子弟并不值得他花费心思。

第464章
中位神境界

　　林雷三人离开使徒城堡，回到了自己的住处。

　　"哼！"贝贝将自己的草帽扔在庭院的桌上，气冲冲地说道，"在这地狱还真是够憋屈的！那个臭光头不敢惹厉害的人，只会嘲笑我们。如果是在城外，我拼了命也要和他斗上一场。"

　　迪莉娅打趣道："斗上一场？贝贝，那个光头可是上位神，你斗得过？"

　　"上位神，上位神怎么了？"贝贝一昂头，旋即低头嘟哝起来，"唉，上位神啊……"

　　见贝贝这样，林雷和迪莉娅笑了起来。

　　"贝鲁特爷爷真是的，有上位神神格却不允许我使用，还让我自己领悟突破，要不我早就是上位神了。"贝贝看向林雷，"不提这件事情了。老大，我们什么时候参加使徒考核？数十年后？"

　　林雷点了点头。

　　"现在去参加使徒考核，我可没有把握。不过数十年内，地系元素法则我能达到中位神境界。到时候再去参加使徒考核，我的把握就大了。"

　　说到这里，林雷想到了风系元素法则。

　　对风系元素法则的修炼，林雷同样没有放松过。

　　然而，林雷也只是领悟了一部分由快、慢两大奥义融合的速度奥义罢了。

"地系元素法则中，土之元素是最简单的一种奥义，而大地脉动的级别较高。不过，我的大地脉动早就大成了。我还将大地脉动和土之元素两种奥义融合了大部分。至于风系元素法则中的速度奥义，我还得继续研究，研究如何更好地运用速度奥义。"

林雷暗叹一声，如果自己能够将地系元素法则、风系元素法则都修炼到中位神境界，到时候实力自然大增。

"数十年而已，不急，"贝贝嬉笑道，"反正在帝翼城中没危险。帝翼城那么大，我正好好好逛逛。对了，老大，在黑龙部落的时候，我总是听别人说帝翼城中的美食有多么好，明天我们去尝尝？"

说到美食，林雷也有些期待起来。

地狱中的美食那可是利用珍贵原料，请真正的大师制作而成的，水准自然不会低。

"行，明天去尝尝！"

偶尔奢侈一次是应该的。

帝翼城，一家餐厅门口。

"这家不错。"林雷他们三人看着餐厅外的装饰，满意地推门进去。

当林雷他们三人进来时，立即有餐厅的服务人员接待。

贝贝看了服务人员一眼，给林雷灵魂传音："老大，这个服务人员竟然是中位神！"

林雷也感到有些荒唐，让中位神来服侍自己？

不过在帝翼城中，中位神的确常见，服务人员是中位神并没什么奇怪的。

"三位请随我来。"服务人员面带微笑，带着林雷他们三人往里面走。

"汩汩——"

餐厅内有假山流水，潺潺流水将整个餐厅分成几个区域。

林雷他们三人被引领至一处，然后坐了下来。

服务人员一翻手，手中便出现了一本列有各种美食的小册子。他微笑着将这本小册子放在桌上："三位，你们定好菜肴后直接招呼我就成。"

　　说着，这名服务人员便退到了一边。

　　"地狱中的菜肴价格我还没见过呢！"贝贝兴奋得第一个翻了起来。

　　林雷也有些好奇。

　　"啊，还真是够贵的！"贝贝不断地朝后面翻着，"老大，我看到现在最便宜的一道菜都要二十块墨石。"说着，贝贝还睁大眼睛，"这上面介绍得还真够详细，每道菜的特色说得清清楚楚。天哪，这道菜竟然要七百多块墨石，还不是最贵的一道菜！"

　　全部看完，贝贝讪笑着将小册子递给林雷、迪莉娅。

　　林雷和迪莉娅便一起看里面的内容。

　　"林雷，你看，这是用地狱火凤凰的肝做的，三十块墨石，价格不算夸张。"迪莉娅指着一道菜说道。

　　林雷翻阅着这本小册子，不得不感叹一声："在这里，真的是什么都能吃到啊！"

　　林雷看着各种描述得很详细的菜肴，感慨道："迪莉娅，你和贝贝选吧，我随便。"

　　最终，他们定了六道菜肴。

　　"贝贝，你还专找贵的点。"林雷笑了起来。

　　六道菜肴，总共二百一十五块墨石。要知道在地狱，一件下位神器还不足十块墨石，一枚下位神神格还不足一百块墨石。可单单六道菜，就要二百一十五块墨石。

　　幸好，林雷他们三人的资产加起来有数百万，不在乎这一点。

　　"三位，有两道菜肴耗时会长点，特别是这道，单单小火焚烧就要六个小时。"服务人员笑着解释道。

　　"知道。"林雷点头说道。

点菜的时候，他就已经通过菜肴下面的注释了解到了这一点。

现在，林雷他们三人也没有什么事情要做，就是在这里坐上一天也没关系。

"老大，在地狱中还是有舒服的时候啊！"贝贝感叹一声，"在家乡的时候，这些东西怎么可能吃得到？"

贝贝最喜欢吃美食了，此刻他感觉自己很幸福。

林雷却看向窗外。

餐厅的金属墙壁是透明的，完全可以看到外面大街上的一切。

"城池，那是地狱中唯一安全的地方。"林雷在心中暗道，"在帝翼城，我可以放心地安静地坐着，享受着美食。可如果在城外，危险无处不在，说不定什么时候就会殒命。"

偌大一个烨暮府，方圆十亿里，城池却只有十个。

可以看出，地狱中大多数强者都生活在危机中，只有极少数生活得安逸。

"想要安逸、舒坦的生活，也得有巨额财富。"林雷明白，帝翼城里的生活是舒服，可消耗金钱的速度很惊人。

菜肴上来了，林雷他们三人开始享用美食。

"嗯！"贝贝吃得眼睛都闭了起来。

迪莉娅和林雷也觉得吃美食的确是一种绝顶享受。

"唉！"贝贝突然苦着脸说道，"老大，吃了这些，以后我们家乡的那些菜肴我就吃不下去了……啊，这些实在太好吃了！"贝贝说着又赞赏起来。

林雷情不自禁地笑了。

"林雷。"迪莉娅轻轻碰了碰林雷。

"嗯？"林雷疑惑地看过去。

迪莉娅轻声说道："林雷，你看窗外。"

林雷当即朝窗外看去，只见大街上熙熙攘攘的人群中，一些人正朝餐厅内看来。

他们的目光中都有一丝羡慕。

"这很正常，许多人估计才进入帝翼城。"林雷轻声说道，"迪莉娅，我们昨天进入帝翼城时，不也是一样好奇地看看各处吗？"

其实，地狱中的生活是很残酷的，许多人还在为生存挣扎，比如圣域级强者们。

许多圣域级强者从物质位面来到地狱，发现以他们的实力只能生活在最底层，而且还要时刻担心自己的生命安全。

因此，他们渴望得到一枚下位神神格。

而一枚下位神神格，还不如林雷他们桌上的菜肴贵……

"哥，恭喜你成为使徒，今天我们俩好好庆贺一番！"林雷他们三人身后响起一个声音。

听到"使徒"两个字，林雷他们三人认真聆听起来。

"哈哈，这一次很危险，幸好我擅长风系元素法则。"粗犷的声音响起，"只是和我交情不错的几个兄弟都失败了。唉，之前我们还说大家成功了就一起庆贺……"这个声音渐渐低沉下去。

林雷他们三人听了，心情也有些沉重。

使徒考核很残酷。

"迪莉娅，这数十年，你好好领悟风系元素法则，到时候即使遇上危险，保命的概率也大些。"林雷最担心迪莉娅。一旦他成为中位神，三人中最弱的就是迪莉娅了。

"嗯。"迪莉娅轻轻点头。

至于贝贝的实力，林雷心里是有谱的。

"幸好迪莉娅学会了分身奥义。"林雷又感慨道。

当初刺杀林雷的尼夫，运用的便是分身奥义。

一转眼就过去了三十二年。

林雷、迪莉娅、贝贝在帝翼城中过着安静的生活。

林雷的修炼早就到了关键的一步，随时都可能突破。

庭院内。

贝贝戴着草帽，苦着脸喃喃道："老大前年说到瓶颈了，便一直在闭关，都两年了。不是说土之元素奥义是地系元素法则中最简单的一种吗？怎么还没突破？"

其实，领悟土之元素奥义并不难。

可是，领悟土之元素奥义，融合土之元素奥义和大地脉动奥义，这两项修炼，林雷是同时进行的。

"老大修炼就算了，迪莉娅也在旁边一起修炼，我都快无聊死了！"贝贝再次长叹一口气。

一翻手，贝贝取出一枚中位神神格，直接扔进嘴里吞下去了。

"贝鲁特爷爷也是的，给我一堆神格，让我全部吃光，可神格消化起来好慢！"贝贝又是一声长叹。

"那么多神格我得吃到哪一年？嗯，等老大什么时候没钱了，我就卖掉一些神格。"贝贝嘀咕着。

忽然——

"嗡——"四周突然出现一股奇特的波动，是天地法则降临了。

这种事情在地狱中太多了，不会引起别人注意，贝贝却惊喜若狂。

"老大突破了！"贝贝欢呼起来，直接朝林雷的房间冲去。

嘎吱一声，贝贝直接推开了房门。

房屋内的迪莉娅看到了贝贝，立即用眼神示意贝贝别出声。

贝贝连忙点头，屏息仰头，看着此刻被天地法则包裹着的并且已经悬浮起来的林雷。

林雷闭着眼睛。突然，他那枚地属性下位神神格从头部冒了出来，然后悬浮在他的头顶上。只见大量地系元素围绕着这枚神格，在天地法则的掌控下，这枚神格在缓缓蜕变……

从下位神神格到中位神神格的蜕变!

片刻后,地系元素消散,那枚散发着土黄色光芒的神格的气息明显要比之前强大得多。

"嗡——"

这枚土黄色神格围着林雷转了一圈,最后融入了他的体内。

"天地法则都消散了,老大怎么还没睁开眼睛?他在干什么呢?"贝贝有些等不及了,不禁开口说道。

迪莉娅瞪了贝贝一眼,神识传音:"贝贝,别出声!"

林雷听到贝贝的声音,睁开了眼睛,笑着看向贝贝:"我只是刚达到中位神境界,略微感受了一番自身的变化罢了。"

此刻,林雷已然融合大地脉动、土之元素两大奥义,踏入中位神境界!

(本册完)

更多精彩尽在《盘龙 典藏版11》!